# 荣 获

新闻出版总署优秀畅销书奖
全国优秀古籍图书普及读物奖
第十七届山西省优秀图书一等奖
第二届山西出版政府奖
山西出版集团2008年度十种好书

**全套藏书累计销售500万册**

## 诸子百家卷

《诗经》《尚书》《礼记》《楚辞》《论语·大学·中庸》《孟子》《老子》《庄子》《荀子》《韩非子》《孙子兵法·尉缭子·鬼谷子》《墨子》《周易》《山海经》《吕氏春秋》《三十六计》

## 名家选集卷

《三曹诗集》《陶渊明集》《王勃集》《王维集》《孟浩然集》
《高适集》《岑参集》《李白集》《杜甫集》《白居易集》
《刘禹锡集》《元稹集》《李商隐集》《李贺集》《杜牧集》
《韩愈集》《柳宗元集》《李煜集》《欧阳修集》《王安石集》
《苏轼集》《黄庭坚集》《柳永集》《秦观集》《周邦彦集》
《李清照集》《辛弃疾集》《陆游集》《范成大集》《杨万里集》
《姜夔集》《文天祥集》《元好问集》《唐寅集》《张岱集》
《三袁集》《李贽集》《傅山集》《纳兰性德集》《袁枚集》
《郑板桥集》《龚自珍集》

## 史著选集卷

《左传》《国语》《战国策》《史记》《汉书》《后汉书》《三国志》《资治通鉴》

## 综合选集卷

《唐诗三百首》《宋词三百首》《元曲三百首》《千家诗》《古文观止》
《汉魏六朝小赋骈文选》《唐宋八大家文选》《明清小品文选》

## 笔记杂著卷

《蒙学六种——三字经·百家姓·千字文·增广贤文·幼学琼林·格言联璧》
《颜氏家训·朱子家训》《世说新语》《金刚经·坛经·心经·地藏经》
《曾国藩家书》《菜根谭·小窗幽记·幽梦影》《浮生六记》《闲情偶寄》
《近思录》《徐霞客游记》《古代书信精选》

## 戏曲小说卷

《元杂剧精选》《西厢记》《牡丹亭》《长生殿》《桃花扇》《今古奇观》
《三国演义》《水浒传》《西游记》《红楼梦》《聊斋志异》《儒林外史》
《封神演义》《话本小说选》《文言小说选》

# 李白集

[唐] 李白 著
张瑞君 解评

中国家庭基本藏书 名家选集卷

山西出版集团
三晋出版社

博学工作室

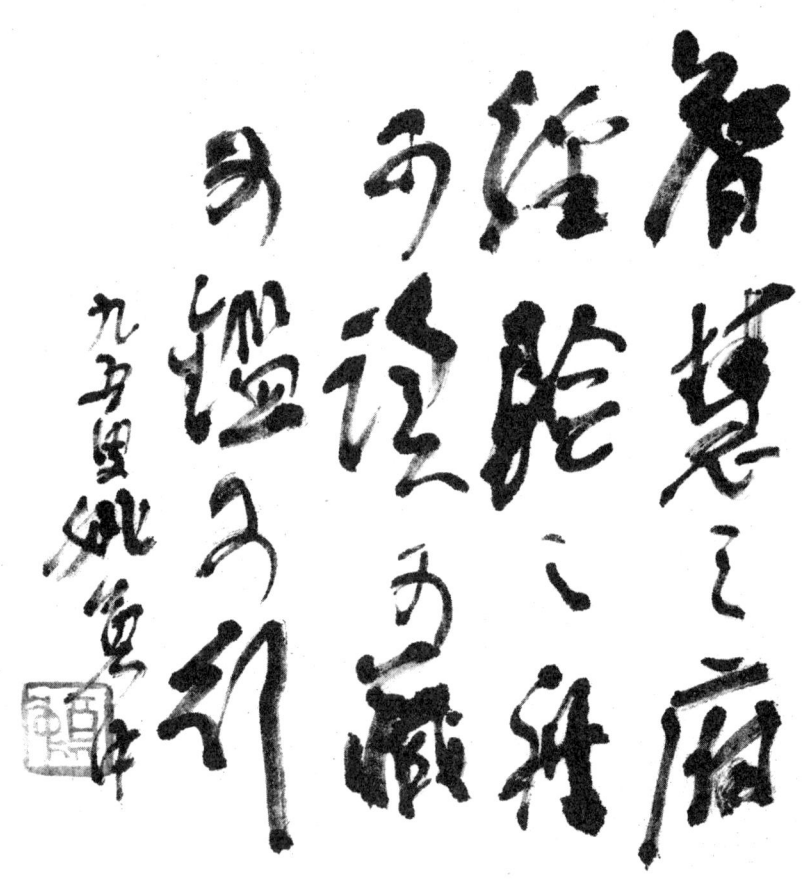

· 山西大学教授姚奠中先生为《中国家庭基本藏书》题词

# 前言

李白(701—762)的诗文是中国传统文化中的瑰宝,李白是中国古代最伟大的诗人之一,一生经历了唐玄宗开元、天宝的"盛世"和安史之乱。他生于西域的碎叶。五岁时,随着父亲迁居绵州昌隆县,即今四川江油。在四川度过了童年、少年和青年时期。这一时期诗人的作品不多,主要描写蜀中绮丽迷人的自然风光。这些诗篇透露出天才的光华,艺术表现浑成自然,已可窥见李白诗歌艺术风格的个中消息。诗人心中跃动着一种青春的热情,诗中很少对物象作静止的描摹,着力描写山水风物的动势。《峨眉山月歌》天才妙笔,连用五个地名,灵动自然,毫无板滞。《渡荆门送别》富有灵性。然而,这是一种天才的未成熟,是才力很高而不深广、感情炽热而未入深厚的阶段。他的诗歌,由于自身生活阅历所限,那种涵盖时代气息,折射唐代社会本质的诗还没一首。诗的感情表现也比较纯真单一。要真正一睹诗仙李白的诗歌风采,还要等到下一时期。

从二十五岁到约四十二岁这一阶段,是李白诗歌风格的形成期。从三峡出发，离开四川，游扬州，"不逾一年，散金三十馀万，有落魄公子，悉皆济之"(《上安州裴长史书》)。他热切希望参加政治活动，但又不肯参加进士考试以作为进身之阶，因为他"不求小官，以当世之务自负"(刘全白《唐翰林学士李君碣记》)。想由布衣一跃而为卿相。他漫游各地，除了爱好名山大川以外，主要是为了寻找实现自己志愿的机会。漫游期间，他结识了不少地方官和道士。又曾在安陆(今湖北安陆)住过相当长的时期，即十年以安陆为中心的游历。这时期他志向宏伟，"申管晏之谈，谋帝王之术，奋其智能，愿为辅弼"(《代寿山答孟少府移文书》)。热衷功名是这一时期的主导思想，但李白平交达官，决不降志从俗，逢迎权贵。因此，在实际入仕的行动上并无突出表现。在此期间，他既和友人元丹丘、元演在嵩山、洛阳、随州、太原到处游览饮宴，又"学剑来山东"(《五月东鲁行答汶上翁》)，寓家任城(今山东济宁)，与孔巢父、韩准、裴政等会徂徕山，酣饮纵酒，号竹溪六逸。这一时期，正当开元盛世。李白接触了广阔的社会生活，祖国南方的山川风物开阔了他的视野，拓展了他的胸襟。他的诗歌创作风格已见雏形，题材和内容比前一阶段有了很大发展。有含蓄深隽的咏史之作，如《苏台览古》《越中览古》《乌栖曲》等。还有不少情深意长的送别之作，如《黄鹤楼送孟浩然之广陵》。出现了写劳动生活场面的《丁都护歌》。学习民间乐府的情调，写出了一些刻画男女离情别绪的诗篇，如《长干行》《乌夜啼》等。特别值得一提的是，他的豪迈奔放的诗歌风格已经形成，阔大的气象，雄伟的气魄，直率奔进的感情表达，傲视一切、通脱磊落的精神气质，标志着他的诗歌创作风格已经形成，《襄阳歌》《江上吟》《南陵别儿童入京》等，是真正体现李白创作个性的作品。

天宝初年，李白应诏入京，唐玄宗对他很重视，让他供奉翰林院，起草诏诰。他本是怀抱远大的政治抱负入宫的，也想干一番惊天动地的事业。可他生性傲岸，不阿谀权贵，很快遭到谗毁。不到两年，便落了个被唐玄宗"赐金"还山的下场。于是他东游齐鲁，与杜甫结成莫逆之交，还与高适同游。到了济南，曾陪济南太守泛鹊山湖，还可能见过当时的北海太守李邕。没过两年，李邕这位大名士、大书法家竟被李林甫派人杖杀了。但像穷兵黩武、从事扩边战争的大军阀哥舒翰却升官晋级，烜赫一时。不久，宰相杨国忠又不恤民生，强行征兵，侵略南诏，李白怀着沉痛的心情，描绘了人民所遭受的苦难。这时期，李白的政治理想已经彻底破灭，对于当时的朝政极为不满，写了大量的诗篇，揭露了现实的黑暗。李白离开长安后的十年间，除了浪游四方，便是隐居求仙。他总想飞到天国，离开这污浊的社会。但他仍十分关心国家的命运，并已预感到安史之乱必将到来。这一阶段是李白诗歌风格真正成熟发展的辉煌阶段。他的诗歌至此真正达到了炉火纯青的地步,博大精深的内容,超群脱俗的艺术个性,使他攀上唐代诗歌的艺术峰巅。

诗人饱尝在政治舞台上作为御用文人的酸甜苦辣,目睹了朝廷的腐朽,弄臣们的荒淫无耻,深感自身傲岸不屈的性格与世俗的冲突。基于此,诗人的感情世界不是一味昂扬乐观,而是复杂变化。但由于诗人傲视一切、追求自由,表现在感情上,仍是自由通脱。但忧国忧民、自悲不幸的色彩明显。诗人任凭感情的潮水自由奔涌,而不受时序惯例的限制。诗人的感情变化多端,常常是倏而来,忽而去,蓦然迸发,倏然收束。他的诗歌意象之间,并不注重过渡而给人以纵横捭阖之感,由于真实地以情感起伏作为诗歌发展的脉络,给人以一气贯注、左右逢源之感。他以奔腾不羁的想象作为重要手段,常常是上穷碧落下黄泉,古往今来,喜怒哀乐,斑驳陆离。其中《蜀道难》、《梁甫吟》、《行路难》、《将进酒》、《梦游天姥吟留别》等,便是最有代表性的诗篇。诗人常常将历史的传说,美妙的神话和丰富的历史典故运用到诗歌创作中,不是作为一种点缀、一种摆设,而是将自己沸腾的热情贯注其中,呼唤起人们跨越历史时空的一种遥深感慨。或借古讽今,或今昔对比,含义深邃。为了表达突兀不平的情感,诗人大量地采用歌行体,长短不拘,变化自如,从三言到十一言不等。结构上更是起伏跌宕,变幻莫测。诗人自我感情的世界更加纷繁复杂,他毫不掩饰地展现心中的矛盾。读者可以逼真地感受到诗人执著追求理想和理想幻灭的矛盾,独立不迁的人格和社会时俗的矛盾,入世和出世的矛盾。种种矛盾凝聚于心中,故发为诗,豪迈中寓悲凉,雄壮中寓愤慨。诗人为了表达豪放不羁的情怀,特别喜欢创造阔大的形象。巍然屹立的东岳泰山,奔腾万里的长江、黄河,滚滚的惊雷,耀眼的闪电,苍苍茫茫的云海,浩渺灿烂的星空。诗人特别善于运用大胆的夸张和生动的比喻来表达诗旨。大胆的夸张使豪迈奔放的感情得以找到巨大的意象来展现,获得淋漓尽致的艺术效果。

诗人多姿多彩的风格在这一阶段得到充分的体现。豪放如《上李邕》,悲郁激愤如《答王十二寒夜独酌有怀》,明丽如《秋浦歌》,自然如《赠汪伦》,含蓄如《古风》"殷后乱天纪",直率如《战城南》,悠远如《独坐敬亭山》,旷达如《陪侍御叔华登楼歌》,千变万化,不拘一格。

天宝十四载(755),唐朝镇守北方边境的大将安禄山起兵作乱,攻陷东西两京洛阳、长安,唐王朝的统治遭受了沉重的打击,从此唐王朝由盛而衰。为了逃避兵乱,李白来到长江下游一带,又上了庐山。这时正好永王李璘(唐玄宗的儿子,肃宗的胞弟)起兵讨安禄山,他为了消灭叛贼,报效国家,参加了永王璘的幕府,没有想到永王起兵未经肃宗同意。肃宗向永王大举进攻,永王兵败。李白为此坐了一年监狱,虽然免了死罪,但仍被流放夜郎(今贵州桐梓一带),走到中途,正遇大赦,才被放回江夏(今湖北武昌)。半道放还后,仍不忘为国立功。直至六十一岁,他听到李光弼出征东南时,仍不忘请缨参战,不幸半道生病。他回到当涂后,不到一年就以"腐胁疾",死在当涂。

　　从五十六岁到去世这一阶段,是李白诗歌风格的变化时期。安史叛乱使唐王朝的大厦崩塌,人民陷于水深火热之中。诗人浔阳下狱,长流夜郎,江南漂泊,贫病至死,他的心灵受到极大的摧残。国家的动乱,百姓的流离失所,安史叛军的残忍,社会生活所遭受的巨大破坏,自身的不幸遭遇,这一切使诗人的创作心理发生了显著的变化。诗人在诗歌创作上,表现出浓烈的时代悲剧气息,是诗歌风格的变化期。诗人常常将国家的不幸与自身的苦难遭遇联系起来,将叙事、抒情融为一体。诗中的叙事因素明显增加,现实主义的写实手法在这一阶段占重要地位。为反映复杂动乱的社会现实,诗人五言古体、五言排律、七言古体比以往任何一个时期都多。其中《南奔书怀》、《赠张相镐》等都是名篇。表现在感情的抒发上,诗人这一阶段的诗篇缥缈色彩较前几个阶段减少,代之以现实的忧时愤世,为国立功的色彩。他的忧愤更加现实逼真,他的理想也更实在具体。我们强调李白诗歌风格在最后阶段的变化,并非说其诗歌完全换了一副面孔。李白精神气质中那种慷慨豪放的因素一直没有泯灭。诗人悲剧心理的反映是壮烈的反映,不是凄凄惨惨。杜甫沉郁顿挫,李白则悲凉慷慨。当然,李白豪迈奔放、明朗自然的诗篇,在后期诗作中也不少。

　　这个选本所选皆为李白诗文中的名篇,一些内容比较复杂又艰深的作品以及较长的作品皆未选。读者如想进一步深入学习,可参看詹锳主编的《李白全集校注汇释集评》等。李白诗文的编年,詹锳、郁贤皓、安旗等先生做了不少工作,但按年代顺序编排仍有很大困难,故按宋蜀本《李太白文集》目次排列。为了方便读者,末附"李白简谱"、"历代李白集版本举要"、"李白研究著述举要"及"《李白集》名言警句"(正文中用着重号标出)。

　　王言涓在读研究生期间,撰写了十六篇,其馀工作都由我完成。

张瑞君<br>2008年5月

# 李白诗歌与盛唐文化（代序）

名家选集卷　李白集·代序

袁行霈

就一个作家在其当时所引起的轰动而论，中国文学史上没有人可以和李白匹敌。李白简直像一股狂飙、一阵雷霆，带着惊天动地的神威，以一种震慑的力量征服了同代的读者。贺知章初遇李白，诵其《蜀道难》，呼为"谪仙人"，解金龟换酒为乐。杜甫在赴长安的途中与李白相遇，竟改变路线，随之东下。别后终生念念不忘，赞之曰："白也诗无敌，飘然思不群"，"笔落惊风雨，诗成泣鬼神。"王屋山人魏万因仰慕李白，乃自嵩宋沿吴相访，追踪数千里，后于广陵相见，颂其人为"横海鲲，负天鹏"，誉其诗曰"鬼出神入"。任华以未能与李白一见为憾，特寄一诗以表胸臆。诗中说他"平生傲岸，其志不可测。数十年为客，未尝一日低颜色。……绿水青山知有君，白云明月偏相识"。这些话代表了当时人对李白及其诗歌的共同感受。

李白的诗歌为什么能在同时代的人们中间产生如此巨大的魅力呢？这是一个值得全面探讨的问题。限于篇幅，本文仅从一个重要的侧面予以回答，这就是李白诗歌与盛唐文化。

在八世纪第一年出生的李白,他的一生差不多是和盛唐时代相始终的。受了时代风气的熏陶,吮吸着营养丰富的文化乳汁,他成长为那个时代最完美的人。李白的魅力就是盛唐的魅力。然而,盛唐时代造就了李白,却又扼杀了李白。人们对李白的仰慕和同情,包含着对自己时代的杰作的欣赏和惋惜。

暂撇开社会的原因不论,仅就文化本身的渊源来说,盛唐文化的繁荣发展乃是南北文化交流和中外文化交流的结果。而李白恰恰处在这两种交流的高潮之中,再加上他本人特殊的教养和经历,终于使他和盛唐文化一起登上高峰。

南北朝时期,南方和北方的学风、文风乃至书法的风格,都呈现出显然不同的状态。南方喜庄老、尚清谈,注重抽象名理的论辩。北方流行汉儒的经学,注重人的行为准则。南方文风华靡,北方文风质朴。南帖飘逸,北碑凝重。《隋书·文学传序》论南北文风之不同曰:"江左宫商发越,贵于清绮,河朔词义贞刚,重乎气质。气质则理胜其词,清绮则文过其意,理深者便于时用,文华者宜于咏歌,此其南北词人得失之大较也。"很显然,单一的清绮或贞刚都不能蔚为大观。南北朝时期文学的中心在南朝,南朝的文学不仅已经成为一个独立部门,而且文学中又有了"文"、"笔"之分,"文"指美感的文字,"笔"指应用的文字,这是文学观念的一大进步。这个进步促使作家们更努力地去研究艺术技巧,积累艺术经验,因而使艺术性达到更加精巧的地步。然而,与此同时文学也走上了歧途,"竞一韵之奇,争一字之巧。连篇累牍,不出月露之形;积案盈箱,唯是风云之状"。一种华艳淫靡、轻浮纤弱的风气弥漫于文坛,呈现出一种病态的美,犹如在浓厚的脂粉之下掩盖着贫血的面庞,她需要输入新鲜的血液,呼吸新鲜的空气,移植强壮的筋骨,而这一切恰恰可以在北方的黄土地带找到。北朝文风的刚劲、粗犷、厚重与沉实,北朝民歌的泥土气息与健康情调,正好是那位病态的江南美人所急需的营养。"若能摄彼清音,简兹累句,各去所短,合其两长,则文质斌斌,尽善尽美矣"。到唐朝,诗人们经过上百年的摸索,特别是在"四杰"和陈子昂的努力下,这两种文风开始较好地融合起来。南朝的"文"融入北朝的"质",北朝的"质"充实南朝的"文",为创造中国诗歌最健美的典型做好准备。而李白适逢其会,继承"四杰"和陈子昂的道路,成为这种新诗歌的最优秀的代表。

南北文风之所以能在李白那里融会为一股新的诗潮,与他个人的教养和经历也有关系。他早年生活在蜀中,蜀中文化给他以最早的启迪。魏颢《李翰林集序》一开头就说:"自盘古划天地,天地之气,艮于西南。剑门上断,横江下绝,岷、峨之曲,别为锦川。蜀之人无闻则已,闻则杰出,是生相如、君平、王褒、扬雄,降有陈子昂、李白,皆五百年矣。"蜀人长于辞赋,李白"十五观奇书,作赋凌相如",早已将司马相如当成了学习的楷模和竞赛的对手,并在辞赋的写作上打下坚实的基础。而陈子昂的诗文革新对初入诗坛的李白也不会没有震动。李白在《赠僧行融》诗中赞美陈子昂说:"梁有汤惠休,常从鲍照游。峨嵋史怀一,独映陈公出。卓绝二道人,结交凤与麟。"李白出蜀之后,南游洞庭,东游金陵、扬州,后来回到江夏一带,与许圉师的孙女结婚,定居于安陆。早在春秋战国时期,就已形成荆楚文化,《楚辞》、《老子》以及受《老子》影响的庄周构成荆楚文化的特点。临其地,习其文,那种崇尚自然、耽于幻想、充满浪漫情调的文化必定给年轻的李白留下深刻的印象,以致李白集中庄骚影响的例证不胜枚举。而长江中下游又是西曲与吴歌的发源地,李白"混游渔商,陶不绝俗",南朝民歌的情调也影响了他的创作。此后,他北游洛阳、太原,东游齐鲁,寓家任城,与孔巢父等居徂徕山,号"竹溪六逸"。其《五月东鲁行答汶上翁》诗曰:"顾余不及仕,学剑来山东。"这些活动不仅使他扩大了视野,而且得以亲自体验北方文化的贞刚之气。天宝元年到天宝三载,李白在长安有机会接触盛唐时代最优秀的文化,离开长安以后又一直过着漫游的生活,广泛地领略南北各地的自然风光,了解各地习俗和具有地方特色的文化。这使他的创作得以在大一统的唐帝国广阔的文化背景上展开,并取得局于一隅的诗人绝不可能取得的成就。南北文风在李白身上得以融合,这不仅是通过对前代诗人的学习达到的,更重要的是从丰富的生活经历中实地感受之后,自然而然融合到一起,因此才能达到那么完美的地步。

盛唐是中外文化交流的高潮期。经济之繁荣、国威之强盛,在中国封建社会是空前的,在当时的世界上也是领先的。在统一、繁荣与强盛的基础上,盛唐文化不仅兼容南北,而且贯通中外,具有博大宏放灿烂辉煌的气象,保持着永恒的魅力。

唐朝境内的中外文化交流活动,遍及广州、扬州、洛阳等主要城市,而以首都长安最为集中和繁盛。当时的长安是世界上最大的国际都市,在八世纪前半叶人口已达百万。来自吐蕃、南诏、波斯、拂菻、天竺、尼婆罗国、骠国、真腊、扶南、林邑、瞻博、室利佛逝、师子、盘盘、单单、高丽、新罗、百济、日本等国的使臣络绎不绝。日本的遣唐使仅在中宗、玄宗两代就有四次之多,规模浩大。除使臣之外,长安还住着许多外国的王侯、供职于唐朝的外国官员、外国留学生、学问僧、求法僧、音乐家、舞蹈家、美术家和商贾等各个阶层各种职业的人物。诸如商胡、贾胡、胡姬、胡雏、蕃客、蕃使、蕃儿、胡奴、奚奴、高丽奴、昆仑奴等名称，屡见于当时的文献。盛唐本土文化虽然是当时世界上一种较高的文化，但在向世界传播自己文化的同时，吸取和消化域外文化的有益成分，使自己不断得到新的营养，发展得更加健美，仍是完全必要的。唐人以远大的眼光和雄伟的气魄做了这项有历史意义的工作。

在中外文化交流中，有几个方面显得格外突出。

首先是宗教。佛教早在东汉已传入中国，以后逐渐增加了中国的色彩，再向域外传播。佛教经典的翻译和佛教文学的输入给中国的音韵学、文学和艺术所带来的影响，已毋庸赘述。佛教以外，伊斯兰教、祆教、景教和摩尼教也都曾流行过。伊斯兰教限于大食商人的聚居区，影响不大。祆教的流行就广泛得多，据陈垣先生《火祆教入中国考》，北魏时祆教已开始传入中国，唐朝设有萨宝府专门管理祆教事务。长安有不少祆教祠寺，祆教在初盛唐十分兴盛。景教是基督教的一个支派。据明天启间出土之《大秦景教流行中国碑》（德宗建中二年立），景教于唐太宗贞观九年(635)传入中国，这年教士阿罗本自波斯来长安。贞观十二年，唐太宗下诏准其传教。在长安建寺一所，设僧二十一人。天宝四载(745)因景教源自大秦，遂将原称波斯寺的景教寺院正名为大秦寺。诏书说："其两京波斯寺，宜改大秦寺。天下诸府郡置者亦准此。"可见盛唐时景教的传播已不限于长安。据陈垣先生《摩尼教入中国考》，摩尼教于延载元年(694)传入中国。开元七年(719)吐火罗国献来一位懂天文的大慕阇（摩尼教师）。敦煌石窟中所存《摩尼光佛教法仪略》系汉文摩尼教经典，翻译年代在开元十九年(731)。盛唐时摩尼教的流行于此可见一斑。各种宗教的输入带来不相同的思想、文化，以及各种域外的信息。唐代士大夫喜欢游览寺院，又有住在山林寺观读书的习惯，李白先后隐居青城、徂徕、剡中，也带有就读的性质。李白是一个道教徒，与外来宗教未必有很多接触，外来宗教的直接影响是谈不到的。但各种宗教的传播有利于思想的活跃，使儒术难以确立其一尊的地位。这对于开阔唐人的思想、培养唐人的宏伟气魄、维持文化界自由的气氛，有一定的作用。而这一切对李白的影响却是难以估量的。

其次，在音乐、舞蹈、美术方面，由于广泛地吸取了外来的成分，呈现出绚丽多姿的景象。早在唐太宗平高昌后就设立了十部乐，其中四部来自唐朝境内少数民族，四部来自国外，这些具有浓厚异族色彩的音乐，受到热烈的欢迎,并广泛地流传开来,其中尤以龟兹部最盛。段成式《西阳杂俎》云:"玄宗尝伺察诸王。宁王常夏中挥汗挽鼓,所读书乃龟兹乐谱也。上知之喜曰:'天子兄弟当极醉乐耳。'"开元、天宝之际,外来的乐舞也很流行,如著名的胡旋舞就是这时由西域传入的。白居易和元稹都有《胡旋女》诗,极写其舞姿之旋疾。在唐代著名的音乐舞蹈家中,隶籍米国、曹国、康国、安国的代不乏人。唐代著名画家尉迟乙僧原系于阗贵族,贞观初来长安,任宿卫官,袭封郡公。工画佛像、鬼神、人物、花鸟。在长安慈恩寺塔画"功德"、"凹凸花"及《千手眼大悲像》,为人称赏。"凡画功德人物花鸟,皆是外国之物像,非中华之威仪"。晚唐段成式在长安奉慈寺普圣堂所见尉迟画"颇有奇处,四壁画像及脱皮白骨匠意极险"。其画风对盛唐颇有影响。敦煌石窟中盛唐的壁画和雕塑,以雄伟的气魄、卓绝的造型、丰富的色彩,显示了一个不平凡的时代的精神。

综上所述,盛唐文化以中国本土文化为主体,广泛地吸取了域外文化而蔚为大观。那种兼容并蓄的伟大气魄,那种无拘无束的自由精神,对盛唐诗人在心理和气质上所造成的影响,给诗歌创作带来的活力,的确是不可低估的。因循守旧、模拟保守的习惯势力,在盛唐没有立足之地。新的事物、新的气象、新的追求,带动着诗歌以一种开天辟地般的气势去创造、去攀登、去打开一个又一个新的局面。终于,盛唐诗歌达到了中国这个古老的诗国的高峰。而李白又是适逢其会,走在这个新潮流的最前列。

李白特殊的身世使他更易于接受这种时代潮流的影响。他出身于中亚碎叶,五岁才到四川。碎叶是西域商贾和汉族杂居的地方,不管李白是否有胡人的血统,他幼年一定受到西域文化的影响。这使他容易摆脱传统的束缚而易于接受异端。入蜀以后,李白受的是多方面的教育:"五岁诵六甲"、"十岁观百家"、"十五好剑术"、"十五游神仙"、"十五观奇书"。他所谓的奇书是否包括域外的著述,虽不得而知,但并非传统的儒家经典是可以肯定的。胡怀琛先生曾据范传正《李公新墓碑》所载"草答番书"一事,证明李白识外国文。证据虽然不足,但也不是不可能的。李白在岷山之阳和东岩子一起巢居数年,"养奇禽千计,呼皆就掌取食,了无惊猜"。与蜀中友人吴指南同游于楚,指南死于洞庭之上,李白"雪泣持刃,躬身洗削,裹骨徒步,负之而趋"。他所自诩的这些行为也有异于儒生。后来他到过扬州、洛阳、长安,有机会亲自接触外来文化,在长安还和日本人阿倍仲麻吕结成好友。把李白放到中外文化交流的这个背景上去看,他能够成为盛唐文化的伟大代表是一点也不奇怪的。

然而盛唐时代南北文化的交流与中外文化的交流所给予李白的影响，如果从李白的作品中去寻找直接的印记，恐怕并不是一种很好的方法。因为时代风气的熏陶和文化的浸润，是在潜移默化中发挥着作用。它的痕迹并不表现在字句上，不表现在题材上，诸如写了江南的烟雨、大漠的黄沙、胡姬的压酒、山寺的钟声，等等。主要也不表现在他的诗中赞美了南朝的某个诗人、北朝的某个作家，提到了哪个外国人之类。盛唐文化的乳汁已经化为李白的血肉、骨骼、灵魂、精神。他整个儿地就属于盛唐，也只有盛唐这样的母亲才能培育出李白这样的儿子。寻找李白诗歌与盛唐文化的联系，主要应当从气质上去把握，从才情上去把握。儿子和母亲，面貌固然会相似，但更本质的相似却在气质和才情上。现在就本着这种看法，对李白的诗歌做一番探讨。

李白的诗歌固然有高度的艺术技巧，但若论章法的严密、用典的巧妙、对偶的工整，未必就比别人高明许多。若论比喻的新鲜、想象的奇特、夸张的大胆，虽有过人之处，可是只凭这些，显然不足以产生那么强大的艺术力量。李白乃是以气夺人。范传正说得好："受五行之刚气，叔夜心高；挺三蜀之雄才，相如文逸。璨奇宏廓，拔俗无类。"气的充沛与浩大是盛唐文化的特点，也是李白诗歌具有特殊魅力的一个重要原因。至于艺术技巧，不过是在气的统率之下更加充分发挥了他们的作用而已。

气是一个哲学概念，在先秦诸子的著作中已经屡见不鲜。气的概念首先被引进音乐理论，在《左传》和《大戴礼记》中都有这方面的论述。曹丕写《典论·论文》开始以气论文。此后在绘画、音乐、书法等领域中也运用了气的概念。尽管古人对气的理解和用法不完全相同，但大致说来是指作家、艺术家在进行文艺创造时的思想境界、人格力量、性情才调，以及创作的激情、冲动、勇气等心理准备。说李白的诗以气胜，就是着眼于这些方面的。读者都会感到，李白的诗里有一股与云天比高、与历史等量的气回荡着，使人不得不慑服于他的力量。李白的诗，综而言之，其气奇、其气逸、其气壮。析而论之，有气骨、有气象、有气势。

所谓气奇，是指李白的诗歌显示了超凡的创造力，创造了许多按常规不可思议的诗歌形象，使人惊讶、叹服。

南北文化的交流和中外文化的交流，激发了盛唐人的创造力，这在当时的音乐、舞蹈、美术、书法中都已得到了证明。而李白的创造力尤其旺盛。他既尊重传统、学习前人，又勇于创新、走自己的路。东施效颦、邯郸学步，最为他所不齿。他那种飘逸的艺术风格是前无古人的，他的许多诗的写法也是前人不敢想象的。

狂风吹我心,西挂咸阳树。(《金乡送韦八之西京》)
雁引愁心去,山衔好月来。(《与夏十二登岳阳楼》)
我寄愁心与明月,随君直到夜郎西。(《闻王昌龄左迁龙标遥有此寄》)

他想象自己的心可以离开身体飞向远方,或随狂风,或随大雁,或随明月。这写法多么新奇!

许多自然界的景物,前人曾不止一次地吟咏过,但在李白的笔下有了新的创造、新的生命,成为新的意象。明月,是经过李白的再创造,才变得格外富有诗意的。还有一些自然界的景物,前人似乎忽略了,没有形成饱满的诗歌意象。李白却有新的发现,咏之于诗,成为独具特色的意象。例如海就是这样。自《诗经》开始,写江写河的佳句不胜枚举,写海的除了曹操的《观沧海》之外,留在人们记忆中的就不多了。王均的《早出巡行瞩望山海》、隋炀帝的《望海》、李峤和宋之问的《海》,都不曾给人们留下什么印象。写海而能写出海的气魄的,还是要推李白。"明月出天山,苍茫云海间"。"海寒多天风,白波连山倒蓬壶"。"木落海水清","半壁见海日"。在这些诗中,海和云、风、日、月互相配合,构成一幅幅壮观的图画。

也许是因为李白喜欢皎洁的缘故,他的诗里使用最多的色彩词就是白了。在他的富有创造性的笔下,几乎什么都可以成为白的。"白玉"、"白石"、"白云"、"白雪"、"白霜"、"白浪"、"白日"、"白鸥",自不待言。就连雨也有白雨:"白雨映寒山,森森似银竹。"真是意想不到的妙笔。其他如"青天何历历,明星如白石","白云映水摇空城,白露垂珠滴秋月","云鬟绿鬓罢梳结,愁如回飙乱白雪","明月不归沉碧海,白云愁色清苍梧","洞庭白波木叶稀,燕鸿始入吴云飞"。李白就这样用他的诗笔创造了一个前所未有的天地。

李白诗歌的逸气表现为对自由的热爱与追求。李白的诗风飘逸不群,他的才情不受任何拘束。他一再把自己比作大鹏,在《上李邕》中说:"大鹏一日同风起,扶摇直上九万里。假令风歇时下来,犹能簸却沧溟水。时人见我恒殊调,见余大言皆冷笑。宣父犹能畏后生,丈夫未可轻年少。""殊调"二字正好可以说明他不受世俗观念的束缚、热爱自由、追求自由的性格。《大鹏赋》说得更加清楚:"岂比夫蓬莱之黄鹄,夸金衣与菊裳?耻苍梧之玄凤,耀彩质与锦章。既服御于灵仙,久驯扰于池隍。精卫殷勤于衔木,鹦鹎亚悲愁乎荐筋。天鸡警晓于蟠桃,踆乌晞耀于太阳。不旷荡而纵适,何拘挛而守常。未若兹鹏之逍遥,无厌类乎比方。"

李白用以自比的大鹏,既不同于蓬莱的黄鹄、苍梧的玄凤,也不同于衔木的精卫、报晓的天鸡。那些鸟都丧失了自由,唯独大鹏可以无拘无束地翱翔于天地之间。李白不甘心受礼教的约束,不屑于做一名皓首穷经的儒生。他说:"儒生不及游侠人,白首下帷复何益。""谁能书阁下,白首太玄经。""男儿百年且乐命,何须徇书受贫病?男儿百年且荣身,何须徇节甘风尘?衣冠半是征战士,穷儒浪作林泉民。"他甚至不屑于参加士大夫视为正途的进士考试,而欲凭借自己的社会声望直取卿相,功成身退,依旧还他自由的身份。

这种热爱自由、追求自由的精神,在李白的山水诗中表现得很突出。他笔下那咆哮愤怒、一泻千里的江河,奇险挺拔、高出天外的峰峦,往往是这种精神的体现。李白的求仙、饮酒也曲折地表现了这种精神。他厌恶世俗,向往仙境,想在仙境中求得自由。"少年早欲五湖去,见此弥将钟鼎疏"。"别君去兮何时还,且放白鹿青崖间,须行即骑访名山"。"人生在世不称意,明朝散发弄扁舟"。"人间不可以托些,吾将采药于逢丘"。"咸阳市中叹黄犬,何如月下倾金罍"。这些诗句都抒发了追求自由的热情。李白本是要入世的,理想不能实现,遂借着隐逸求仙、狂歌纵酒来排遣苦闷。李白说:"每思欲遐登蓬莱,极目四海,手弄白日,顶摩青穹,挥斥幽愤,不可得也。"正是这种心情的表露。

李白追求自由的精神还表现在他不肯让诗歌格律束缚自己,当感情达到高潮时,往往冲破格律的束缚,写出一些散文化的诗句。如:"清风朗月不用一钱买,玉山自倒非人推。""其险也若此,嗟尔远道之人,胡为乎来哉!""我且为君捶碎黄鹤楼,君亦为我倒却鹦鹉洲。"

和中国封建社会其他朝代相比,唐代是一个文化比较自由的时代。李白对自由的热爱与追求,和时代的脉搏是一致的。唐人对李白的这种精神赞誉备至。殷璠说他:"志不拘检,常林栖十数载。故其为文,率皆纵逸。"任华说他:"多不拘常律,振摆超腾,既俊且逸。"张碧说他:"天与俱高,青且无际,鲲触巨海,澜涛怒翻。"范传正说他:"脱屣轩冕,释羁缰锁,因肆情性,大放宇宙间。"皮日休说他:"言出天地外,思出鬼神表,读之则神驰八极,测之则心怀四溟,磊磊落落,真非世间语者。"都可谓李白的知音。

所谓气壮,表现为一种强烈的自信心,而这也是植根于盛唐时代的。盛唐时代高涨的民族自信心和民族自豪感,培育了李白乐观自信的精神。不论遇到什么困难、挫折和打击,李白都能以积极的态度去对待。

他有深沉的苦闷和忧愤,但主导方面还是对前途的自信和斗争的勇气。他的代表作《行路难》其一就有力地证明了这一点:"金樽清酒斗十千,玉盘珍羞值万钱。停杯投箸不能食,拔剑四顾心茫然。欲渡黄河冰塞川,将登太行雪满山。闲来垂钓碧溪上,忽复乘舟梦日边。行路难,行路难?多歧路,今安在?长风破浪会有时,直挂云帆济沧海!"这首诗写出了对人生进行思考的一个过程。他茫然过,徘徊过,站在十字路口无所适从。但终于从纷乱的思绪和低沉的情绪中挣脱出来,又昂起头颅,踏上新的征途。压抑越是沉重,爆发的力量就越是迅猛。这样的作品即使千载之下,仍能令懦者勇、强者壮!

李白经常写自己的愁,写愁疾、愁颜、愁容、愁心、愁发、愁肠,也写愁猿、愁云。但只要和中唐诗人孟郊、李贺的愁比一比,和晚唐诗人温庭筠、李商隐的愁比一比,和宋词里那类锁在小楼深院中的闲愁比一比,就可以感到李白即使是忧愁,也是强者之愁,也有一股浩然的壮气充溢其间。李白的愁是"万古愁",可以被大雁引去,也可以被狂风吹落在天涯。真是壮浪纵恣,无涯无际。

李白的骨气一向为人所称颂,甚至传说他"不能屈身,以腰间有傲骨"。盛唐时代,随着民族自信心和民族自豪感的上升,人对自身价值的肯定和对自身力量的信心,也达到相当充分的地步。李白粪土权门,蔑视富贵,以布衣的骄傲和王侯相抗衡,以桀骜不驯的态度向社会的庸俗挑战,显示了人格的力量。他高呼:"松柏本孤直,难为桃李颜。""安能摧眉折腰事权贵,使我不得开心颜。""绿萝笑簪绂,丹壑贱岩郎。""黄金白璧买歌笑,一醉累月轻王侯。"李白以凤和鸡对比,最鲜明地表现了自己的骨气:"凤饥不啄粟,所食唯琅玕。焉能与群鸡,刺蹙争一餐!"(《古风》其四十)。他既不肯像冯谖那样"弹剑作歌","曳裾王门",更不屑与那班斗鸡走狗之徒为伍。他保持着自己独立的人格,不论出处始终一贯。这是中国古代志士最宝贵的节操,也是李白诗歌最具魅力的地方。

李白的诗歌恢宏超迈,有吞吐群星、包孕日月的气象。"阳春召我以烟景,大块假我以文章"。"吾将囊括大块,浩然与溟涬同科"。他似乎有一种和大自然融一体的近似神秘的感觉,这种感觉常常触发他的灵感,使他的诗具有非凡的气象。在《登太白峰》里他说:"太白与我语,为我开天关。愿乘冷风去,直出浮云间。举手可近月,前行若无山。"他想象太白金星替他打开天门,放他飞出云层,他乘着冷风一直飞到月亮的旁边。这几句诗表现了探索大自然的秘密,追求无限和永恒的意志。在李白的心目中,君山可以划去,洞庭湖的月色可以赊来,万里黄河写入胸怀,舞袖一拂五松山就从大地上抹去了。在大自然面前,他不是一个顶礼膜拜者,而俨然是主人的姿态，万象都是他的宾客，都听他的指挥。正如皮日休在《七爱诗》中所说："五岳为辞锋，四海作胸臆。惜哉千万年，此俊不可得。"

李白诗歌的气象也表现在一些政治诗中。他常以鲁仲连、范蠡、乐毅、谢安等人自许，要求自己像他们那样施展才能"济苍生"，"安社稷"，"使寰区大定，海县清一"。他希望自己有所作为，也相信自己能够有所作为。他一生没有放弃对理想的追求，也没有丧失信心。"天生我材必有用"，"东山高卧时起来"这种强烈的自信心和使命感，使他的诗气象非凡。即使是安史之乱也没有使他灰心，反而激起他在乱世中建功立业的希望。他高唱："敌可摧，旄头灭，履胡之肠涉胡血。悬胡青天上，埋胡紫塞旁。胡无人，汉道昌。"（《胡无人》）"抚剑夜吟啸，雄心日千里。誓欲斩鲸鲵，澄清洛阳水。"（《赠张相镐》其二）可以说这是战乱中的最强音了！

李白诗歌的气势见诸字句音节，有一种奔腾回旋的动感。《蜀道难》大气磅礴一气呵成，而又回旋往复不能自已。《将进酒》以"黄河之水天上来，奔流到海不复回"开头，整首诗也如万里黄河奔流不息，每一诵读总是回肠荡气。李白喜用七言歌行和七言绝句这两种体裁，就因为它们最宜于表现气势。

叶燮说："李白天才自然，出类拔萃……非以才得之，乃以气得之也。……苟有气以鼓之，如弓之括力至引满，自无可坚摧。此在彀率之外者也。……历观千古诗人，有大名者，舍白之外，孰能有是气者乎？"的确是中肯之论。

李白诗歌与盛唐文化，是一个很大的题目。一篇文章难以面面俱到，也难以深入。但这是一个很有吸引力的论题。一个伟大的诗人不可能脱离他的时代，而时代的背景不仅指政治、经济的背景，也应包括文化的背景。抽去文化背景，就难以清楚地认识李白。全面深入地了解盛唐文化，无疑有助于加深对李白的认识。本文只是一个初步的尝试，深入的研究有待来日，更有待专家们的共同努力。

袁行霈，1936年生，江苏武进人。著名古典文学专家，北京大学教授。著有《中国文学史》、《中国诗歌艺术研究》、《中国文学概论》、《陶渊明研究》、《陶渊明集笺注》等专著多部。本文原载《中日李白诗词研究论文集》。

# 目录

前言 / 001
李白诗歌与盛唐文化(代序)
　　(袁行霈) / 001

◎ 诗

古风五十九首(选八) / 001
　其一(大雅久不作) / 001
　其九(齐有倜傥生) / 002
　其十四(燕昭延郭隗) / 004
　其十九(西上莲花山) / 005
　其二十四(大车扬飞尘) / 006
　其三十五(丑女来效颦) / 008
　其三十九(登高望四海) / 009
　其四十七(桃花开东园) / 010
远别离 / 011
蜀道难 / 013
乌栖曲 / 016
战城南 / 017
将进酒 / 018
行行且游猎篇 / 020
行路难三首(选二) / 021
　其一 / 021
　其二 / 022
长相思 / 024

# 目录

日出入行 / 025
北风行 / 026
关山月 / 028
独漉篇 / 029
杨叛儿 / 031
采莲曲 / 032
白头吟二首(其一) / 033
长干行二首(其一) / 035
古朗月行 / 037
妾薄命 / 039
塞下曲六首(其一) / 040
玉阶怨 / 041
清平调三首 / 042
丁都护歌 / 043
少年行二首(其二) / 044
静夜思 / 045
春思 / 045
秋思 / 046
子夜吴歌(秋) / 047
襄阳歌 / 048
江上吟 / 050
玉壶吟 / 052
西岳云台歌送丹丘子 / 053
扶风豪士歌 / 056
长相思 / 058
白云歌送刘十六归山 / 059
梁园吟 / 060
横江词六首(选二) / 063
　其一 / 064
　其二 / 064
秋浦歌十七首(选二) / 065

其十四 / 066
其十五 / 066
当涂赵炎少府粉图山水歌 / 068
峨眉山月歌 / 072
临路歌 / 073
赠孟浩然 / 075
上李邕 / 077
巴陵赠贾舍人 / 078
江夏赠韦南陵冰 / 079
赠从弟冽 / 082
赠汪伦 / 084
沙丘城下寄杜甫 / 085
闻王昌龄左迁龙标遥有此寄 / 086
庐山谣寄卢侍御虚舟 / 087
秋日鲁郡尧祠亭上宴别杜补阙范侍御 / 089
梦游天姥吟留别 / 090
金陵酒肆留别 / 094
黄鹤楼送孟浩然之广陵 / 094
渡荆门送别 / 095
南陵别儿童入京 / 096
金乡送韦八之西京 / 098
鲁郡东石门送杜二甫 / 098
灞陵行送别 / 099
送友人入蜀 / 100
陪侍御叔华登楼歌 / 101
山中答俗人 / 103
答王十二寒夜独酌有怀 / 103
把酒问月 / 108

陪侍郎叔游洞庭醉后三首
　　（其三） / 109
陪族叔刑部侍郎晔及中书贾舍
　　人至游洞庭五首（其二）
　　　/ 110
登锦城散花楼 / 110
登太白峰 / 111
登金陵凤凰台 / 112
望庐山瀑布二首（其二） / 113
望庐山五老峰 / 114
秋登宣城谢朓北楼 / 115
望天门山 / 116
望木瓜山 / 116
夜下征虏亭 / 117
客中作 / 118
太原早秋 / 118
早发白帝城 / 119
秋下荆门 / 120
宿五松山下荀媪家 / 121
苏台览古 / 122
越中览古 / 122
夜泊牛渚怀古 / 123
月下独酌四首（其一） / 124
山中与幽人对酌 / 125
与史郎中钦听黄鹤楼上吹笛
　　　/ 126
独坐敬亭山 / 127
访戴天山道士不遇 / 127
嘲鲁儒 / 128
春夜洛城闻笛 / 130
宣城见杜鹃花 / 132

长门怨二首 / 133
　其一 / 133
　其二 / 133
怨情 / 136
巴女词 / 137
哭晁卿衡 / 138

◎ 文赋

大鹏赋并序 / 141
为宋中丞自荐表 / 145
代寿山答孟少府移文书 / 146
上安州李长史书 / 150
与贾少公书 / 153
与韩荆州书 / 154
上安州裴长史书 / 157
暮春江夏送张祖监丞之东都
　　序 / 162
春于姑熟送赵四流炎方序 / 163
秋于敬亭送从侄耑游庐山序
　　　/ 164
早春于江夏送蔡十还家云梦
　　序 / 166
江夏送倩公归汉东序 / 167
泽畔吟序 / 168
春夜宴从弟桃花园序 / 170
冬夜于随州紫阳先生餐霞楼送
　　烟子元演隐仙城山序 / 171
赵公西候新亭颂 / 173
武昌宰韩君去思颂碑并序 / 176
为宋中丞祭九江文 / 179

◎附录

李白简谱 / 181
历代李白集版本举要 / 184
李白研究著述举要 / 185
《李白集》名言警句 / 188

## ◎诗

### 古风五十九首(选八)

#### 其 一

**题解** 这首诗是李白反思诗史,表达自己的文学思想。历叙《诗经》以后的文学,或重视抒写哀怨,或专意铺采摘文,或一味追求华艳轻靡,表达了诗人超越前贤的文学创新勇气,提出了自己继承风骚、推崇清真的诗学审美观。

> 大雅久不作,吾衰竟谁陈?
> 王风委蔓草,战国多荆榛。
> 龙虎相啖食,兵戈逮狂秦。
> 正声何微茫,哀怨起骚人。
> 扬马激颓波,开流荡无垠。
> 废兴虽万变,宪章亦已沦。
> 自从建安来,绮丽不足珍。
> 圣代复元古,垂衣贵清真。
> 群才属休明,乘运共跃鳞。
> 文质相炳焕,众星罗秋旻。
> 我志在删述,垂辉映千春。
> 希圣如有立,绝笔于获麟。

大雅久不作,吾衰竟谁陈?王风委蔓草,战国多荆榛——大雅,《诗经》的一部分,内容多歌颂西周文治武功。此指雅、颂。吾衰,《论语·述而》:"子曰:甚矣,吾衰也。"王风,《诗经·国风》之一,是周代东都洛邑(今河南洛阳)一带的民歌。这四句的意思是大雅之不作,时间已久。现在想继承其传统,舍我其谁?又恐光阴短暂,老之速至,而力所不及。平王东迁,《黍离》降为国风,而多蔓草郑国之音。及至战国而多荆榛。

龙虎相啖食，兵戈逮狂秦。正声何微茫，哀怨起骚人——龙虎，指战国七雄。正声，指《诗经》的传统。骚人，指屈原、宋玉等人。屈原作《离骚》，后世因称楚辞体的作品为骚体，作者为骚人。这四句说王道沦丧，强弱相吞，战争不断，而至于狂秦。《诗经》以来的优秀传统，泯灭而难闻。乱世之声哀怨，骚辞兴起。

扬马激颓波，开流荡无垠。废兴虽万变，宪章亦已沦。自从建安来，绮丽不足珍——扬马，扬雄、司马相如。宪章，指诗的法度。建安，东汉末年汉献帝年号（196—220）。此指建安文学，以三曹和建安七子为代表。这六句意为，扬雄、司马相如激扬了骚人的颓波，铺张扬厉之风浩荡无涯。然自秦汉以来，虽有废有兴，但只是形态不同，诗的法度已经沦丧。自从建安以来的文学，不过绮丽而已，不足珍贵。

圣代复元古，垂衣贵清真。群才属休明，乘运共跃鳞。文质相炳焕，众星罗秋旻——圣代，指唐代。垂衣，《易·系辞下》："黄帝、尧、舜垂衣裳而天下治。"指垂衣拱手，无为而治。清真，朴素自然，与"绮丽"相对。休明，政治清明的盛世。跃鳞，喻施展才能。文质，文指辞藻，质指内容。秋旻，指秋天。这六句的意思是，我朝大唐，始复古作，推崇朴素自然。正逢清明的盛世，群才辈出，各自施展杰出才华。诗歌的内容形式完美统一，诗人如群星闪烁在广阔的秋日夜空。

我志在删述，垂辉映千春。希圣如有立，绝笔于获麟——希圣，希望达到圣人的境界。有立，有成就。绝笔，《史记·孔子世家》等记载，鲁哀公十四年(前481)，鲁人猎获麒麟，孔子以为这是自己政治理想不能实现的象征，叹道："吾道穷矣！"他修订的《春秋》即在此年完成。这四句意为，我的宏伟志向是继承孔子的伟业，垂芳后世。在有生之年，追踪孔子，开创诗歌创作的新天地。

对这首诗的解释有很多争议。主要观点在于本诗对《诗经》以来历代制作的贬抑，与李白推崇学习六朝作家不相符合。裴斐先生认为这是李白早期的大言之作(《文学遗产》1990年第3期)。其实，这首诗表达的是诗人对整个唐以前诗史的审美把握和继承革新的深刻思索，推崇《诗经》的风雅正声，推崇清丽自然的美学境界，以复古为革新，与陈子昂一脉相承。表现了李白开创一代诗风的胆识和气魄，与李白对六朝具体诗人的学习并不矛盾，一为诗歌创作的方向，一为具体诗篇的学习借鉴。有人解释为浪漫个性表现，对六朝贬低性评价为明显夸张，也不十分确切。这首诗表达了李白十分认真的态度和文学主张，也是李白最重要的文学思想材料之一。

## 其 九

这首诗表达了诗人对鲁仲连的折服，表现了为国建功立业，功成身退的人生理想。约作于开元二十九年。

> 齐有倜傥生，鲁连特高妙。
> 明月出海底，一朝开光曜。
> 却秦振英声，后世仰末照。
> 意轻千金赠，顾向平原笑。
> 吾亦澹荡人，拂衣可同调。

齐有倜傥生，鲁连特高妙。明月出海底，一朝开光曜——倜傥，洒脱不拘，潇洒超拔。鲁连，即鲁仲连。据《史记·鲁仲连列传》载，他是战国时齐人。高蹈不仕，喜欢为人排难解纷。游于赵，秦围赵，邯郸急，魏使辛垣衍请帝秦。鲁仲连力言不可。秦将闻之，退军五十里。正逢信陵君率魏兵至，秦军于是退兵。平原君要封鲁仲连，终不愿受封。于是置酒设宴，以千金为寿，鲁仲连笑曰："所贵于天下之士者，为人排患释难解纷乱而无所取也。即有取者，是商贾之事也，而连不忍为也。"遂去，终身不复见。明月，夜光珠名。因珠光晶莹明亮如月，故名。在此比喻鲁仲连威武不能屈、富贵不能淫、行侠仗义、排患解难、功成身退的高尚风范。这四句的意思是，齐国有洒脱不羁的鲁仲连，高妙超群。他高风亮节，仿佛从海底跃出的明月珠，光彩照耀，天下人所同仰。

却秦振英声，后世仰末照。意轻千金赠，顾向平原笑——末照，馀晖，指鲁仲连高尚的人格对后世的影响。平原，即平原君赵胜，赵惠文王之弟，任赵相，有食客三千人。这四句的意思是，鲁仲连却秦解围，英名远播，馀光照耀后世，人皆仰之。不受千金之赠，向平原君一笑，虽有救人之功，终不肯受赏，此所以流芳后世也。表达出李白对他的人格和风度的折服。

吾亦澹荡人，拂衣可同调——澹荡，放荡，不受拘束。拂衣，借指归隐。同调，指志趣相投。千年以后，李白对鲁仲连仰慕不已。自叙怀抱，言自我放荡不羁，追求自由，功成归隐，愿与鲁仲连同调。

此诗虽为咏史，但托鲁仲连自比，借古人抒己之怀抱。方东树曰："此以鲁仲连起兴以自比。"全诗将叙事、抒情、议论融为一体，咏史、言志结合，表达了诗人志存高远、超凡绝俗、功成身退的宏伟志向。

## 其十四

此诗写于天宝三载,李白将离长安之时。诗人赞美燕昭王求贤若渴、爱惜人才,讽刺当时政治,表达了诗人的激愤之情,抒发怀才不遇的感慨。

> 燕昭延郭隗,遂筑黄金台。
> 剧辛方赵至,邹衍复齐来。
> 奈何青云士,弃我如尘埃!
> 珠玉买歌笑,糟糠养贤才。
> 方知黄鹤举,千里独徘徊。

燕昭延郭隗,遂筑黄金台。剧辛方赵至,邹衍复齐来——"燕昭"句,《史记·燕昭公世家》:燕昭王破燕以后即位,卑身厚币,以招贤者。谓郭隗曰:"齐因孤之国乱而袭破燕,孤极知燕小力少不足以报,诚得贤士以共国,以雪先王之耻,孤之愿也。先生视可者,得身事之。"郭隗曰:"王必欲致士,先从隗始。况贤于隗者,岂远千里哉?"于是昭王为隗改筑宫而师事之。乐毅自魏往,邹衍自齐往,剧辛自赵往,士争趋燕。延,聘请。黄金台,亦称金台,燕台,在易水东南十八里。燕昭王置千金于台上,以延天下之士。台故址在今河北易县东南。剧辛,战国时燕将,原为赵国人,燕昭王招徕天下贤士时,由赵入燕。邹衍,战国时著名哲学家,齐国人。这四句的意思是,讲治国必得人才,自古明君贤相,急于求贤。故燕昭王卑辞厚币招贤,首先得到郭隗,以之为师,为筑黄金台。士闻风而至,赵有剧辛,齐有邹衍,皆不远千里而来。昭王求贤,心真意切,果得乐毅,成伐齐之功。李白感叹识人才者诚可贵也。

奈何青云士,弃我如尘埃!珠玉买歌笑,糟糠养贤才。方知黄鹤举,千里独徘徊——青云士,语出《史记·伯夷列传》,原指立德立言的高尚之人,此指朝廷宠臣。黄鹤举,《韩诗外传》卷二:田饶事鲁哀公而不见察,田饶谓哀公曰:"臣将去君,黄鹄举矣。"哀公曰:"何谓也?"曰:"……鸡有此五德,君犹日瀹而食之者,何也?以其所从来者近也。夫黄鹄一举千里,止君园池,食君鱼鳖,啄君黍粱,无此五德,君犹贵之,以其所从者远也。臣将去君,黄鹄举矣。"古"鹤"与"鹄"常常通用。在此李白表示离开京都,远走高飞。这六句指斥现实,与燕昭王礼贤下士的行为对比,意思是奈何今之居高位的人,富贵骄人,弃置人才,像抛弃尘埃。珠玉本为珍贵的东西,却用来买歌笑,而用糟糠去养贤才。我将如黄鹤一飞千里,悠然远去,徘徊飞翔在尘埃之外,不与此黑暗的朝廷为伍。

李白用燕昭王的典故抒发怀才不遇的感情有数首。这首诗古今对比,抒发诗人对燕昭王君臣遇合的仰慕,歌颂燕昭王爱惜、重视人才的美德,指斥天宝时社会黑暗,是非不分,埋没人才的社会时弊,表达自己被弃不用的悲愤和高蹈不群、坚贞不屈的自由人格。

## 其十九

此诗约作于天宝十五载(756)春。诗人目睹安史叛军的暴行,表达自己对安史叛乱的谴责,含蓄地表露出自我出世与入世的矛盾心情。

> 西上莲花山,迢迢见明星。
> 素手把芙蓉,虚步蹑太清。
> 霓裳曳广带,飘拂升天行。
> 邀我登云台,高揖卫叔卿。
> 恍恍与之去,驾鸿凌紫冥。
> 俯视洛阳川,茫茫走胡兵。
> 流血涂野草,豺狼尽冠缨。

西上莲花山,迢迢见明星。素手把芙蓉,虚步蹑太清。霓裳曳广带,飘拂升天行——莲花山,西岳华山。《太平御览》卷三九引《华山记》云:"山顶有池,生千叶莲花,服之羽化,因曰华山。"迢迢,遥远貌。明星,华山上的仙女。《太平广记》卷五九《集仙录》:"明星玉女者,居华山,服玉浆,白日升天。"素手,女子洁白的手。《古诗十九首》:"纤纤出素手。"虚步,凌空而行。太清,天空。这六句意为,我登上西岳华山莲花峰,远远望见仙女明星。她纤纤素手拿着莲花,在蓝色天空凌虚而行。七彩霓裳拖着宽宽长带,轻盈的身姿向着高天飞升。写游仙之地和明星仙子的美妙形象。

邀我登云台,高揖卫叔卿。恍恍与之去,驾鸿凌紫冥——云台,华山东北部之高峰。因两峰并峙,四面陡绝,嶷然独秀,状若云台。卫叔卿,神仙名。据《神仙传》

卷八记载,卫叔卿为中山人,服食云母成仙。曾乘云车、驾白鹿从天而下见汉武帝,因武帝不加优礼而去。武帝十分悔恨,遣使者与卫叔卿的儿子共去华山,找寻其父。未到其岭,于绝岩之下,望见其与数人博戏于石上,紫云郁郁,数仙童执幢节侍候。恍恍,隐隐约约。紫冥,紫色的天空。这四句说,明星玉女邀我登上云台峰,拜见了向往的仙人卫叔卿。恍恍惚惚与之同去,驾着飞鸿直上紫色的天空。以上表达了诗人幻想超脱尘世的出世思想。

俯视洛阳川,茫茫走胡兵。流血涂野草,豺狼尽冠缨——冠缨,代称为官者。这四句意为,俯视洛阳大地,旷野茫茫,胡兵纵横。安史叛军杀人如麻,流血遍野,安禄山却大封伪官,杀人的豺狼顶冠簪缨,得意忘形。这四句重在写安史叛军攻破洛阳后凌虐中原的惨象。含蓄地表现了诗人关心现实,系念国家和百姓的入世热情,虽未点破,意在其中。

李白将幻想的空间境界和现实的空间境界巧妙融为一体,意在言外,含而不露,表达安史之乱爆发后诗人的深沉复杂的感情世界。幻想的空间境界多么缥缈迷人,令诗人流连,而现实的空间境界悲惨恐怖。诗人通过两种空间境界的对照,巧妙地展示了出世与入世的矛盾。诗的基调由飘逸到沉郁,造成强烈的反差。构思巧妙,干净利落。虽受屈原《离骚》"陟升皇之赫戏兮,忽临睨夫旧乡"的启发,但自有特色。全诗虽为游仙,但重在表现对理想境界的追求和对祖国人民的关心,具有比魏晋以来的游仙诗更高的审美价值。

## 其二十四

这首诗写于天宝初年,尖锐地抨击了宦官的嚣张气焰,斗鸡之徒的骄横跋扈,进而对唐玄宗日益腐朽的政治进行了谴责。

大车扬飞尘,亭午暗阡陌。
中贵多黄金,连云开甲宅。
路逢斗鸡者,冠盖何辉赫!
鼻息干虹霓,行人皆怵惕。
世无洗耳翁,谁知尧与跖?

大车扬飞尘,亭午暗阡陌。中贵多黄金,连云开甲宅——亭午,中午。阡陌,田间小道。南北曰阡,东西曰陌。中贵,有权势的宦官。甲宅,即甲第,上等的房舍。《新唐书·宦者传》:"开元、天宝中,宦官黄衣以上三千员,衣朱紫千馀人,其称旨者辄拜三品将军,列戟于门。……于是甲舍名园,上腴之田,为中人所占者半京畿矣。"这四句的意思是,高轩大车,扬动飞尘。中午时分,道路一片尘土迷蒙。这是权倾一时的宦官的车马。他们有充裕的黄金,广置宅第,高接云霄。一二句先声夺人,传神地刻画出宦官嚣张跋扈的气焰。三四句又勾勒出宦官贪财暴富的丑恶嘴脸。本为无足轻重的小人,而今如此猖狂,世道之明暗可想而知。

　　路逢斗鸡者,冠盖何辉赫!鼻息干虹霓,行人皆怵惕——斗鸡者,指被唐玄宗宠幸的斗鸡之徒。据陈鸿《东城老父传》载,唐玄宗喜斗鸡之戏,治鸡坊于两宫间。选六军小儿五百人,训练斗鸡。在斗鸡童中,贾昌尤为玄宗宠爱,当时号为"神鸡童",被封为五百小儿长。当时社会上曾流传这样的歌谣:"生儿不用识文字,斗鸡走马胜读书。贾家小儿年十三,富贵荣华代不如。"冠盖,衣冠,车盖。辉赫,光彩夺目,比喻声势显赫。干,冲破。虹霓,彩虹。怵惕,畏惧。这四句意为,在路上遇到斗鸡之徒,车马衣冠光彩夺目。呼出的声气冲断了天上彩虹,路上的人哪个不恐惧万分!痛快淋漓、巧用夸张,从服饰、神态两方面写出了斗鸡小儿不可一世、骄纵炫耀的心态和气势。

　　世无洗耳翁,谁知尧与跖——洗耳翁,指许由,尧时的隐士。《高士传》载:"尧之让许由也,由以告巢父,巢父曰:'汝何不隐汝形、藏汝光?若非吾友也。'击其膺而下之。由怅然不自得,乃过清泠之水洗其耳曰:'向闻贪言,负吾友矣。'遂去,终身不相见。"尧,传说中古代原始部族联盟的首领。跖,传说中先秦反抗贵族的领袖,古代被诬为"盗跖"。这两句的意思是,现在世上已没有洗耳的许由,谁能分得清跖是大盗,尧是圣君!言外之意,皇帝昏庸是宦官和斗鸡徒横行得势的原因。一针见血,画龙点睛。诗人的愤慨之情发展到高潮,同时,唤起读者的深思,含义深邃。

　　这首诗形象生动,概括力极强,缘于诗人选取典型画面。不对具体人物作精雕细琢,而重在烘托渲染宦官、斗鸡者的气焰嚣张。以典型概括一般,谁都能想到高力士、贾昌,但诗人却不具体点出,旨在揭露天宝时期的社会弊病。尤为称道的是诗人鄙视权贵的气骨和胆识,直斥玄宗宠幸,刻画其丑态。艺术上仍用白描、夸张、衬托等手法,用笔省净。

## 其三十五

**【题解】**

这首诗借用《庄子》一书中丑女效颦、寿陵学步、匠石运斤几个典故,指斥刻意雕琢、有失真淳的文风,推崇清真自然的诗文审美观。与《庄子》一书所表现的文艺思想有源流关系。

　　丑女来效颦,还家惊四邻。
　　寿陵失本步,笑杀邯郸人。
　　一曲斐然子,雕虫丧天真。
　　棘刺造沐猴,三年费精神。
　　功成无所用,楚楚且华身。
　　大雅思文王,颂声久崩沦。
　　安得郢中质,一挥成风斤?

　　丑女来效颦,还家惊四邻。寿陵失本步,笑杀邯郸人——颦,皱眉头。《庄子·天运篇》载,西施因患心痛病而蹙额皱眉,里中一丑女依样效仿,希望增加其美态,结果适得其反,邻居皆厌而避之。寿陵,古代燕国城邑名。邯郸,古代赵国都城,即今河北邯郸。《庄子·秋水篇》载,寿陵有一少年,听说邯郸人走路的样子好看,便模仿邯郸人走路的样子。非但没有学会,反而连自己原来走路的样子也忘记了,只好爬着回去。这四句意为,丑女效西施之颦,而反增其丑态;寿陵人学邯郸之步,反失其故步,只落得被人嘲笑。诗人用这两个典故,嘲笑那些没有出息地模仿他人的诗人诗作,只能弄巧成拙,丑上加丑,失却了自己的本相。

　　一曲斐然子,雕虫丧天真。棘刺造沐猴,三年费精神。功成无所用,楚楚且华身——斐然,喻文采华丽。雕虫,喻小技。扬雄《法言》谈到他视辞赋为"童子雕虫篆刻",壮夫不为。棘,小而丛生的枣树。沐猴,即猕猴。《韩非子·外储说左上》载,有个卫国人欺骗燕王说自己能在棘刺的尖端上雕刻沐猴。这六句批评当时只看重形式文采华丽,雕琢刻镂,丧失了自然淳朴的文风。作诗只在形式上用功,就好比棘刺上雕刻沐猴一样,徒费工夫,即使成功,毫无用处,只能取得暂时的虚荣。

　　大雅思文王,颂声久崩沦。安得郢中质,一挥成风斤——《雅》、《颂》,《诗经》的两个组成部分。《雅》又分为《大雅》、《小雅》。文王,周文王姬昌。安得,《庄子·徐无鬼篇》:"庄子送葬,过惠子之墓,顾谓从者曰:'郢人垩(白色的泥土)漫(涂)

其鼻端,若蝇翼,使匠石斫(削)之。匠石运斤(斧子)成风,听而斫之,尽垩而鼻不伤。郢人立不失容。'宋元君闻之,召匠石曰:'尝试为寡人为之。'匠石曰:'臣则尝能斫之。虽然,臣之质(对象,郢人)死久矣。自夫子(惠子)之死也,吾无以为质矣,吾无与言之矣。"这四句意为,诗不复古调,无雅、颂之作,安得精思入神、风姿天成如郢人之运斤成风。表现了诗人怀想并企图恢复周文王时代真淳自然的诗风。抒发了诗人的抱负和难展宏图的苦闷。

这首诗体现了李白诗文革新的宏伟抱负。作者借助典故,将抽象的诗歌理论阐发得简练透彻。对六朝以来形式主义的诗风进行了无情的指斥。批评了一味模仿、雕饰失真的诗风。以恢复《诗经》的创作作风为己任。这首诗是李白文学思想的重要体现,在唐代诗歌史上有重要的价值。

## 其三十九

这首诗约作于天宝三载(744),诗人被排挤出长安以后,感叹贤愚颠倒,世路艰难之情,同时借景寓情,指斥朝政昏暗,抒发自身高洁的情操和归隐的决心。

> 登高望四海,天地何漫漫!
> 霜被群物秋,风飘大荒寒。
> 荣华东流水,万事皆波澜。
> 白日掩徂辉,浮云无定端。
> 梧桐巢燕雀,枳棘栖鸳鸾。
> 且复归去来,剑歌行路难。

登高望四海,天地何漫漫!霜被群物秋,风飘大荒寒——四海,指天下。漫漫,广阔无边。被,覆盖。大荒,广阔的原野。这四句意为,登高望天下,天地茫茫,广阔无边。秋霜覆盖万物,一片肃杀的景象。秋风吹拂广阔的原野,一片寒意。开篇大气包举,借景寓情,象征阴暗压抑,充满黑暗的政治气候。

荣华东流水,万事皆波澜。白日掩徂辉,浮云无定端——徂辉,落日之光。这四句意为,荣华富贵像东流水一样,转瞬消逝。人间万事如波澜起伏,变化多端。太阳将落而光辉减弱,人生在世如浮云飘忽不定。或说落日的光辉被浮云所掩,喻玄宗被谗邪所惑。

梧桐巢燕雀，枳棘栖鸳鸾。且复归去来，剑歌行路难——枳棘，枳木和棘木，皆多刺，喻艰险的环境。鸳鸾，即鹓雏，鸾凤之属。《庄子·秋水》："夫鹓雏，发于南海而飞于北海，非梧桐不止，非练实不食，非醴泉不饮。"剑歌，弹剑而歌。用战国齐冯谖事。冯谖为孟尝君门客，不得志，乃弹剑而歌曰："长铗归来乎，食无鱼。"（见《战国策·齐策》）行路难，原为民歌，十六国后赵时流行于北方，后传入南方。南朝宋鲍照有《拟行路难》十八首。《乐府诗集》引《乐府解题》："《行路难》，备言世路艰难及离别悲伤之意。"这四句意为，梧桐树本是鸳鸾栖息的地方，现在却让燕雀在上做巢。枳棘本是燕雀集聚的地方，现在反成了鸳鸾栖身之处。小人得志，君子被弃。既然如此，自己愿以陶渊明为榜样，不为五斗米折腰，毅然归隐。像战国时冯谖那样弹剑而歌，吟唱着《行路难》，抒发人生的悲愤。

这首诗运用贴切生动的比兴手法，揭示了黑暗的政治亲信奸佞，压抑贤才，反映了小人得志、俊才沉沦的现实，表现了耿介不群、高尚坚贞的人格精神。压抑中不失豪气，沉郁中仍蕴奔放。

## 其四十七

这是一首纯比兴体的诗，借徒有艳色、华而不实的桃花，讽刺阿谀逢迎而得宠的达官贵人。赞扬青松不畏风霜、屹然挺立的品格，表达自己耿直坚强、傲岸不群的情操。

> 桃花开东园，含笑夸白日。
> 偶蒙春风荣，生此艳阳质。
> 岂无佳人色，但恐花不实。
> 宛转龙火飞，零落早相失。
> 讵知南山松，独立自萧瑟。

桃花开东园，含笑夸白日。偶蒙春风荣，生此艳阳质——夸白日，对着太阳自夸。这四句意为，桃花开在东园，对着太阳含笑自夸其颜色之美。桃花岂能自具艳色，偶蒙春风之力而盛开，娇艳夺目。纯用比兴，指斥得势的小人，以富贵骄人，非有真才干，偶蒙朝廷之宠幸，获得显贵也。

岂无佳人色,但恐花不实。宛转龙火飞,零落早相失——花不实,开花不结果。龙火,星宿名。旧谓东方苍龙七宿,心为七宿之一。心宿又名火,故称龙火。火星西降,暑渐退而秋将至。这四句的意思是,桃花像佳人一般引人注目,但恐怕只开花不结果。转眼之间,秋天已至,大火西流而凉风生,虽徒有美丽的姿色,已零落而无所见了。喻小人虽暂得名位,大节不坚,未免见利忘义,无操守而难长久。

讵知南山松,独立自萧瑟——讵知,岂知。这两句意为,岂知南山的苍松,能独自屹立在萧瑟的秋风之中。

这首诗比兴贴切,巧用对比。桃花虽徒有艳色,但华而不实,趋炎附势而得宠,徒有其表,难长久,喻小人之得势;青松虽无艳色丽质,而坚贞自守,凛然不屈,表达自我的孤高自傲及不屈己、不干人的高尚品格。

## 远别离

这首诗见于《河岳英灵集》,当作于天宝十二载(753)之前。此诗题为乐府古题。李白借古题写新意,讽刺时弊,揭示君王失权的可怕后果。

远别离,古有皇英之二女,
乃在洞庭之南,潇湘之浦。
海水直下万里深,谁人不言此离苦!
日惨惨兮云冥冥,猩猩啼烟兮鬼啸雨。
我纵言之将何补?皇穹窃恐不照余之忠诚,
雷凭凭兮欲吼怒。尧舜当之亦禅禹。
君失臣兮龙为鱼,权归臣兮鼠变虎。
或云尧幽囚,舜野死。
九疑联绵皆相似,重瞳孤坟竟何是?
帝子泣兮绿云间,随风波兮去无还。
恸哭兮远望,见苍梧之深山。
苍梧山崩湘水绝,竹上之泪乃可灭。

远别离,古有皇英之二女,乃在洞庭之南,潇湘之浦。海水直下万里深,谁人不言此离苦——皇英,即娥皇、女英。刘向《列女传·母仪传·有虞二妃》:"有虞二妃者,帝尧之二女也,长娥皇,次女英……舜既嗣位升为天子,娥皇为后,女英为妃。……舜陟方死于苍梧,号曰重华。二妃死于江湘之间。"潇湘,湘水中游与潇水合流处,此处是湘江的别称。这几句意为,远别离啊远别离,古有尧的两个女儿娥皇和女英,在那洞庭之南、潇湘岸边。海水直下万里深不可测,谁不说这次分离的痛苦,像海水深不见底。

日惨惨兮云冥冥,猩猩啼烟兮鬼啸雨。我纵言之将何补?皇穹窃恐不照余之忠诚,雷凭凭兮欲吼怒——惨惨,暗淡无光。冥,阴晦的样子。纵,即使。补,益处。皇穹,天。这里借指唐玄宗。凭凭,象声词,形容雷声大而急。这五句意为,日光暗淡,乌云密布,猩猩在烟云中悲鸣,鬼怪在阴雨中长啸(借比黑暗的政治形势)。我即使向唐玄宗进谏,又有什么益处?我恐怕他不会了解我一片忠诚,雷公也将会为我大鸣不平。

尧舜当之亦禅禹。君失臣兮龙为鱼,权归臣兮鼠变虎。或云尧幽囚,舜野死。九疑联绵皆相似,重瞳孤坟竟何是——"尧舜"句是一紧缩句,意为"尧当之亦禅舜,舜当之亦禅禹"。之,指"君失臣"、"权归臣"之局面。尧幽囚,《史记·五帝本纪》:"尧崩,三年之丧毕,舜让辟丹朱于南河之南。"张守节《正义》引《括地志》云:"《竹书》云:昔尧德衰,为舜所囚也。"舜野死,《国语·鲁语上》:"舜勤民事而野死。"韦昭注:"野死,谓征有苗死于苍梧之野也。"九疑,即苍梧山,在今湖南宁远南。因九个山峰连绵相似,不易辨别,故又称九疑山。相传舜死后葬于此。重瞳,据《史记·项羽本纪》称,舜的两眼各有两个瞳仁。这七句的意思是,尧被迫让位给舜,舜被迫让位给禹。君王失去对臣子的控制,真龙会变成鱼。大权如果落到臣子手中,老鼠也会变成虎。有人说尧被舜囚禁,舜后来死在苍梧之野下落不明。连绵不断的九疑山啊,九个山峰多么相似,舜帝的孤坟哪里去寻找?

帝子泣兮绿云间,随风波兮去无还。恸哭兮远望,见苍梧之深山。苍梧山崩湘水绝,竹上之泪乃可灭——帝子,指娥皇、女英。"竹上"句,张华《博物志》:"尧之二女,舜之二妃,曰湘夫人。舜崩,二妃啼,以涕挥竹,竹尽斑。"这六句意为,娥皇女英挥泪洒在绿竹之间,随湘水之波而去永不能回还。她俩恸哭着四处远望,望到的不过是苍梧的深山。只有苍梧山崩湘水断绝,她们洒在竹上的泪痕才会消失不见。高步瀛《唐宋诗举要》:"结言遗恨千古,语甚悲痛,与起段相应。"

这首诗的主题与写作年代众说纷纭,笔者认为只能断定天宝十二载前。它的主题亦不必太坐实。全诗从娥皇、女英追舜不及发端,又以二妃寻坟不见作结。艺术形象完整,充满缥缈的神话色彩。然而诗人不被故事本身的悲剧色彩所困扰,在洒一掬同情之泪的时候,更不忘寻找历史悲剧的原因,一针见血地指出了"龙为鱼"、"鼠变虎"的历史必然。

## 蜀道难

蜀道难,古乐府相和歌瑟调三十八曲之一。李白这首诗是在长安一带送友人入蜀而作,极写蜀道之艰险,赞美蜀中山川之美。

噫吁嚱!危乎高哉!
蜀道之难,难于上青天!
蚕丛及鱼凫,开国何茫然。
尔来四万八千岁,不与秦塞通人烟。
西当太白有鸟道,可以横绝峨眉巅。
地崩山摧壮士死,然后天梯石栈方钩连。
上有六龙回日之高标,下有冲波逆折之回川。
黄鹤之飞尚不得过,猿猱欲度愁攀援。
青泥何盘盘,百步九折萦岩峦。
扪参历井仰胁息,以手抚膺坐长叹。
问君西游何时还?畏途巉岩不可攀。
但见悲鸟号古木,雄飞雌从绕林间。
又闻子规啼夜月,愁空山。
蜀道之难,难于上青天!
使人听此凋朱颜。
连峰去天不盈尺,枯松倒挂倚绝壁。
飞湍瀑流争喧豗,砯崖转石万壑雷。
其险也若此,嗟尔远道之人胡为乎来哉!
剑阁峥嵘而崔嵬,一夫当关,万夫莫开。
所守或匪亲,化为狼与豺。
朝避猛虎,夕避长蛇,磨牙吮血,杀人如麻。

锦城虽云乐,不如早还家。

蜀道之难,难于上青天!侧身西望长咨嗟。

　　噫吁嚱!危乎高哉!蜀道之难,难于上青天——噫吁嚱,蜀人惊叹语。《宋景文公笔记·释俗》:"蜀人见物惊异,辄曰'噫噫嚱',李白作《蜀道难》,因用之。"四句意为,呵呵,好高、好险啊,蜀道艰难啊,难于上青天。开篇突兀而来,凭空起势,先声夺人,奠定了全诗雄放不羁的感情基调。

　　蚕丛及鱼凫,开国何茫然。尔来四万八千岁,不与秦塞通人烟。西当太白有鸟道,可以横绝峨眉巅。地崩山摧壮士死,然后天梯石栈方钩连——蚕丛、鱼凫,传说中古蜀国的两个君主名。茫然,渺茫。这里指开国年代久远,事迹难考。尔来,从那时以来。四万八千岁,极言年代之久。秦塞,指今陕西。战国时秦惠王灭蜀,置蜀郡,从此蜀地开始与秦交通。通人烟,人烟相通,指互相往来。太白,太白山,又名太乙山,为终南山主峰,在今陕西西安西、眉县南。鸟道,只有鸟能飞过的小路。此处指山路陡峻狭窄。横绝,横渡。峨眉,峨眉山。地崩山摧壮士死,《华阳国志·蜀志》:"秦惠王知蜀王好色,许嫁五女于蜀。蜀遣五丁迎之,还到梓潼,见一大蛇入穴中,一人揽其尾掣之,不禁,至五人相助,大呼拽蛇。山崩时压杀五人及秦五女并将从,而山分为五岭。"引用神话,歌颂古代民众开凿蜀道的功绩。这八句意为,蜀之先君蚕丛和鱼凫,他们的开国历史何其渺茫难辨!开国后的四万八千年,虽与秦接壤,但山川险阻,不能往来。西对着太白山有一条鸟道,可以横跨到峨眉山巅。山崩地陷压死了壮士与美女,才有天梯石栈把秦蜀相连。插叙蜀道通秦的历史,运用神话传说,幻想神奇,大胆夸张,使崎岖的蜀道更涂上了一层迷离惝恍的色彩。为实写蜀道之艰难铺垫、蓄势。

　　上有六龙回日之高标,下有冲波逆折之回川。黄鹤之飞尚不得过,猿猱欲度愁攀援。青泥何盘盘,百步九折萦岩峦。扪参历井仰胁息,以手抚膺坐长叹——六龙回日,传说日神每天乘坐由六条龙拉的车子,从东方出发历天空而入西海。高标,指蜀道上成为标志的最高峰。此指高标阻住六龙,只得回车。逆折,水流回旋。回川,有漩涡的河流。猱,一名猣,蜀地深山中最善攀援的猿猴。青泥,青泥岭,又名泥公山,在今甘肃徽县东南,是甘、陕入蜀要道。盘盘,曲折的样子。九折,极言转折之多。萦,环绕。参、井,星宿名。古人根据地上的区域来划分天上的星宿,把天上的星宿分别指配于地上的州国,使它们相对应,以便通过观察天象来占卜地上所配州国的吉凶,叫作"分野"。参为蜀之分野,井为秦之分野。历,经过。胁息,屏住气不敢呼吸。这八句的意思是:上面有六龙无法通过的高峰,下面有波涛汹涌、急湍回旋的流水。黄鹤要飞尚且飞不过,猿猱想逾越更是难上加难。青泥岭多么迂回曲折,峰峦萦回,百步九折弯。仰头屏息摸着星宿往前走,手按胸口坐着发长叹。这一段,诗人从抽象的惊叹转为形象的描绘,以突出蜀道行路之难。

问君西游何时还?畏途巉岩不可攀。但见悲鸟号古木,雄飞雌从绕林间。又闻子规啼夜月,愁空山。蜀道之难,难于上青天!使人听此凋朱颜——巉岩,高峻的山峰。号,大声啼叫。子规,即杜鹃鸟。蜀地最多,鸣声悲切,从夜叫到天明,好像在说"不如归去"。这九句的意思是:问您游历西蜀何时能回还,这可怕而高峻的道路实在难登攀。只见古树上群鸟正悲号,雄飞雌从往返在林间。又听到夜月下杜鹃的啼叫,愁怨充溢了空山。蜀道艰难啊,难于上青天!使人听了红颜也要凋残。用荒凉、悲寂的意象,渲染旅途之愁和蜀道空寂苍凉的环境。

连峰去天不盈尺,枯松倒挂倚绝壁。飞湍瀑流争喧豗,砯崖转石万壑雷。其险也若此,嗟尔远道之人胡为乎来哉——喧豗(huī),水流相冲击的轰响声。砯(pīng),水撞石的声音。胡为,为什么。这六句意为:连绵的山峰离天还不到一尺,倒挂的枯松倚着绝壁。飞泻的激流瀑布争相喧闹,冲崖击石万壑鸣如雷。蜀道如此艰险,唉,你这远方之人为何要到来?使蜀道之险的描写达到高潮,诗人的感情也达到高峰,并巧妙地由自然地势之险过渡到因人事而形成的危势。

剑阁峥嵘而崔嵬,一夫当关,万夫莫开。所守或匪亲,化为狼与豺。朝避猛虎,夕避长蛇,磨牙吮血,杀人如麻。锦城虽云乐,不如早还家。蜀道之难,难于上青天!侧身西望长咨嗟——剑阁,在今四川剑阁北大小剑山之间,三国时诸葛亮率众凿石架木连阁为栈道三十里以通行,因名剑阁。唐代于此设剑门关,自古以"剑门天下险"闻名。峥嵘、崔嵬,高峻的意思。或,假如。吮,用口吸。锦城,今四川成都。据《成都记》记载,成都也叫锦官城,因江山明丽如锦而得名。咨嗟,叹息。这十四句意为:剑门关崎岖而高峻,一人把关万人也攻不开。守关之人若非是亲信,就会变作狼与豺。早晨要躲避猛虎,晚上要躲避长蛇。它们磨牙吮血、杀人如麻。锦城成都虽说很快乐,但不如早早返回家。蜀道艰难啊,难于上青天!我侧身西望啊,不由得慨然长叹!重复三次的"难于上青天"的感叹,前后呼应,不排除将人生艰难的感慨寓于其中。

胡震亨《唐音癸签》卷三云:"乐府诗妙在可解不可解之间。"此诗自中唐以来便众说纷纭。詹锳先生《李白诗文系年》将中唐以后古人之说归纳为四种:①罪严武。②讽章仇兼琼。③讽玄宗幸蜀。④即事成篇别无寓意。新中国成立以来的观点有以下几种:①寄托对仕途的坎坷的感慨。②对时弊的无情揭露和辛辣的讽刺。③送友人入蜀。④描写雄峻奇险的蜀中山川之美。笔者认为《蜀道难》在赞美蜀中山川之美的同时,隐喻着游子行路之艰难。全诗运用高超的浪漫主义手法,将历史典故和美妙的神话传说融为一体。诗中三、五、七、九言纵横交错,灵活洒脱。

## 乌栖曲

《乌栖曲》,乐府古题,此诗为入宫任翰林供奉前游吴越时作。讽刺了吴王夫差淫靡的生活,并含有希望唐朝统治者引以为鉴的创作目的。

　　姑苏台上乌栖时,吴王宫里醉西施。
　　吴歌楚舞欢未毕,青山犹衔半边日。
　　银箭金壶漏水多,起看秋月坠江波,
　　东方渐高奈乐何!

姑苏台上乌栖时,吴王宫里醉西施。吴歌楚舞欢未毕,青山犹衔半边日——姑苏台,《太平御览》卷一百七十八引《述异记》曰:"吴王夫差筑姑苏台,三年乃成。周环诘屈,横亘五里,崇饰土木,殚耗人力。宫妓数千人,上别立春宵宫。为长夜饮,造千石酒钟。又作大池,池中造青龙舟,舟陈妓,日与西施为水嬉。"遗址在今江苏苏州西南。吴王,指夫差,春秋末期吴国的君主,吴王阖闾之子。曾以兵力降服越国,后又大败齐兵。在与晋争霸中,越王勾践乘虚攻入吴都。吴国灭亡时夫差自杀。西施,春秋时越国人,后成为吴王夫差的宠妃。吴歌楚舞,泛指我国东南一带的歌舞。这四句意为:姑苏台上乌鸦纷纷飞回,吴王在宫中被西施的美色所迷醉。轻歌曼舞欢娱未终结,青翠的山峰衔走了半边红日。极写吴王通宵达旦的荒淫生活。

银箭金壶漏水多,起看秋月坠江波,东方渐高奈乐何——银箭金壶,插入银箭的金壶。这里的箭和壶是古代计时的工具。箭上刻有度数,插入壶中;壶底有孔漏水。壶水不断下滴,箭上的度数随着水面的下降而显示出来,故可用以计时。江波,江中波涛。因在江南水乡,举目远望,天水相接,月亮在天际隐没时,给人一种落入水中的错觉。奈乐何,想继续寻欢作乐又无可奈何之意。这三句意为:银箭金壶里漏出的水不断增多,起身看时夜已尽,秋月坠入江波,太阳渐高就不能继续寻欢作乐,这真是无可奈何。这是吴王的感叹,也是西施的感叹,总而言之,欢乐纵欲是其追求!

诗以时间的推移来展现吴王夫差纵欲享乐的生活,从黄昏到清晨仍不能满足。其对国计民生之关心可想而知。全诗不着一字,尽得风流。无一字指斥吴王,而其昏庸的丑恶面目令人难忘。前事不忘,后事之师,以古诫今之意也在其中了。

## 战 城 南

《战城南》为汉乐府旧题。李白不拘泥于某一朝某一地的战争,而从广阔的时空中展现战争的残酷,指斥连绵的战争给人民带来的灾难,写古代也包含现实,读来荡气回肠,感人至深。

去年战,桑干源;今年战,葱河道。
洗兵条支海上波,放马天山雪中草。
万里长征战,三军尽衰老。
匈奴以杀戮为耕作,古来唯见白骨黄沙田。
秦家筑城备胡处,汉家还有烽火燃。
烽火燃不息,征战无已时。
野战格斗死,败马号鸣向天悲。
乌鸢啄人肠,衔飞上挂枯树枝。
士卒涂草莽,将军空尔为。
乃知兵者是凶器,圣人不得已而用之。

去年战,桑干源;今年战,葱河道。洗兵条支海上波,放马天山雪中草。万里长征战,三军尽衰老——桑干,河名,流经今山西、河北北部。葱河道,葱河,即葱岭河,在今新疆西南部。条支,汉西域国名,在安息以西,临西海。《汉书》卷九六《西域传》上:"条支国,城在山上,周围四十馀里,临西海。"在今底格里斯、幼发拉底两河之间。天山,即今新疆境内之天山。这八句意为:去年在桑干河畔开战,今年又在葱岭河打仗。洗兵于条支海上之波,放马于天山雪中之草。万里之遥,辽阔的边境,连绵的战争使战士精疲力竭,当年的少年而今已经衰老。极言战争时间之长,地域之广。其中的地名未必实指。

匈奴以杀戮为耕作,古来唯见白骨黄沙田。秦家筑城备胡处,汉家还有烽火燃——匈奴,秦汉时少数民族之一,以游牧为主,善攻伐。这四句的意思是:匈奴的习俗,不务耕作,专事于劫掠,以杀戮为耕作。不见庄稼而只见白骨抛遍黄沙之田。秦时竭尽全力筑长城以避胡兵之害,至汉时又有匈奴进攻的烽火燃烧。这四句可看出李白反对异族侵略,支持保家卫国的战争。

烽火燃不息,征战无已时。野战格斗死,败马号鸣向天悲。乌鸢啄人肠,衔飞上挂枯树枝。士卒涂草莽,将军空尔为——空尔为,指徒然地万里长征战。这八句意思为:自秦汉以来,匈奴久为边患,烽火不息,战事不已。野战格斗,死伤无数,败马悲鸣,响彻云天。乌鸢啄着士兵的肠子,衔挂在枯树之枝,惨不忍睹。士兵肝脑涂地、流血遍野,将军万里征战,久未得归,难以取胜。极力渲染战争的残酷。

乃知兵者是凶器,圣人不得已而用之——太公《六韬·兵略》:"圣人号兵为凶器,不得已而用之。"末二句意为:可见战争是杀人凶器,圣人用它是不得已的时候。点明作者对战争的观点,一针见血。

这首诗从表面看是写历史的战争,其实是借古刺今,指斥唐玄宗开边不已,将军轻启战端。妙在古今融为一体,含蓄不露,时间、地点、朝代皆用汉乐府的语言,但以汉喻唐之意甚明,抒发的是诗人现实的感慨,表现了作者茹古涵今的深刻的思考,使这首诗包含着深广的现实价值和浑厚的历史意蕴。

## 将进酒

此诗敦煌唐写本《唐诗选》残卷题作《惜樽空》。此为乐府旧题,约为天宝三载(744)离开朝廷之初所作,是李白的代表作之一。诗人虽未涉及朝政的黑暗以及自身傲岸不屈的性格和现实的矛盾,但可以看出对政治现实的彻底失望和对人生意义的怀疑。从表面上看,歌咏的是饮酒作乐和人生如梦的主题,但却在实质上对摧残人才的社会给以有力的控诉。不能以消极情调来简单否定。将(qiāng),请。

> 君不见黄河之水天上来,奔流到海不复回!
> 君不见高堂明镜悲白发,朝如青丝暮成雪!
> 人生得意须尽欢,莫使金樽空对月。
> 天生我材必有用,千金散尽还复来。
> 烹羊宰牛且为乐,会须一饮三百杯。
> 岑夫子,丹丘生,进酒君莫停。(一作将进酒,杯莫停。)
> 与君歌一曲,请君为我倾耳听。
> 钟鼓馔玉不足贵,但愿常醉不愿醒!

古来圣贤皆寂寞,唯有饮者留其名。
陈王昔时宴平乐,斗酒十千恣欢谑。
主人何为言少钱?径须沽取对君酌。
五花马,千金裘,呼儿将出换美酒,
与尔同销万古愁。

  君不见黄河之水天上来,奔流到海不复回!君不见高堂明镜悲白发,朝如青丝暮成雪!人生得意须尽欢,莫使金樽空对月——黄河之水天上来,古人认为黄河源出昆仑,以其地极高,故曰天上来。以兴起,引出岁月易逝,年华不再的感叹。得意,此处指一时欲望得到满足,即有了饮酒作乐的机会。这六句意为:君不见黄河水滔滔滚滚从天上来,汹涌澎湃、奔流到海不复回!君不见高堂上对着明镜愁白发,清晨还黑如青丝,夜晚已变成雪白!人生得意时应尽情欢乐,不要使酒杯徒然空对明月。大跨度的时空跳跃,极力渲染时光如箭、人生短暂的感慨。

  天生我材必有用,千金散尽还复来。烹羊宰牛且为乐,会须一饮三百杯。岑夫子,丹丘生,进酒君莫停。与君歌一曲,请君为我倾耳听。钟鼓馔玉不足贵,但愿长醉不愿醒!古来圣贤皆寂寞,惟有饮者留其名——会须,会当,应当。岑夫子、丹丘生,指李白的好友岑勋、元丹丘。钟鼓,古代富贵人家宴会时所奏的乐器。馔玉,珍贵食品。这十三句意为:天生我才必定有用,千金散尽自然又重来。杀牛宰羊,且去寻欢作乐,一饮酒就要干上三百杯!岑夫子、丹丘生,请饮酒,杯莫停。我为二君歌一曲,二君为我倾耳听。钟鼓奏乐、美食如玉不足珍贵,但愿长此醉倒不再醒!自古圣贤们都寂寞地死去,只有纵酒的人才留下令人羡慕的声名。强烈的自负,酒后吐狂言;对荣华富贵的蔑视,酒后吐真言。宁愿长留醉乡,也不愿用清醒的眼光看黑暗的现实与痛苦的人生。感情一泻无余,跃至最高点。

  陈王昔时宴平乐,斗酒十千恣欢谑。主人何为言少钱?径须沽取对君酌。五花马,千金裘,呼儿将出换美酒,与尔同销万古愁——陈王,曹植临终当年(太和六年)初徙封为陈王,卒后谥为"思",故后世称之为陈王或陈思王。其作《名都篇》有云:"归来宴平乐,美酒斗十千。"平乐,宫观名。斗十千,一斗酒价值十千,极言其昂贵。恣欢谑,尽情地寻欢作乐。五花马,名贵之马,毛色斑驳。千金裘,价值千金的狐裘。这里泛指珍贵的皮衣。这八句意为:昔日陈思王在平乐观大宴宾客,斗酒万金尽情地欢乐。东道主不用说钱少,尽管打酒来相对共饮。把我的五花马和千金裘,叫童儿全部拿去换美酒,我要与你们同销千年万古愁。末尾酒兴更狂,回荡着不尽的悲慨不平。

这首诗表达壮志难酬的悲愤后极其复杂的感情。既有人生短暂的理性觉醒，又有理想破灭的苦闷，更有对黑暗社会的愤慨，对人生苦闷的解脱，也有对自我才华的自信和实现抱负的决心，内心复杂的矛盾冲突借豪纵不羁的表现手法来展现。全诗任凭感情的奔涌，以一泻千里的气势取胜。结构上应用自然的时空、历史的时空、现实的时空纵横交错，而以人生短暂与苦难不平为主线，以追求自由、实现抱负为主旨。悲乐叠加，狂愤相转，曲横交错，大起大落，大开大合。突出表现了李白乐府创造性的艺术个性。

## 行行且游猎篇

此题为乐府旧题，属杂曲歌辞。天宝十一载(752)李白北游幽燕时，目睹边城儿游猎有感而作，表现了李白性格中尚武任侠的一面。笔法简洁传神，塑造了边城健儿骁勇矫健的形象。

> 边城儿，生年不读一字书，但知游猎夸轻趫。
> 胡马秋肥宜白草，骑来蹑影何矜骄。
> 金鞭拂雪挥鸣鞘，半酣呼鹰出远郊。
> 弓弯满月不虚发，双鸧迸落连飞髇。
> 海边观者皆辟易，猛气英风振沙碛。
> 儒生不及游侠人，白首下帷复何益。

边城儿，生年不读一字书，但知游猎夸轻趫。胡马秋肥宜白草，骑来蹑影何矜骄。金鞭拂雪挥鸣鞘，半酣呼鹰出远郊。弓弯满月不虚发，双鸧迸落连飞髇——生年，生平。轻趫(qiáo)，形容动作敏捷迅速。白草，《汉书》卷九六《西域传》："鄯善国多白草。"颜师古注："白草似莠而细，无芒，其干熟时正白色，牛马所嗜也。"蹑影，形容迅捷。蹑，疾追。影，日影。矜骄，骄傲，洋洋自得。鞘，马鞭的末梢。弓弯满月，弓变得似月亮一样圆。鸧，鸧鸹，即白顶鹤。髇(xiāo)，鸣镝，响箭。这九句意为：生长在边城的男儿，从来不读书里的一行文字，只知道到处打猎夸耀动作的轻趫。秋天胡马肥壮尤喜白草，骑上它追踪日影矫健高傲。金鞭拂起白草时末梢鸣响，饮酒半酣就呼唤猎鹰去远郊。拉得像满月的弓从不虚发，双鸧从空中迸落伴随着鸣镝的呼啸。运用生花妙笔,抓住典型动作骑马、射箭,突出边塞男儿的英伟。

海边观者皆辟易,猛气英风振沙碛。儒生不及游侠人,白首下帷复何益——辟易,惊退。沙碛,沙漠。下帷,放下室内悬挂的帷幕,指教书。《史记·儒林列传·董仲舒传》:"下帷讲诵,弟子传以久次相受业,或莫见其面。"这四句意为:沙漠里的观者都惊恐躲避,他那英风豪气振动了沙碛。儒生哪比得上游侠男儿,下帷苦读纵到白头也无益。运用对比表明了作者的感叹。

这首诗既表现了李白对边城男儿尚武任侠精神的赞扬,同时也是触景生情,对天宝年间玄宗重武功、轻儒士的社会现实发出感慨。艺术上重烘托、反衬,形象鲜明。

## 行路难三首(选二)

### 其 一

行路难,乐府古题。詹锳先生认为这首诗拟鲍照《行路难》"对案不能食"一首(见《李白诗论丛》98页)。约作于天宝三载(744)离开长安后。抒发了诗人理想得不到实现的愤慨心情。同时也看到诗人对理想的执著追求和力争摆脱苦闷的进取精神。

> 金樽清酒斗十千,玉盘珍羞值万钱。
> 停杯投箸不能食,拔剑四顾心茫然。
> 欲渡黄河冰塞川,将登太行雪满山。
> 闲来垂钓碧溪上,忽复乘舟梦日边。
> 行路难!行路难!多歧路,今安在?
> 长风破浪会有时,直挂云帆济沧海!

金樽清酒斗十千,玉盘珍羞值万钱。停杯投箸不能食,拔剑四顾心茫然。欲渡黄河冰塞川,将登太行雪满山。闲来垂钓碧溪上,忽复乘舟梦日边——清酒,相对浊酒而言,指美酒。曹植《名都篇》:"美酒斗十千。"一斗酒值十千即万钱,形容其名贵。珍羞,指珍贵的菜肴。羞,通"馐"。投箸,放下筷子。"欲渡"二句,鲍照《舞鹤赋》:"冰塞长川,雪满群山。""忽复"句,王琦注引《宋书》:"伊挚将应汤命,梦乘船过日月之旁。"言辅弼济世之志向。这八句意为：金樽中清冽的美酒每斗万钱，十分昂贵的佳肴堆满玉盘。我推开杯筷拔剑而起，环视四周，心绪茫然。我想东渡黄河却有严冰阻塞，我想攀登太行偏遇大雪封山。我在碧溪上悠闲地垂钓，却又梦见自己乘船来到太阳边。诗人从盛宴开篇，三四句突然以"不能食"、"心茫然"收住，形成巨大波澜。五六句用象征引申主题，力拔千钧。"闲来"二句，柳暗花明，同时又见诗人执著的人生追求。

行路难！行路难！多歧路，今安在？长风破浪会有时，直挂云帆济沧海——"长风"句，《宋书》卷七六《宗悫传》："悫年少时，炳问其志，悫曰：愿乘长风破万里浪。""直挂"句，《论语·公冶长》："道不行，乘桴浮于海。"这六句意为：人生的路何其艰难，何其艰难！到处是歧途，哪里有大路朝天？终有一日我会乘风破浪，在沧海中扬起一片云帆。从苦闷中解脱出来，积极进取。

李白这首诗感情大起大落，突出地表现了内心深沉复杂的矛盾冲突。时而愁闷，时而乐观；时而低沉，时而奋发，最终实现了自我的超越，表现出诗人坚贞自强的不屈意志，不能用弃世隐逸来概括它的主题。全诗感情变化繁富，波澜起伏，让人难以捉摸。层层转折，出人意料。以感情的自由律动为线索，以变化莫测的意象组合连接起不同的时空，包蕴丰富。可谓前无古人，后无来者。

## 其 二

这首诗情绪激越而又压抑，悲中见豪，豪中见悲，谴责玄宗之世的不重视人才。自由地驱使典故，以古讽今，以古慨今，包蕴丰富，含意深邃。

大道如青天，我独不得出。
羞逐长安社中儿，赤鸡白狗赌梨栗。
弹剑作歌奏苦声，曳裾王门不称情。
淮阴市井笑韩信，汉朝公卿忌贾生。
君不见，昔时燕家重郭隗，拥篲折节无嫌猜。
剧辛乐毅感恩分，输肝剖胆效英才。
昭王白骨萦蔓草，谁人更扫黄金台？
行路难，归去来！

大道如青天，我独不得出。羞逐长安社中儿，赤鸡白狗赌梨栗——社，这里指市井宴乐之所。社中儿(ní)，即市井小人。当时长安斗鸡赌狗之风盛行，唐玄宗本人尤好斗鸡，尝于两宫间置鸡坊，使数百人饲养。本诗中李白把受皇帝宠幸的宫廷权贵比作斗鸡赌狗的市井小人。赤鸡白狗，指博戏中所用的鸡、狗。梨栗，这里指赌注。这四句意为：人生的大路像青天一样宽广，只有我没有出路。羞于追逐长安街上的少年，斗鸡走狗，以梨栗来赌输赢。开篇突兀而来，直点"行路难"的主题，而诗人傲岸不屈、不随流俗的人格也呼之欲出了。

弹剑作歌奏苦声，曳裾王门不称情。淮阴市井笑韩信，汉朝公卿忌贾生——"弹剑"句，战国时著名策士冯谖，为齐孟尝君门客，当初不受重视，尝三次弹剑而歌"长铗归来乎"。事见《史记·孟尝君列传》。"曳裾"句，汉初文士邹阳，为人多智谋，慷慨不苟合，尝上书吴王濞，有云："饰固陋之心，则何王之门不可曳长裾乎？"其政治主张不被采纳，遂去吴之梁。曳裾，拖着衣襟(在地上走)，形容步态轻松自如。不称情，不称心。"淮阴"句，据《史记·淮阴侯列传》载，汉开国名将韩信，淮阴人，年轻时曾受到淮阴市井少年的侮辱，让他从胯下爬过，市人讥笑他怯懦无能。"汉朝"句，据《史记·屈原贾生列传》载，贾谊在朝深得汉文帝赏识，后遭宫廷权贵嫉妒、谗毁而被疏。公卿，泛指朝廷中的大官。借冯谖、韩信、贾谊之典，申说自己不被重用，有志难伸的原因，同时也深切地慨古叹今，为正直之士不幸命运鸣不平。这四句意为：弹剑作歌，我心中充满惆怅苦闷，出入权门，不合我高傲自由的本性。淮阴市井的小儿曾嘲弄过韩信，汉朝的达官贵人则忌恨贾生。

君不见，昔时燕家重郭隗，拥彗折节无嫌猜。剧辛乐毅感恩分，输肝剖胆效英才。昭王白骨萦蔓草，谁人更扫黄金台？行路难，归去来——"昔时"四句，战国时燕昭王招贤纳士，郭隗才智平凡，燕昭王却为之筑宫室而师事之，这件事传开后，真正的英才乐毅、邹衍、剧辛争相趋燕为昭王效力。邹衍到燕国时，昭王亲自拿着扫帚为他清扫道路，在清扫时为了不使灰尘飞扬而影响邹衍，昭王用衣袖裹住扫帚，此即"拥彗"。后剧辛任国政，乐毅任大将军，燕国得以振兴(见《战国策·燕策》)。黄金台，燕昭王为郭隗所筑高台，上置黄金，称为黄金台，故址在今河北易县。这九句意为：君不见，昔日的燕昭王重用郭隗，为邹衍清扫道路，真诚相待。剧辛、乐毅感激昭王的深情厚谊，赤胆忠心献出自己的杰出才能。而今的昭王坟上长满了荒草，有谁会把黄金台重新清扫。世路如此艰难，我还不如归隐。赞扬燕昭王招纳贤士的举措和爱惜人才的品格，同时也揭示了这样一个既简单而又深刻的道理，只有君王求贤若渴，英才才会输肝剖胆，这就是李白的君臣观。接着用昭王坟上荒草和黄金台无人洒扫的意象,指斥现实的毁斥人才,含而不露,对比鲜明。

诗人自由地驰骋在历史和现实的时空之中,表面上线索不清晰,却以内在的感情变化连接时空意象。"我独不得出",一开篇大笔震纸,三四句既是对丑恶现实的指斥,自我不合流俗的性格也展现得淋漓尽致。用冯谖、韩信、贾谊之典,交代不幸命运,也引发人们对古今英才命运的思索,丰富了内涵。笔锋陡转,又写昭王得英才强国的历史,反衬而今朝廷的昏庸。变化莫测,时空丰富,内在紧凑,含义深远!

## 长相思

长相思为乐府古题,属杂曲歌辞。李白此诗描写思妇的相思之情,深沉细腻。既用典型的景物烘托,又摆脱直写思念的俗套,运用缠绵感人的笔触写其梦魂追寻情人的心路历程,别具一格,新颖巧妙,感人心魄。

> 长相思,在长安。络纬秋啼金井阑,
> 微霜凄凄簟色寒。孤灯不明思欲绝,
> 卷帷望月空长叹。美人如花隔云端,
> 上有青冥之高天,下有渌水之波澜。
> 天长路远魂飞苦,梦魂不到关山难。
> 长相思,摧心肝。

长相思,在长安。络纬秋啼金井阑,微霜凄凄簟色寒。孤灯不明思欲绝,卷帷望月空长叹——络纬,虫名,即莎鸡,俗名络丝娘、纺织娘。簟,竹席。这六句意为:日日夜夜地思念啊,我思念的人在长安。秋天的纺织娘,在精美的井栏边啼鸣。凄冷的微霜已经降下,竹席显得分外清寒。在昏暗的孤灯下我悲痛欲绝,卷起窗帘空自对着明月长叹。

美人如花隔云端,上有青冥之高天,下有渌水之波澜。天长路远魂飞苦,梦魂不到关山难。长相思,摧心肝——青冥,形容极高极远的天空。渌水,清澈的水。这七句意为:那鲜花般的美人远隔云端。上有苍苍茫茫的天边青空,下有清澈的水卷起波澜。天广地远梦魂跋涉多艰难,我怎能飞越关山来到你面前?日日夜夜地思念啊,相思之情使我肝肠寸断。这几句虚处传神,写梦魂之苦,深化相思之深。

这首诗以"美人如花隔云端"为界,分为两个空间境界。前一部分是梦魂的境界,通过环境气氛的渲染,表现主人公孤独相思之情。"美人"一句既点明现实的相思,而"隔云端"则是相思难相见,于是思极成梦,过渡到梦幻的空间。主人公的梦魂飞扬,寻找思念的人,然而"天长路远",尽管追求不止,仍茫茫不见。全诗将主人公的相思之情表现得淋漓尽致。但由于诗人以主人公的心理变化连接两种空间境界,既互相映衬,又水乳交融,天衣无缝。

## 日出入行

乐府古题,属相和歌相和曲。汉乐府有《日出入》篇,感叹日出入无穷,而人的生命却十分短暂,希望乘六龙上天,成为神仙。李白用旧题而反其意用之,认为太阳的运行、草木的荣枯、四季的变化都是自然的规律,不是由神来主宰。这一唯物的认识,在当时达到了难能可贵的高度。

>　　日出东方隈,似从地底来。
>　　历天又复入西海,六龙所舍安在哉?
>　　其始与终古不息,人非元气,安得与之久徘徊。
>　　草不谢荣于春风,木不怨落于秋天。
>　　谁挥鞭策驱四运,万物兴歇皆自然。
>　　羲和,羲和,汝奚汩没于荒淫之波?
>　　鲁阳何德,驻景挥戈?逆道违天,矫诬实多。
>　　吾将囊括大块,浩然与溟涬同科。

日出东方隈,似从地底来。历天又复入西海,六龙所舍安在哉?其始与终古不息,人非元气,安得与之久徘徊——隈,通"隅",山或水弯曲的地方。六龙,古代神话记载,替太阳驾车的羲和每日赶上六条龙载上太阳神在天空中从东到西行驶。元气,我国古代思想家认为形成世界最原始的东西是元气,无形状可言,天地万物都由元气所生。这七句意为:太阳从东方遥远的地方升起,仿佛从地底涌出。穿行过天空又进入了西海,为太阳拉车的六龙休息的场所在哪里?从它开始以来万古不息,人不是元气,怎能与太阳一样生生运转,无穷无尽。言太阳运行之久远,感叹宇宙之开始至今久远,非人所能比拟。运用神话,缥缈迷人。

草不谢荣于春风,木不怨落于秋天。谁挥鞭策驱四运,万物兴歇皆自然——四运,指春夏秋冬四时。这四句意为:草不因荣盛而感谢春天,也不因枯萎而怨恨秋天。谁也不能主宰四季的变化,万物的兴旺和衰败都是自然现象。强调万物皆自然运化所致,非任何外力能左右。

羲和,羲和,汝奚汩没于荒淫之波?鲁阳何德,驻景挥戈?逆道违天,矫诬实多。吾将囊括大块,浩然与溟涬同科——羲和,神话传说中驾六龙为太阳赶座车的神。奚,为什么。汩没,沉沦,埋没。荒淫之波,指广阔浩瀚的大海。"鲁阳"二句,据《淮南子·冥览训》说,鲁阳公与人作战,正在十分激烈时,时间已经黄昏,鲁阳公援戈一挥,使太阳退了三舍(九十里)。景,日影。矫诬,不真实。囊括,用袋子全部装进去。大块,指大自然。溟涬,自然之气混混蒙蒙的样子。这九句意为:羲和!羲和!你为太阳驾车,为什么太阳会沉沦在广阔浩瀚的大海。鲁阳公有何德行,怎能够举戈使太阳回升?完全是违背自然规律的谎话,违反常理,以假为真。我要与大自然混而为一,广大无边与元气一样浑然同体。指斥虚妄的历史传说,表达顺应自然,忘却人生短暂苦恼的思想。

这首诗反映了李白唯物论的宇宙观。也可看出李白对道教的偏爱并非骨子里的信仰,只是一种仕进途中自我标榜的手段而已。这首诗自由地驱使神话与历史传说,同时又巧妙地组接宇宙意象,富有鲜明的浪漫色彩。全诗采用杂言句式,从四字句到九字句,变化丰富,灵活多变。全诗押韵多变而又层次清晰,前七句一韵,设为问答,奇语惊人。接下四句换韵,抒发自己顺应自然的思想。末尾八句,正反归纳,点题清楚,曲终奏雅。

## 北风行

《北风行》,乐府旧题,属杂曲歌辞。此诗为李白天宝十一载(752)冬游幽州(今北京)时所作。诗中通过幽州思妇对阵亡丈夫的悲痛思念和哀悼,反映了安禄山统治下的北方人民受到不义战争的危害,揭露安禄山妄开边衅,挑起战争的罪恶行径。艺术上夸张精彩,刻画人物心理准确传神。

烛龙栖寒门,光耀犹旦开。
日月照之何不及此?唯有北风号怒天上来。

燕山雪花大如席，片片吹落轩辕台。
幽州思妇十二月，停歌罢笑双蛾摧。
倚门望行人，念君长城苦寒良可哀。
别时提剑救边去，遗此虎文金鞞靫。
中有一双白羽箭，蜘蛛结网生尘埃。
箭空在，人今战死不复回。
不忍见此物，焚之已成灰。
黄河捧土尚可塞，北风雨雪恨难裁。

烛龙栖寒门，光耀犹旦开。日月照之何不及此？唯有北风号怒天上来。燕山雪花大如席，片片吹落轩辕台——烛龙，神话中的神龙。《山海经·大荒北经》："西北海之外，赤水之北，有章尾山。有神，人面蛇神而赤。直目正乘。其瞑乃晦，其视乃明。不食不寝不息，风雨是谒。是烛九阴，是谓烛龙。"又见《淮南子·地形训》。寒门，神话中北极之门。燕山，在今天津蓟州东南，东经玉田、丰润，直达海滨，绵延数百里。轩辕台，故址在今河北怀来乔山上。传说黄帝曾经在此居住过。这六句意为：烛龙栖息在寒门，它的目光被当作了晨曦。日月为何照不到这里？只有北风怒号从天而来。燕山雪花大如坐席，一片片吹落到轩辕台。此处烛龙喻安禄山的黑暗统治。寒门喻安禄山统治下的地区。日月之光照不到这个地方，是指大唐朝廷的力量达不到，也控制不了幽州地区。运用夸张手法渲染幽州之风雪严寒，象征安禄山统治下人民的悲惨境遇。

幽州思妇十二月，停歌罢笑双蛾摧。倚门望行人，念君长城苦寒良可哀。别时提剑救边去，遗此虎文金鞞靫。中有一双白羽箭，蜘蛛结网生尘埃。箭空在，人今战死不复回。不忍见此物，焚之已成灰。黄河捧土尚可塞，北风雨雪恨难裁——幽州，在今北京市及河北省北部地区（治所在北京）。双蛾，即双眉。古代认为女子的眉毛像蛾的双须一样才美，故称女子的眉毛为蛾眉。双蛾摧，即双眉紧锁，愁苦之状。鞞靫（bǐngchāi），装箭的袋子。虎文金鞞靫是用虎形金属图案所饰的箭袋。这十四句意为：幽州思妇在寒冬腊月，停歌罢笑愁眉不开。倚门盼望丈夫早日回来，他在长城下打仗受苦忍寒实可哀。分别时你手提宝剑去边防，留下了饰有虎形图案的箭袋。里面有一对白色羽箭，如今蜘蛛网生满了尘埃。羽箭徒然还在，人却战死不能回来。不忍心重见此物，已把它焚烧成灰。汹涌的黄河尚可捧土堵塞，我的悲愤和愁苦却如天上凄凉的北风和漫天的雨雪不能消除。写战争给思妇留下的孤苦和无尽的怨恨。

李白此诗虽用旧题,但注入了时代的内容,反映当时的社会现实。其次夸张手法的应用使感情得以升华,加重了艺术的震撼力。再次,运用人物典型的动作、情态,写她悲愤的心态,传神入微。

## 关山月

关山月,乐府旧题,为鼓角横吹十五曲之一。李白此诗不拘泥于历史和唐朝的战争,而以广漠的边疆为空间,以从古至今的战争联结,反映战士们戍守边疆、思念家乡的心情。谴责了战争给人民带来的灾难,具有深广的历史意义。而天宝间,唐王朝西北战事频仍,此诗自然也有很强的现实意义。

明月出天山,苍茫云海间。
长风几万里,吹度玉门关。
汉下白登道,胡窥青海湾。
由来征战地,不见有人还。
戍客望边邑,思归多苦颜。
高楼当此夜,叹息未应闲。

明月出天山,苍茫云海间。长风几万里,吹度玉门关——天山,即祁连山,匈奴人称天为祁连。苍茫,旷远无穷貌。云海,谓云气迷蒙的天空像海一样。玉门关,在今甘肃敦煌西北。这四句意为:一轮明月从天山升起,出没在苍茫云海中间。长风掠过几万里广袤的边地,一直吹到玉门关口。首四句,直接点题,分别写关、山、月。明胡应麟评首四句说:"浑雄之中,多少闲雅。"(《诗薮》内编卷六)

汉下白登道,胡窥青海湾。由来征战地,不见有人还——白登,山名,在今山西大同东。《汉书·匈奴传》:"围高帝于白登七日。"青海湾,即今青海湖。这四句意为:汉朝出兵白登山与匈奴作战,今日里胡兵又来窥视青海湾。从遥远的过去直到今天,这征战场难见有人回还。极写边境战事频繁,控诉战争的长期性和残酷性。概括力极强。

戍客望边邑,思归多苦颜。高楼当此夜,叹息未应闲——这四句意为:戍边的士兵面对着清冷的边邑,思念故乡难归还愁容满面。想高楼上的妻子在这样的月夜,定然是叹息声声难以入眠。花开两朵,互相映衬。以戍客思乡之切,而遥想妻子也正思念自己难以入睡,透过一层,曲折深隽。

这首诗选景巧妙,艺术境界浑然天成。结构上大开大合,时空广阔。明月是结构全诗的红线,从天山到玉门关,从白登道到青海湾,从戍客到思妇,明月意象揭示了战争的绵延久远,连接起广阔的战争地域,连接起戍客与妻子的相思和悲剧心理,远景、近景、特写,仿佛电影蒙太奇一般层次分明,耐人寻味。

## 独漉篇

萧士赟曰:"《独漉篇》即拂舞歌五曲中之独禄篇也。特太白集中禄字作漉字,其间命意造辞亦模仿规拟,特古词为父报仇,太白则为国雪耻耳。"上元二年(761),史朝义杀死其父史思明,率部向南骚扰,唐太尉李光弼领大军出镇临淮(即泗州),追击史朝义。太白此时正游金陵,来往宣城、历阳二郡间,作此诗。全诗以时间前后为序,总结回顾了诗人自己从永王璘以后的不幸遭遇,表达了诗人坚贞不屈的爱国精神。

> 独漉水中泥,水浊不见月。
> 不见月尚可,水深行人没。
> 越鸟从南来,胡雁亦北度。
> 我欲弯弓向天射,惜其中道失归路。
> 落叶别树,飘零随风。
> 客无所托,悲与此同。
> 罗帷舒卷,似有人开。
> 明月直入,无心可猜。
> 雄剑挂壁,时时龙鸣。
> 不断犀象,羞涩苔生。
> 神鹰梦泽,不顾鸱鸢。
> 为君一击,鹏搏九天。

独漉水中泥,水浊不见月。不见月尚可,水深行人没——独漉,王琦云:"乐府诸书亦有引古词作'独鹿'者,亦有作'独漉'者,是禄、鹿、漉,古者通用,非始于太白也。"《汉书·武帝纪》服虔注:"独鹿,山名也。……在涿郡遒县北界也。"今独鹿山,在河北涿鹿西。涿郡一带是安禄山的大本营。这四句意为:独鹿山的山水中泥淖纵横,山水浑浊看不到月亮。看不见月亮也就罢了,水深使行人淹没。首二句喻安禄山的预谋反叛,使涿郡一带生灵涂炭,以及安禄山的专宠使玄宗昏庸不堪。三四句言安史之乱已使国家疮痍满目,而乱后李唐王朝兄弟之间的争斗,更把国家搅得残破不堪。

越鸟从南来,胡雁亦北度。我欲弯弓向天射,惜其中道失归路——陈沆《诗比兴笺》卷三云:"越鸟四句言(李)希言等自南来,而璘兵亦欲北渡,中道相逢,本非仇敌,纵弯弓射杀之,亦止自伤其类,无济于我。"陈沆所言后两句有误,"我"应指李白自己,李白回忆从永王璘时的情景。天,指天狼星,喻安史叛军。李白参加永王璘幕本望为国立功,但由于唐王朝发生内讧,使诗人未能为国灭贼。这四句意为:越鸟从南方而来,胡雁亦欲北度。我想弯弓向天狼星射去(消灭安史叛军),可惜半路未成功却失去回头路。

落叶别树,飘零随风。客无所托,悲与此同——落叶离开自己依附的树枝,在风中飘荡零落,游客无所依托,悲凉的境遇与此相同。运用比兴手法,回忆从永王璘兵败至此时的流放和漂泊的困苦生活。

罗帏舒卷,似有人开。明月直入,无心可猜——我想入李光弼幕,罗帏已经卷起,似乎有人打开了门。我的心如明月,一片忠诚,没有其他想法可以猜疑。此时诗人有希望入李光弼幕,然而由于李白自身曾被定罪下狱和长期流放,数次入他人幕府而不得志,诗人曲折地表现自己的彷徨心境和对能否建立功业的担忧。同时又用明月作比,表明我心至诚,只是为了清除叛贼。

雄剑挂壁,时时龙鸣。不断犀象,羞涩苔生——雄剑,鲍照《鲍参军集》卷六《赠故人马子乔诗六首》:"双剑将别离,先在匣中鸣。烟雨交将夕,从此遂分形。雌沉吴江里,雄飞入楚城。"龙鸣,《太平御览》卷三四四引《拾遗记》曰:"颛顼高阳氏有画影剑,腾空剑,若四方有兵,此剑则飞赴,指此方则克,未用时在匣中常如龙虎吟。"犀象,《文选》卷三四曹植《七启》:"镜机子曰:步光之剑,华藻繁缛。饰以文犀,雕以翠绿,缀以骊龙之珠,错以荆山之玉。陆断犀象,未足称俊,随波截鸿,水不渐刃。"李周翰注:"言剑之利也。犀象之兽其皮坚。"这四句诗人自比雄剑,说自己数年空挂墙壁,不能一试锋芒,去斩断陆上的犀象,水中的蛟鼍,只能发出阵阵不平的"龙鸣"。这正是诗人请缨无路,报国无门的悲壮的慨叹。

神鹰梦泽,不顾鸱鸢。为君一击,鹏搏九天——神鹰,《太平广记》卷四六○引《幽冥录》:"楚文王好猎,有人献一鹰。王见其殊常,故为猎于云梦。毛群羽族,争噬共搏,此鹰瞪目,远瞻云际。俄有一物鲜白,不辨其形,鹰便竦羽而升,蠢若飞电,须臾,羽堕如雪,血下如雨,有大鸟堕地。度其羽翅,广数十里。时有博物君子曰:'此大鹏雏也。'"梦泽,即云梦泽。据多种古籍所载,先秦两汉所言之云梦泽,即今湖南益阳以北,湖北荆州以南,武汉以西之地。此四句抒发当时诗人的雄心壮志。云梦泽中的神鹰,壮志凌云,不顾凡鸟,搏击大鹏之雏。表达自己老当益壮,为国立功的决心。

此诗萧士赟、陈沆、沈德潜、王琦等都曾作过注解,但皆未能解通全诗。关于此诗的编年,黄锡珪《李太白年谱》定为乾元二年(759)九月,李白在岳阳作。詹锳先生《李白诗文系年》将此诗定为至德二载(757)。但这两年均难以解通全诗意蕴。笔者认为,要彻底解开此诗的疑窦,必须将此诗与李白的其他诗篇联系起来考察。众所周知,在安史叛乱期间,李白一直表现出崇高的爱国主义精神,他入永王幕也是为了效忠唐王朝,但是落得入狱、流放。遇赦之后,仍不忘为国雪耻,当听到李光弼的消息而作此诗,故应在上元二年(761)作。因为获释不久,故写得比较曲折,但并非意脉断离。它以诗人的经历为线索,层层展开,蕴藉含蓄,巧用比兴,最富有艺术魅力,形象地展现了诗人的心理变化。

## 杨叛儿

据《通典》卷一四五载:"杨叛儿本童谣也。齐隆昌时,女巫之子曰杨旻,少随母入内,及长为太后所宠爱。童谣云:杨婆儿共戏来所欢。语讹遂成杨叛儿。"《乐府诗集》中《杨叛儿》属清高曲辞的西曲歌。这首诗是李白根据六朝民歌《杨叛儿》改写而成的,约作于开元十四年(726)诗人浪游金陵时。诗人运用自然直率的语言,描写了一个对生活充满热爱、敢于追求幸福的妇女。同时又用幻想的形式表现其对美好生活的无限向往。含义比六朝民歌更深邃。

君歌杨叛儿,妾劝新丰酒。
何许最关人?乌啼白门柳。
乌啼隐杨花,君醉留妾家。
博山炉中沉香火,双烟一气凌紫霞。

君歌杨叛儿，妾劝新丰酒。何许最关人？乌啼白门柳——新丰酒，旧注认为指陕西新丰(即今陕西临潼东北)出产之酒，误。李白《出妓金陵子呈卢六四首》其二："'南国新丰酒，东山小妓歌。'又唐人诗云：'再入新丰市，犹闻旧酒香。'皆谓此，非长安之新丰也。然长安之新丰亦有名酒，见王摩诘诗，至今居民市肆颇盛。"可知此当指江南之新丰酒，即今南京附近之丹徒所产之酒。何许，犹何所也。关情，即牵动人的情思。白门，古籍记载非一处，此当指金陵西门。这四句意为：你歌唱着《杨叛儿》，我奉劝你新丰美酒。什么地方最使人动情，西门外藏有乌鸦的垂柳。

乌啼隐杨花，君醉留妾家。博山炉中沉香火，双烟一气凌紫霞——博山炉，古代一种熏香用的器具。《西京杂记》卷一："长安巧工丁缓者……又作九层博山香炉，镂为奇禽怪兽，穷诸灵异，皆自然运动。"沉香，一种名贵的香木，燃时有香气。"双烟"句，意思是香化为烟，升入云霞。双烟一气，喻男女爱情的坚固。这四句意为：当杨花丛中栖息着不再啼鸣的乌鸦，你也喝醉了留宿在我家。博山炉中燃起了芬芳的沉香，双烟融为一气冉冉飞入云霞。

这首诗礼赞了女主人公对爱情的勇敢追求。她决意要留住情郎，了却那孤独的期待和内心的寂寞，大胆地去获得爱情的幸福。同时又用隐喻、象征的手法，以博山炉中容纳沉香之火，袅袅双烟，缭绕一气，恒久不衰，上凌紫霞的隐喻形象，象征男女炽热、缠绵的热恋与坚贞的爱情。民歌《杨叛儿》原词四句："暂出白门前，杨柳可藏乌。欢作沉水香，侬作博山炉。"此诗既保留了民歌的风味，又进行了新的构思、扩展和创造，青出于蓝。全诗想象奇妙，比兴新颖，充分体现了李白对青年男女自由恋爱、冲破封建礼教束缚叛逆精神的肯定。诗的语言自然、清新，表现力极强，引人入胜。

## 采莲曲

采莲曲，古曲名。这首诗是李白天宝六载(747)前后漫游会稽一带时所作。诗人刻画了栩栩如生的吴越采莲女的形象。采用民歌体裁却不简单模仿，有青出于蓝的艺术魅力。

若耶溪旁采莲女，笑隔荷花共人语。
日照新妆水底明，风飘香袂空中举。

岸上谁家游冶郎,三三五五映垂杨。
紫骝嘶入落花去,见此踟蹰空断肠。

若耶溪旁采莲女,笑隔荷花共人语。日照新妆水底明,风飘香袂空中举——若耶溪,在今浙江绍兴南。新妆,指刚打扮过的采莲女。袂,衣袖。这四句意为:若耶溪畔的采莲女,隔着荷花与伙伴笑语。阳光照得水中倩影更加美丽,风儿吹得香袂在空中飘举。集中在采莲女的明丽和欢态上着笔。

岸上谁家游冶郎,三三五五映垂杨。紫骝嘶入落花去,见此踟蹰空断肠——游冶郎,出游寻乐的青年男子。紫骝,一种赤身黑鬣的马。踟蹰,徘徊不进的样子。这四句意为:岸上是谁家出游寻乐的男子,三五成群掩映着垂杨。紫骝的嘶鸣使她们进入了荷叶深处,男子们只能徘徊岸边空自断肠。写青年男子对采莲女的爱慕,笔法灵活,为全诗增添了更多意趣。

《采莲曲》产生于南朝齐梁间,当时文人笔下的采莲女形象有较浓的脂粉气和被统治者玩赏的味道,缺少浓烈的生活气息。李白这首诗继承了民歌的白描手法,用明白流畅的语言,将她们置于青翠欲滴的荷叶丛中来烘托渲染,又用游冶郎的徘徊搔首来反衬她们的娇美,使用乐府《陌上桑》写罗敷的手法而更加委婉传神。在同类题材中别具清新的韵味。

## 白头吟二首(其一)

《白头吟》,乐府《楚调曲》调名。据《西京杂记》卷三载,蜀地巨商卓王孙的女儿卓文君,聪明美丽,有文采,通音乐。孀居在家时,与司马相如相爱,私奔相如,因生计艰难,曾得到卓王孙的资助。司马相如得势后,准备娶茂陵的一个女子为妾,卓文君得知后,就写了一首《白头吟》给他,表达自己的哀怨之情,相如因此打消了娶妾的念头。后世多用此调写妇女的被遗弃。李白将卓文君与司马相如的故事作了深刻开掘,改变了历史人物的本来面貌,从中反映出封建社会妇女的悲惨命运。

锦水东北流,波荡双鸳鸯。
雄巢汉宫树,雌弄秦草芳。

宁同万死碎绮翼，不忍云间两分张。
此时阿娇正娇妒，独坐长门愁日暮。
但愿君恩顾妾深，岂惜黄金买词赋。
相如作赋得黄金，丈夫好新多异心。
一朝将聘茂陵女，文君因赠白头吟。
东流不作西归水，落花辞条羞故林。
兔丝故无情，随风任倾倒。
谁使女萝枝，而来强萦抱？
两草犹一心，人心不如草。
莫卷龙须席，从他生网丝。
且留琥珀枕，或有梦来时。
覆水再收岂满杯？弃妾已去难重回。
古来得意不相负，只今惟见青陵台。

锦水东北流，波荡双鸳鸯。雄巢汉宫树，雌弄秦草芳。宁同万死碎绮翼，不忍云间两分张——绮翼，指鸳鸯美丽的翅膀。这六句意为：锦江水向东北方奔流，波涛中游动着一对鸳鸯。雄的在汉宫高树上做巢，雌的在玩赏秦地花草的芬芳。宁可同死一万次，每次都碎裂美丽的翅膀，也不忍在云间分飞异方。开篇以水中鸳鸯的相恋起兴，具有象征及比喻意义。

此时阿娇正娇妒，独坐长门愁日暮。但愿君恩顾妾深，岂惜黄金买词赋。相如作赋得黄金，丈夫好新多异心。一朝将聘茂陵女，文君因赠白头吟。东流不作西归水，落花辞条羞故林——阿娇，汉武帝陈皇后的乳名。"独坐"句，传说汉武帝刘彻幼年的时候，曾对其姑母说："若得阿娇作妇，当作金屋贮之。"刘彻当了皇帝后，立阿娇为皇后，即陈皇后。后失宠废居在长门宫。"但愿"二句，陈皇后盼望再得到武帝恩宠，可是没有好办法，后来听说司马相如善作赋，便奉献黄金百斤请他作赋，相如便替她写了《长门赋》。这十句意为：此时阿娇正因生性娇妒，独居长门宫里为日暮而愁苦，只盼望皇帝对自己恩情深切，不惜以黄金去买词赋！相如写赋得到了黄金，男子喜新厌旧动辄变心。一旦准备聘娶茂陵的少女，卓文君因而赠送他《白头吟》。河水既已向东流去，哪会又倒流向西奔？落花已经从树上飘落，就羞于重返故林。叙述陈皇后失宠与司马相如的故事，巧妙组合，有了戏剧性的美感。流水落花的比喻也新颖贴切。

兔丝故无情，随风任倾倒。谁使女萝枝，而来强萦抱？两草犹一心，人心不如草。莫卷龙须席,从他生网丝。且留琥珀枕,或有梦来时。覆水再收岂满杯?弃妾已去难重回。古来得意不相负,只今惟见青陵台——兔丝,一种寄生植物,茎细柔,常缠绕于其他植物之上,吸收其养分而生长。故,本来。女萝,又名松萝,一种寄生于树皮上的地衣类植物,茎呈分歧状,自树梢悬垂而下。"兔丝"六句,以兔丝和女萝相依而生,反衬人不如草的恶劣行为。龙须席,用龙须草织成的席子。网丝,蜘蛛网丝。琥珀枕,用琥珀装饰的枕头。用诗中人对枕席等物的留恋,衬托其对爱情的坚贞。覆水再收,据《拾遗记》记载,吕尚的妻子马氏厌夫贫贱,离异而去。后吕尚佐周伐商有功,封齐侯。马氏请求再合,吕尚把盆水倾泼于地,令马氏收取,马氏羞惭而去。此处反其意而用之。青陵台,据《搜神记》记载,战国时宋康王强占韩凭的妻子何氏,并叫韩凭去服筑青陵台的劳役。后来韩自杀,其妻要求参加葬礼,趁机跳入墓中而死。宋康王将韩凭夫妇分葬在青陵台的两旁。过了一年,两墓各生一树,枝条相连,有双鸟哀鸣其上。这十四句意为:兔丝草本就缺乏柔情,任凭风把它吹得东倾西倒。谁使那女萝枝,硬和它依偎萦绕?两株草的心还能够融合为一,冷漠的人心却比不上多情的小草!且莫去收卷那龙须草的席子,任凭它长上蜘网蛛丝。姑且留下琥珀装饰的枕头,或有相会的梦境抚慰孤栖。倾倒在地上的水收回来哪能装满杯?被遗弃的女人自难再返回。得意后仍不抛弃旧日恩情,从古到今只有一座青陵台。

这首诗对乐府旧题和历史故事均进行了新的开拓,加强了戏剧性的效果,运用比兴手法,多处以物喻人。即使司马相如与卓文君这样情投意合的美满婚姻,司马相如还代陈皇后作赋讽谏过汉武帝,都不免有拟娶茂陵女之举,人间要保持纯洁高尚的爱情多么不易。李白对古代妇女的地位充满同情,对抛弃妻子的行为进行了严厉的指斥,同时又用物反衬,世上多少薄情之人,真不如动物中的鸳鸯,也不如植物中的兔丝和女萝,不及一心的两草。最后用热情洋溢的笔触礼赞了韩凭之妻,她虽受康王宠幸,却以死殉情。表现了李白高尚的爱情观。

## 长干行二首(其一)

《长干行》是乐府《杂曲歌辞》调名。长干,地名。在今江苏南京南。六朝乐府西曲歌中有《长干曲》,为四句短诗。李白继承创新,写商女深切的思夫之情委婉细腻。

妾发初覆额,折花门前剧。
郎骑竹马来,绕床弄青梅。

同居长干里,两小无嫌猜。
十四为君妇,羞颜未尝开。
低头向暗壁,千唤不一回。
十五始展眉,愿同尘与灰。
常存抱柱信,岂上望夫台?
十六君远行,瞿塘滟滪堆。
五月不可触,猿声天上哀。
门前迟行迹,一一生绿苔。
苔深不能扫,落叶秋风早。
八月蝴蝶黄,双飞西园草。
感此伤妾心,坐愁红颜老。
早晚下三巴,预将书报家。
相迎不道远,直至长风沙。

　　妾发初覆额,折花门前剧。郎骑竹马来,绕床弄青梅。同居长干里,两小无嫌猜——初覆额,古时十五岁后女子及笄方可束发,初覆额即形容未束发时头发松散的样子。剧,玩耍,游戏。骑竹马,把竹竿当马骑。床,井床,井上的栏杆。弄,游戏。长干里,里巷名。故址在今南京市秦淮河南,靠近长江。嫌猜,嫌疑,顾忌。这六句意为:我的头发刚盖住前额,在门前折花游戏,你骑竹马跑来,绕着井栏互相投掷青梅。同住在长干里,真正是两小无猜。

　　十四为君妇,羞颜未尝开。低头向暗壁,千唤不一回。十五始展眉,愿同尘与灰。常存抱柱信,岂上望夫台——尘与灰,比喻难以分开。抱柱信,《庄子·盗跖篇》载,一个名叫尾生的人,与一个女子约会在桥下,尾生先到,忽然水涨,尾生抱着桥柱不愿离开,免得失信于女子,结果被水淹死。后人因称守信约为抱柱信。望夫台,在古代典籍中指望夫山,不止一处。大意都是叙述有人久出不归,他的妻子在此台上眺望。这八句意为:我十四岁时做了你的媳妇,脸上的羞怯还未消退。我低头面向墙角,你千唤万唤我头也不回。十五岁才露出笑脸,愿与你像尘灰一样不分离。我相信你的真诚永不改变,哪用我去上望夫台。这里写初婚的娇媚和羞涩以及对爱情认识的升华。

　　十六君远行,瞿塘滟滪堆。五月不可触,猿声天上哀。门前迟行迹,一一生绿苔。苔深不能扫,落叶秋风早。八月蝴蝶黄,双飞西园草。感此伤妾心,坐愁红颜老——滟滪堆,在瞿塘峡口,是一块巨大的礁石。"五月"句,夏历五月,江水暴涨,滟滪堆被水所淹,仅露出顶部一小块,行船容易触礁,十分危险。故梁简文帝《滟滪歌》云:"滟滪大如襥,瞿塘不可触。"(滟滪即滟滪)"猿声"句,三峡多猿,啼声哀切。盛弘之《荆州记》载当地渔歌云:"巴东三峡巫峡长,猿鸣三声泪沾裳。"迟行迹,指女子思夫时徘徊、伫立的足迹。蝴蝶黄,相传秋天黄蝴蝶多。坐,因。这十二句意为:我十六岁时你出了远门,瞿塘滟滪堆波浪汹涌。五月里行船千万别触礁,高山上传来的猿啼多么悲哀。我在门前伫立徘徊,我的足迹已长满了青苔。青苔深了难以清扫,落叶遍地秋风来得早。八月里飞满了黄蝴蝶,成双成对飞遍西园草。触景伤情使我心碎,因为我怕红颜早早衰老。对这位思妇的相思,作者通过她细微的动作来展现。着力通过时间推移来展示相思难挨。接着又写她从炎热的夏日盼到萧萧的凉秋。在空间景物上,选择具有典型意义的双飞蝴蝶,更将思妇的离愁相思之情写到极致。

早晚下三巴,预将书报家。相迎不道远,直至长风沙——早晚,何时。三巴,古时指巴郡、巴东、巴西,在今四川东部。长风沙,地名,在今安徽安庆东长江边上。陆游《入蜀记》卷三云:"自金陵(今江苏南京)至此(长风沙)七百里。"这四句意为:你几时从三巴顺流而下,早早托个人捎信来家。再远的路我也不怕,迎接你一直到长风沙。末四句时间由现在移到将来,空间由长干里移到长风沙。将思妇的相思之情升华为美好的追求和向往。

李白特别善于运用时间的变化来展现人物的内心世界。在本诗中,作者通过过去、现在、将来三层时间的变化,巧妙地将女主人公的内心变化贯穿在一起。过去的回忆特别甜蜜,分别后的相思摧人心碎,未来的相会不辞路远相迎。空间与时间同步变化,过去、未来的时空突出反衬现在的相思,是相思心理的延伸。用时空的变化展现思妇复杂的感情世界,意蕴含蓄,耐人回味。

## 古朗月行

《朗月行》为乐府古题,属《杂曲歌辞》。李白用旧题写新意。运用浪漫主义的创作手法,通过奇妙的想象以及扑朔迷离的神话传说,讽刺了唐玄宗后期的黑暗政治,写得含蓄委婉。

小时不识月,呼作白玉盘。
又疑瑶台镜,飞在青云端。
仙人垂两足,桂树何团团。

白兔捣药成,问言与谁餐。
蟾蜍蚀圆影,大明夜已残。
羿昔落九乌,天人清且安。
阴精此沦惑,去去不足观。
忧来其如何,凄怆摧心肝。

小时不识月,呼作白玉盘。又疑瑶台镜,飞在青云端——瑶台,传说中神仙居住的地方。这四句意为:小时候不认得月亮,把它叫作白玉盘。又怀疑是瑶台的明镜,飘飞到青色的云天。首四句用富有妙趣的笔触,写出了作者的好奇心和非凡的想象力。

仙人垂两足,桂树何团团。白兔捣药成,问言与谁餐——"仙人"二句,《太平御览》卷四引虞喜《安天论》说,"俗传月中仙人桂树,今视其初生,见仙人之足渐已成形,桂树后生焉"。白兔捣药,古代传说月亮中有白兔在捣药。见《太平御览》卷四引傅玄《拟天问》。这四句意为:月亮初升时可见仙人的双脚,看到桂树时月亮已那么的圆。月中的白兔把药捣好,问它是送给谁去享用。

蟾蜍蚀圆影,大明夜已残。羿昔落九乌,天人清且安。阴精此沦惑,去去不足观。忧来其如何,凄怆摧心肝——蟾蜍,动物名,俗称蛤蟆。据《淮南子》载,月亮里有只蟾蜍,月食就是因蟾蜍食月所致。大明,月亮。"羿昔"二句,据《淮南子》载,"逮至尧之时,十日并出,焦禾稼,杀草木,而民无所食。"于是尧命羿"上射十日",羿射落了九个,最后只剩一个留给人们。乌,指太阳,相传太阳里有三足乌。羿射日,天下平安,隐喻唐玄宗在开始时诛除奸佞、天下太平。"阴精"句,《汉书·天文志》:"日月薄食……此皆阴阳之精,其本在地而上发于天者也。政失于此,变见于彼。"古代以为月亮是太阴,是最盛的阴气,因而也是最典型的阴精。这里意为日食月食,都是阴精或阳精受到了损害,而根本上是政治黑暗所致。这八句意为:蛤蟆把圆月吃掉一块,夜间的月亮已残缺不全。以前后羿射落九个太阳,天上人间都清静平安。太阴之精现在又受到沦惑,去吧,去吧,这个世界已不值得再看。愁思涌入我的心头,悲痛使我肝肠俱断。

李白爱月,为其子起名明月奴,传说捉月而死。在诗人诗作中咏月之作甚多。或寄寓人生哲理,或渲染凄清寂寥的气氛,或引发遐想与回忆,其风格也千变万化。此诗运用隐微的笔法,指斥最高统治者,写得委婉、深沉含蓄,在咏月诗中别具一格。本诗采用人民群众喜闻乐见的神话传说为素材,又精心剪裁,达到了雅俗共赏而又内涵深厚的艺术效果。

## 妾薄命

**题解**

《妾薄命》是乐府古题,内容多写妇女的不幸和哀怨。本篇李白借汉武帝、陈皇后的故事,写妇女遭遗弃的不幸命运。艺术上采取鲜明的对比,贴切的比喻,在形象的创造中包含深刻的哲理。

汉帝重阿娇,贮之黄金屋。
咳唾落九天,随风生珠玉。
宠极爱还歇,妒深情却疏。
长门一步地,不肯暂回车。
雨落不上天,水覆难再收。
君情与妾意,各自东西流。
昔日芙蓉花,今成断根草。
以色事他人,能得几时好。

汉帝重阿娇,贮之黄金屋。咳唾落九天,随风生珠玉。宠极爱还歇,妒深情却疏。长门一步地,不肯暂回车——"汉帝"二句:《汉武故事》:"年四岁,立为胶东王。数岁,长公主抱置膝上问曰:'儿欲得妇否?'长公主指左右长御百馀人,皆云不用。末指其女问曰:'阿娇好否?'笑对曰:'好!若得阿娇作妇,当作金屋贮之。'长公主大悦,乃苦要上(汉武帝父亲景帝),遂定婚焉。"重,看重。贮,藏。"咳唾"二句,形容阿娇作了皇后以后的高贵,她的唾沫也被看作珠玉,从天空高处落下。《庄子·秋水》:"子不见夫唾者乎?喷则大者如珠,小者如雾。""宠极"二句,《汉武故事》:"(武帝)立为太子,年十四即位,长主求欲无厌,上患之,皇后宠遂衰,骄妒滋甚。女巫楚服自言有术,能令上回意。昼夜祭祀,合药服之,巫著男子衣冠帻带,素与皇后寝居,相爱若夫妇。上闻,穷治侍御,巫与后诸妖蛊咒诅,女而男淫,皆伏辜。废皇后,处长门宫。""长门"二句,形容武帝对陈阿娇感情淡薄,长门宫虽然很近,武帝也不愿回车去看阿娇。这八句意为:汉武帝曾经多么喜欢阿娇,他将阿娇立为皇后藏在金屋。皇后的唾沫从九天而落,随风会生出晶莹的珠玉。受宠到极点恩爱就要衰弛,嫉妒太过分感情便会生疏。虽然离长门宫不过一步地,武帝却不肯为她暂且回车。侧重写陈阿娇的得宠、失宠和被弃长门宫。阿娇既不愿丢掉皇后的尊宠,又不甘忍耐孤独和寂寞,她的骄妒和媚道,正是封建时代失宠者所采取的可悲可怜的反抗手段。

雨落不上天,水覆难再收。君情与妾意,各自东西流。昔日芙蓉花,今成断根草。以色事他人,能得几时好——"君情"二句,说两人不再和好,像分流东西的水一样。古乐府《白头吟》:"沟水东西流。"以东西分流的水比夫妇分离。"昔日"二句,以鲜艳的芙蓉花比喻阿娇得宠时的欢乐,以枯萎的断根草比喻她失宠后的痛苦。这八句意为:落下的雨点不会再飞上天,泼出的水难以再回收。你的感情和我的心意,已仿佛河水东西奔流。昔日好比是鲜艳的芙蓉花,今日变作枯萎的断根草。靠红颜来侍奉他人,能保持多长时间的美好?以阿娇自叙的口吻,倾诉被遣长门的苦楚。最后系对夫权压迫下的妇女"以色事人"不幸命运的慨叹。

这首诗不着眼于对汉武帝和陈阿娇的婚恋故事本身叙述,而是对这一历史故事提炼、概括,通过这一典型事件反映封建社会妇女的不幸命运。叙述、抒情、议论融为一体,叙述的笔法简练,抒情时巧用对比,议论升华了主题,达到惊心动魄的艺术效果。

## 塞下曲六首(其一)

唐代的《塞上曲》《塞下曲》,出自汉乐府《出塞曲》《入塞曲》,属乐府《横吹曲辞》。李白的《塞下曲》共六首,这是第一首。盛唐时期西北游牧民族与唐王朝之间发生过多次战争。李白这首诗,歌颂了戍边将士保家卫国,奋不顾身的英雄气概。

五月天山雪,无花只有寒。
笛中闻折柳,春色未曾看。
晓战随金鼓,宵眠抱玉鞍。
愿将腰下剑,直为斩楼兰。

五月天山雪,无花只有寒。笛中闻折柳,春色未曾看——天山,指祁连山,在甘肃西北部。匈奴人称天为"祁连",见《汉书·武帝纪》颜师古注。折柳,指《折杨柳》曲,乐府横吹曲调名之一。极言塞外边地苦寒,并通过《折杨柳》的曲子反衬战士惆怅伤怀的情意。这四句意为:五月的天山风雪迷漫,没有鲜花,只有严寒。

笛声中听到了春曲《折杨柳》,可明媚的春光却未到眼前。

晓战随金鼓,宵眠抱玉鞍。愿将腰下剑,直为斩楼兰——金鼓,以金镶饰的战鼓。玉鞍,用玉装饰的马鞍。五六句极力烘托戍边生活的紧张和苦辛。楼兰,汉代西域国名,在今新疆鄯善东南。据《汉书·傅介子传》记载,汉昭帝时,楼兰国王交结匈奴,屡次杀死汉朝通西域的使臣。傅介子奉大将军霍光之命,赴楼兰用计杀死楼兰王,并把他的首级带回朝廷。本句中的"斩楼兰",是借用历史典故泛指消灭侵扰边塞的西北游牧部族首领。这四句意为:清晨在战鼓声中出战,寒夜依偎着马鞍入眠。我愿抽出腰间的利剑,直捣楼兰,杀敌而还!

这首诗前四句极力渲染边地的苦寒,铺陈战斗生活的紧张,然而写得一点也不凄惨,反而显得壮烈,更加烘托出戍边将士一往无前、意气风发的精神风貌和强烈的爱国热情。选材典型,细节生动,虽短短八句而含义深邃,形象鲜明,可谓青出于蓝。

## 玉阶怨

此为乐府旧题,属相和歌辞。李白写妇女独望秋月,夜深无寐。委婉含蓄,耐人寻味。

玉阶生白露,夜久侵罗袜。
却下水精帘,玲珑望秋月。

玉阶生白露,夜久侵罗袜。却下水精帘,玲珑望秋月——水精,即水晶。玲珑,月光明亮的样子。这四句意为:玉石台阶上不断滋生白露,随着渐渐深沉的夜色侵入了罗袜。转身回屋放下水晶珠帘,从帘内再望明亮的秋月。

李白善于运用人物自身的行动组接简单的时空境界,运用白描展示丰富的内在感情。这首诗的时间不出夜晚,空间为室内、室外,然而诗人抓住了具有典型意义的物象,极力渲染这种境界的凄凉、空旷、寂静、幽凉,同时以"夜久侵罗袜"的细节来塑造独自伫立的女子形象,突出她的幽怨。又用凄凉的秋月反衬她内心世界的忧伤。室外、室内两种典型境界,伫立玉阶、望秋月两个典型动作,极其含蓄地给读者留下一串回味不尽的意绪:这位女主人公为何独自徘徊于深夜,为何寒露浸湿罗袜仍不理会,为什么呆呆地望着秋月,她在怨谁,怨什么?片言百义,含义深邃。

## 清平调三首

清平调是唐代大曲名。据乐史《太真外传》记载,李白在长安供奉翰林时,有一天唐玄宗与杨贵妃在兴庆宫沉香亭前赏牡丹花,命李白写新乐章,李白奉命写了这三首诗。这为小说家之言,不足信。这三首诗歌咏名花与美人。组诗构思巧妙,写得清丽自然,咏花咏人,水乳交融。

　　　　云想衣裳花想容,春风拂槛露华浓。
　　　　若非群玉山头见,会向瑶台月下逢。

　　　　一枝红艳露凝香,云雨巫山枉断肠。
　　　　借问汉宫谁得似?可怜飞燕倚新妆。

　　　　名花倾国两相欢,长得君王带笑看。
　　　　解释春风无限恨,沉香亭北倚阑干。

　　云想衣裳花想容,春风拂槛露华浓。若非群玉山头见,会向瑶台月下逢——槛,栏杆。群玉,山名,神话传说中西王母所居的地方。瑶台,西王母的宫殿。第一首意为:彩云像衣裳,花儿像面容。好像牡丹带露沐浴着春风。如果在群玉山头见不到她,那么在瑶台月下定会相逢。以花喻人,云想变成她的衣裳,花想变成她的面容,这样解,更妙笔生花。然后,写君王对她的宠爱。最后化实为虚,创造了一个优美的仙境。

　　一枝红艳露凝香,云雨巫山枉断肠。借问汉宫谁得似?可怜飞燕倚新妆——"一枝"句,以牡丹花比杨贵妃。"云雨"句,意为在巫山行云作雨的神女看到杨贵妃也要自叹不如,万分悲伤,但无论如何也是徒然的(因为永远不能与杨贵妃媲美)。云雨巫山,见宋玉《高唐赋》,据说楚王游高唐,梦见一妇人与其交合,自称:"妾在巫山之阳,高丘之阻。旦为朝云,暮为行雨。朝朝暮暮,阳台之下。"飞燕,指赵飞燕,西汉成帝的皇后,以美貌著名。此句是说赵飞燕只有在新妆后才能勉强与杨贵妃相比。这首意为:像一枝红艳的牡丹浴露凝香,在巫山行云作雨的神女徒然为她断肠。借问汉代宫妃谁能比得上,可怜啊,赵飞燕也要靠精心梳妆。

名花倾国两相欢,长得君王带笑看。解释春风无限恨,沉香亭北倚阑干——名花,指牡丹花。唐人爱牡丹。倾国,指杨妃。汉朝李延年《佳人歌》歌辞云:"北方有佳人,绝世而独立。一顾倾人城,再顾倾人国。"沉香亭,唐玄宗所建,在兴庆宫龙池东。阑干,即栏杆。这首诗意为:名花与美人相得益彰,常使君王带笑观赏。在沉香亭北倚着栏杆,消除了春风带来的无限惆怅。这一首人花共喻,展现贵妃的风采。

这组诗为应酬之作,难度不小。既要赞扬贵妃的倾国倾城之貌,又要夸花之娇艳,还要新颖,更不能太逢迎。李白因难见巧,从神话、历史、现实三个角度烘托渲染,表现了唐玄宗与杨贵妃的风流韵事。语言优美而不失自然。

## 丁都护歌

《丁都护歌》是乐府《清商曲·吴声歌》旧题。据《古今乐录》记载,南朝宋高祖刘裕的女婿徐逵被鲁轨所杀,宋高祖派府内直督护丁旿去办理丧事。徐的妻子向丁旿询问收葬的情况时,每问必叹一声"丁都护",其声哀切,后人因其声而制曲,题为《丁都护歌》。这首诗是李白南游吴越时所作,诗人目睹天旱水涸、逆水行舟的纤夫们的艰苦生活,写下了这首同情人民疾苦的诗篇。悲凉感慨,动人心魄。

云阳上征去,两岸饶商贾。
吴牛喘月时,拖船一何苦!
水浊不可饮,壶浆半成土。
一唱《都护歌》,心摧泪如雨。
万人凿盘石,无由达江浒。
君看石芒砀,掩泪悲千古。

云阳上征去,两岸饶商贾——云阳,在今江苏丹阳,运河流经该城。上征,指逆水向北方行舟。这两句意为:从云阳拖着船逆水而上,江两岸住着许多豪商富贾。把纤夫们非人的牛马生活与繁华的集镇形成鲜明的对比。说明少数人的豪华生活是建筑在多数人的血泪之上的。

吴牛喘月时,拖船一何苦!水浊不可饮,壶浆半成土。一唱《都护歌》,心摧泪如雨——"吴牛"句,指气候炎热。《世说新语·言语》刘孝标注:"今之水牛,惟生江淮间,故谓之吴牛也。南土多暑,而此牛畏热,见月疑是日,所以见月则喘。"壶浆,指壶中的水。这六句意为:吴牛看见月亮也惊恐气喘,炎热的盛夏拉纤多么辛苦!浑浊的江水无法饮用,盛进壶中一半成为泥土。船工们唱一声哀伤的《都护歌》,悲痛万分,泪落如雨。这六句为全诗主体,生动地描绘纤夫的艰苦生活,深刻表现纤夫的悲剧心理,同时对纤夫的命运无比同情,对现实社会进行了有力批判。

万人凿盘石,无由达江浒。君看石芒砀,掩泪悲千古——盘石,大石。江浒,江边。石芒砀(máng dàng),石头又大又多。这四句意为:上万人都去开凿大石,运到江边险阻重重。请君看那一片石头广大无边,真令人涕泪交流悲恨千古。末尾揭示了一个十分不合理的社会现象。建豪宅、筑路面,富贵人家的尽情享乐,却是以劳苦群众的痛苦乃至生命作代价的。

全诗的画面典型,抒情色彩浓烈,运用了烘托反衬,极写运石之苦,能引起读者强烈的共鸣,是李白反映现实、同情民生疾苦的代表作。

## 少年行二首(其二)

这首诗约作于天宝二年(743),是李白四十三岁待诏翰林时作,描绘了风流倜傥的英姿少年。

五陵年少金市东,银鞍白马度春风。
落花踏尽游何处,笑入胡姬酒肆中。

五陵年少金市东,银鞍白马度春风——五陵年少,指豪门贵族子弟。金市,在长安。这两句意为:五陵的贵族子弟聚集在长安的金市东,骑着白马跨着银鞍优游自在地欢乐在春风中。色彩鲜明,巧用烘托。

落花踏尽游何处,笑入胡姬酒肆中——胡姬,指西域出身的少女。汉唐诗中常泛指酒店中卖酒的年轻女子。他们已踏尽了落花还要到何处游赏?欢笑着进入了胡姬的酒店之中。这个"笑",见出其洒脱不羁、青春豪迈的神态。

这首诗巧用白描,十分传神,以气势见长。借景传神,景与情谐,通过游春这一典型情节,刻画了五陵年少倜傥洒脱的风韵。

## 静夜思

此诗写游子思乡之情,情真意深。外在质朴自然,内在含义深曲,感人至深。

床前明月光,疑是地上霜。
举头望明月,低头思故乡。

床前明月光,疑是地上霜。举头望明月,低头思故乡——床,井床,非睡觉之用具。这首诗意为:井床前望着皎洁的月光,原以为是地上的寒霜。抬起头来才看到天上明月,却又低下头去想着故乡。

这首诗短短四句,清新朴素,明白如话,简直就是一首白话诗。它的内容表面很单纯,但同时又十分丰富。表面仿佛十分好理解,但内在意旨深厚。真可谓知其妙而不知其所以妙。

## 春 思

此篇为李白妇女题材的名篇之一。诗人通过对思妇内心世界细腻入微的刻画,栩栩如生地塑造了感情内向、坚贞深情的年轻妇女形象。

燕草如碧丝,秦桑低绿枝。
当君怀归日,是妾断肠时。
春风不相识,何事入罗帏?

燕草如碧丝,秦桑低绿枝——燕草,燕地(今河北北部、辽宁西南部一带)的草。燕地是女子丈夫征戍之地。秦桑,秦地(在今陕西一带)的桑树。秦地为女子居住之地。不说破相思,而寓情于景,运用遥想之笔,连接起两地时空。首二句意为:

寒冷的燕地,春草还似纤细的青丝,秦地的柔桑,却已低垂着长满绿叶的柔枝。

当君怀归日,是妾断肠时。春风不相识,何事入罗帏——罗帏,丝织的围帐。正当你盼望归乡的日子,也是我肝肠欲断之时。春风啊,我与你素不相识,为什么却要进入我的罗帏?

这首诗构思十分巧妙,用笔简洁传神。从春天两地不同景物切入,而秦桑为思妇所见之景,燕草为遥想之景,虚实相间。思妇思夫,遥想丈夫也在盼望回归与己团聚。内涵丰富,连接两地时空。而埋怨春风,正表现她恍惚迷离的独特心态,本想何时丈夫能入罗帏,丈夫未归,春风吹来,故怨春风中更见其思夫心切和对丈夫忠贞的感情。精妙入微,而又自然天成,真有清水芙蓉之美。

## 秋　思

李白乐府以《秋思》为题者有两首。这首写边地战乱给征人之妇带来的愁苦。情致缠绵婉转而语言优美典雅。

　　燕支黄叶落,妾望白登台。
　　海上碧云断,单于秋色来。
　　胡兵沙塞合,汉使玉关回。
　　征客无归日,空悲蕙草摧。

燕支黄叶落,妾望白登台。海上碧云断,单于秋色来——燕支(yānzhī),又作阏支、焉支、燕支、烟肢、胭脂,从一种红蓝花中提取的红色,可作化妆品,古代匈奴人以之名其妻女。此指山名,在今甘肃省永昌县西、山丹县南。白登台,《山西通志》:白登山,在大同府大同县城东一百四十里,上有白登台,即冒顿围汉高帝处。单于(chányú),匈奴最高首领的称号,此处作地名解。唐朝的单于都护府,治云中古城(即北魏云中郡治盛乐城)。统摄南突厥部落诸府州,辖境相当今内蒙古阴山河套一带。这四句意为:燕支山上的树叶纷纷飘落,我遥望远处的白登台。沙漠上天高气清碧云断,阴山一带已是秋色遍地。运用征妇之语,写边地荒凉,秋色早来,可望而不可即也。

胡兵沙塞合,汉使玉关回。征客无归日,空悲蕙草摧——蕙草,香草名,亦称薰草,俗名"佩兰",古人认为佩之可以避疫。这四句意为:茫茫沙塞被胡兵合围,朝廷去慰问的使臣从玉门关徒然返回。征战的将士归期无日,征妇空自悲叹蕙草凋落。

全诗写征妇思夫的情感,用清秋的景色烘托,又用征夫归无日来强化悲剧色彩。思妇度日如年,征夫悲伤感叹。征妇在前台,征夫在背后,虚实相映,反映战争给人民带来的灾难。感人心魄,撼人灵魂。

## 子夜吴歌

### 秋

《子夜吴歌》是晋曲名。相传西晋时有女名子夜,首创此歌。晋孝武帝太元中已流行。后人仿此以为四时行乐之词,谓之《子夜四时歌》。歌曲多写男女间情事,特别是女子思念远方情人的哀怨之情。又因此歌属于《乐府》清商曲中的吴声曲调,故而又称《子夜吴歌》。其歌本四句,李白继承创新,改为六句。依次写春、夏、秋、冬四时,共四首,这里选一首。

> 长安一片月,万户捣衣声。
> 秋风吹不尽,总是玉关情。
> 何日平胡虏,良人罢远征?

长安一片月,万户捣衣声——捣衣,古人作寒衣,先将衣料放在捣衣石上用杵捣,使其平整柔软,然后再裁剪缝制。到了秋天,征人的家属都要为亲人缝制棉衣御寒,所以大家都在捣衣。这两句意为:长安一片月色溶溶,千家万户捣衣声声。巧用一与多的对照,突出战争涉及面之广,给千家万户带来的灾难。王夫之《姜斋诗话》卷下云:"情景名为二,而实不可离。神于诗者,妙合无垠。巧者则有情中景,景中情。景中情者,如'长安一片月',自然是孤栖忆远之情。"

秋风吹不尽,总是玉关情。何日平胡虏,良人罢远征——玉关,即玉门关,在今甘肃敦煌西北,是西出边塞必经之地。良人,古代妻子对丈夫的称呼。这四句意为:萧萧秋风怎么也吹不尽的,是对玉门关外情人的一片深情。什么时候才能扫平胡虏,我的丈夫再不用远征?一方面表达了思妇对丈夫的感情,另一方面说明她们与丈夫思而不可聚的难以忍受的痛苦。同时也表现出她们盼望早日结束战争,使远征的丈夫回到各自的家庭,从事正常的劳动生活,享受起码的幸福。

这首诗境界开阔,含意深邃,但用笔省净,可谓片言百意。不点破相思,而充斥长安城的尽是思妇的相思,不点破对朝廷的怨恨,但反对穷兵黩武的战争之意包含其中。既生动具体,又概括力强。用典型的景物反映时代共同关心的主题。语言自然简练,音调清扬婉转,悦耳动听,自然中见深厚功力。

## 襄阳歌

这首诗是开元二十二年(734)李白游襄阳时所作,它以狂放不羁的笔法,表现出对功名富贵的蔑视,对人生短暂、人生苦难的深切的体味,抒发了及时行乐的生命价值趋向。全诗矛盾冲突在内心回荡,展示了浓重的生命意识,表达了诗人对人生无常的感慨。

落日欲没岘山西,倒著接䍦花下迷。
襄阳小儿齐拍手,拦街争唱白铜鞮。
旁人借问笑何事,笑杀山公醉似泥。
鸬鹚杓,鹦鹉杯。
百年三万六千日,一日须倾三百杯。
遥看汉水鸭头绿,恰似葡萄初酦醅。
此江若变作春酒,垒曲便筑糟丘台。
千金骏马换少妾,醉坐雕鞍歌落梅。
车旁侧挂一壶酒,凤笙龙管行相摧。
咸阳市中叹黄犬,何如月下倾金罍?
君不见,晋朝羊公一片古碑材,
龟头剥落生莓苔!
泪亦不能为之堕,心亦不能为之哀。
清风朗月不用一钱买,玉山自倒非人推。
舒州杓,力士铛,李白与尔同死生。

襄王云雨今安在,江水东流猿夜声。

　　落日欲没岘山西,倒著接花下迷。襄阳小儿齐拍手,拦街争唱白铜鞮。旁人借问笑何事,笑杀山公醉似泥——岘(xiàn)山,又名岘首山,在今湖北襄阳南,东临汉水,为襄阳南面要塞。西晋羊祜镇襄阳时曾登此山,置酒吟咏。接䍦(lí),古代一种头巾。倒著接䍦,据《晋书·山简传》记载,山简镇守襄阳时,常外出饮酒,喝得酩酊大醉,倒戴着头巾,骑马而回。当时襄阳有童谣说他:"日夕倒载归,酩酊无所知,时时能骑马,倒著白接䍦。"白铜鞮(dī),曲名,也叫《襄阳白铜鞮》。醉似泥,醉得不省人事,像一堆泥。这六句意为:太阳将要从岘山之西落下,山简醉意迷蒙倒戴头巾骑马而回。襄阳的儿童们一齐拍手,拦在街中争唱着《襄阳白铜鞮》。路旁的行人问他们笑什么,笑杀山简烂醉如泥。借古之山简自比,以古叙今,抒发自己无拘无束、极其洒脱的情怀。

　　鸬鹚杓,鹦鹉杯。百年三万六千日,一日须倾三百杯。遥看汉水鸭头绿,恰似葡萄初酦醅。此江若变作春酒,垒曲便筑糟丘台。千金骏马换少妾,醉坐雕鞍歌落梅。车旁侧挂一壶酒,凤笙龙管行相摧。咸阳市中叹黄犬,何如月下倾金罍——鸬鹚杓(lúcísháo),一种形如鸬鹚的舀酒的杓子。鹦鹉杯,似鹦鹉嘴形状的酒器。鸭头绿,翠绿的颜色。酦醅(pōpēi),指再酿的而未过滤的酒。骏马换少妾,据《独异志》卷中:"曹彰性倜傥,偶逢骏马爱之,其主所惜也。彰曰:'予有美妾可换,惟君所选。'马主因指一妓,彰遂换之。"落梅,即《落梅花》,笛曲名。咸阳句,《史记·李斯列传》:"二世二年七月,具斯五刑,论腰斩咸阳市。斯出狱,与其中子俱执,顾谓其中子曰:'吾欲与若复牵黄犬,俱出上蔡东门逐狡兔,岂可得乎?'遂父子相哭,而夷三族。"这十四句意为:鸬鹚杓,鹦鹉杯。百年不过三万六千日,一日须倾尽三百杯。遥望汉水泛着鸭头般的翠浪,恰似刚酿好的葡萄美酒。假如汉水都变成美酒,其曲便能堆作一座糟丘台。用年少的美妾换取千金骏马,醉态淋漓坐在雕饰的马鞍狂歌《落梅花》。在车旁悬挂一壶美酒,笙歌相伴狂乐不已。在咸阳市中感叹黄犬,哪如月下倾杯痛饮!

　　君不见,晋朝羊公一片古碑材,龟头剥落生莓苔!泪亦不能为之堕,心亦不能为之哀。清风朗月不用一钱买,玉山自倒非人推。舒州杓,力士铛,李白与尔同死生。襄王云雨今安在,江水东流猿夜声——"晋朝"句,《晋书·羊祜传》云:"祜乐山水,每风景必造岘山置酒,言咏终日不倦。祜卒,襄阳百姓于岘山祜平生游憩之所,建碑立庙,岁时享祭也。望其碑者,莫不流涕。杜预因名为堕泪碑。"一片古碑材,即指此碑。龟头,旧时石碑下面常刻有一个名叫赑屃(bìxì)的动物,头伸出碑前。传说它能负重,故刻以负碑。玉山,指仪容美好。玉山自倒,《世说新语·容止》载山简称赞嵇康为人,平时好像高峻独立的青松,喝醉了酒的时候,就像玉山摇摇欲倒的样子。后以玉山自倒形容喝醉了酒。舒州杓,今安徽省潜山出产的酒器,唐时很负盛名。力士铛(chēng),用力士瓷制成的温酒器。力士瓷是唐代豫章(今江西南昌)出产的一种名瓷。襄王云雨,宋玉《高唐赋》:"楚襄王与宋玉游于云梦之台,望高唐之观,其上独有云气……王问玉曰:'此何气也?'玉对曰:'所谓朝云者也。'王曰:'何谓朝云?'玉曰:'昔者先王尝游高唐,怠而昼寝,梦见一妇人曰:妾,巫山之女也,为高唐之客。闻君游高唐,愿荐枕席。王因幸之。去而辞曰:妾在巫山之阳,高丘之阻,旦为朝云,暮为行雨。朝朝暮暮,阳台之下。旦朝视之,如言。故为立庙,号曰朝云。"这十二句意为:君没有看到晋朝羊祜的一片堕泪碑,龟头已剥落生出了莓苔。泪亦不能为它落,心也不能为它悲哀。清新的风明朗的月不用一文钱买,玉山自倒并非别人推。舒州的杓,力士瓷做的温酒器,李白与你们同生共死。襄王与巫山神女而今在何方,只有江水东流清猿哀鸣。末尾一节视功名富贵如过眼烟云,只有清风朗月中醉倒才是真正的快乐。江山永恒,而有尊贵地位的楚襄王如今也已销声匿迹,无影无踪。

　　李白有不少写饮酒享乐的诗篇,不能简单地认为是享乐主义、消极思想。这首诗既反映了李白蔑视富贵、我行我素、狂放不羁的性格,也典型地反映了他浪漫主义的创作风格。一开始便放浪形骸,以山简自比,接着写人生的命运难以把握,李斯贵为宰相,却腰斩于咸阳。羊祜政绩突出,深得民心,然江山长存,古人难在。表现了对人生短暂的感叹。外在的洒脱放荡,正是为了掩饰和消解深广的生命忧患。最后仍以纵情饮酒,来消解生命的苦难。

　　饮酒是贯穿全诗的线索,表面达观,内在忧思重重,醉意的诗人清醒觉悟与难以解脱的诗人形象交融在一起。巧用典故,引发人们穿越历史时空的遐想。笔调挥洒自如,但以诗人内心感情的律动与饮酒享乐为中心组接意象,变化万千而又层次不乱。语言热烈奔放,句式长短参差,富有浪漫色彩。

## 江上吟

　　这首诗是李白自创的歌行题目。大约是李白早年游江夏(今湖北武昌)时所作。诗人赞美饮酒听歌,任情享乐的生活,同时以屈原与楚王对举,表现了对功名利禄的蔑视和对文学事业的追求与自负。当然,这只是李白人生观的一个方面,功成自退是他的人生理想,但前提必须是功成。必须结合李白全部诗篇认识。

木兰之枻沙棠舟,玉箫金管坐两头。

美酒樽中置千斛，载妓随波任去留。
　　仙人有待乘黄鹤，海客无心随白鸥。
　　屈平词赋悬日月，楚王台榭空山丘。
　　兴酣落笔摇五岳，诗成啸傲凌沧洲。
　　功名富贵若长在，汉水亦应西北流。

　　木兰之枻沙棠舟，玉箫金管坐两头。美酒樽中置千斛，载妓随波任去留。仙人有待乘黄鹤，海客无心随白鸥——木兰，香木名，又名紫玉兰。枻(yì)，船桨。沙棠，传说汉成帝曾以沙棠木为舟，这种树产于昆仑山，人吃了它的果实，入水就可以不沉。玉箫金管，用金玉装饰的箫笛。斛(hú)，量器名，古时十斗为一斛。乘黄鹤，据《南齐书·州郡志》，仙人子安曾乘黄鹤经过此地，因命此地为黄鹤楼。海客，住在海滨的人。无心，指没有机诈之心。据《列子·黄帝》记载，海边有一人喜欢白鸥，每天凌晨就坐在海边，成群的白鸥飞来与他做伴。一次他的父亲叫他捉一只白鸥，从此白鸥就再也不到他的身边来了。这六句意为：木兰树做桨，沙棠木为舟，手拿箫管的乐工坐在船两头。樽中所需的美酒有千万斗，载着歌妓任凭舟船去漂流。乘黄鹤的仙人并不能得到真的自由，海客却无思虑地随着白鸥嬉游。这六句写出了诗人任情纵酒、追求自由的生活理想，同时也写出了诗人任情自适的性格。

　　屈平词赋悬日月，楚王台榭空山丘。兴酣落笔摇五岳，诗成啸傲凌沧洲。功名富贵若长在，汉水亦应西北流——屈平，即屈原，我国最早的大诗人，战国楚人。曾辅佐楚怀王，任左徒、三闾大夫，主张彰明法度，任用贤才，东联齐国，西抗强秦。顷襄王时被逐，长期流浪在沅湘之间。后愤而自沉于汨罗江。楚王，指楚怀王和楚顷襄王，屈原生活时代的楚国国君。台榭，泛指亭台楼阁。空山丘，只剩下些土丘了。沧洲，水边，泛指江海大地。古时常用以指隐士或神仙居住的地方。汉水，发源于陕西省境内，从西北向东南流入湖北省，至汉阳汇入长江。这六句意为：屈平词赋如日月高照，楚王的台榭却只剩下荒丘。兴浓时落笔可把五岳震动，诗写成后傲然凌驾沧洲。功名富贵假如能够长在，汉水亦会向西北倒流。运用对比，说明显贵的帝王不过过眼烟云，而屈原的作品却永垂不朽，同时也是对昏君的斥责。最后表达对自我文学才华的自负。

　　这首诗内涵丰富，笔调自如。表现了李白对社会人生的深刻的哲理思考，既有蔑视功名利禄、追求自由的一面，又有对文学事业不朽的认识，更有自己浪漫诗才的自负。结构上变化奇妙，四句一层，但内在很见功力。无法之法，自然天成。

# 玉壶吟

这是天宝三载(744)李白供奉翰林后期所作。长安三年中,李白虽然过着荣登御筵、赤墀朝见及数换龙马、敕赐玉鞭的豪华显贵生活,但李白觉得皇帝只是以近幸之臣相待,并不重用,和古代东方朔的处境相近。因此诗中表达了理想的幻灭和壮志难酬的苦闷,并以丑女效颦为喻来表现自己鄙视权贵的傲岸性格。全诗纵横变化,不拘故常,自由挥洒,神妙无比。

烈士击玉壶,壮心惜暮年。
三杯拂剑舞秋月,忽然高咏涕泗涟。
凤凰初下紫泥诏,谒帝称觞登御筵。
揄扬九重万乘主,谑浪赤墀青琐贤。
朝天数换飞龙马,敕赐珊瑚白玉鞭。
世人不识东方朔,大隐金门是谪仙。
西施宜笑复宜颦,丑女效之徒累身。
君王虽爱蛾眉好,无奈宫中妒杀人。

烈士击玉壶,壮心惜暮年。三杯拂剑舞秋月,忽然高咏涕泗涟——烈士,忠诚刚烈之人。古代称那些为了声名、抱负或某种道德观念而不惜牺牲自己的财产、生命等的人为烈士。这四句意为:烈士敲击着玉制的唾壶,暮年的悲哀袭击着英雄的心田。酒过三杯后对着秋月拂剑起舞,高声吟诵曹操的诗句涕泪涟涟。开篇借古发端,以古意写自情。写自己满腔的悲愤和怨恨。暗示朝廷小人得势,贤才备受排挤的现实情景。先声夺人,艺术感染力强。

凤凰初下紫泥诏,谒帝称觞登御筵。揄扬九重万乘主,谑浪赤墀青琐贤。朝天数换飞龙马,敕赐珊瑚白玉鞭。世人不识东方朔,大隐金门是谪仙——"凤凰"句,《十六国春秋》载,后赵武帝石虎在戏马观上设一只可回转的木凤凰,口中衔五色诏书。紫泥,古人书信用泥封,泥上盖印。汉卫宏《汉旧仪》载,皇帝的诏书用武都(今甘肃武都)紫水产的泥来封,故诏书也称紫泥。称觞,举杯。揄扬,赞扬、称颂。九重,指皇帝居住的宫殿。谑浪,戏谑。赤墀,宫殿前的赤色台阶。青琐,皇帝宫殿门户上的青色连琐花纹。飞龙马,朝廷飞龙厩养的马。按当时惯例,翰林学士可借飞龙马。东方朔,汉代文人,在汉武帝时任太中大夫。《史记·滑稽列传》载,他曾作歌道:"陆沉于俗，避世金马门。宫殿中可以避世全身，何必深山之中，蒿庐之下？"以为在朝做官也是避世。金门，即金马门，汉宫门名。这八句意为：当那色彩缤纷的凤凰，刚衔着紫泥封的诏书将我召宣，我曾经拜谒天子，在御宴上高高举起酒盏。歌颂深居九重的天子，与朝中贤臣互相戏谑，亲密无间。几次换乘飞龙马上朝见驾，圣上赐给我珊瑚白玉制的马鞭。世人不知我就是今朝的东方朔，高隐朝中才是谪仙。这是第二层，回忆过去，写入朝的情景和朝中的生活，并道出击玉壶、涕泗涟涟的原因。

西施宜笑复宜颦，丑女效之徒累身。君王虽爱蛾眉好，无奈宫中妒杀人——"西施"二句，据《庄子·天运》载，西施是春秋时越国美女，因患心痛而常皱眉捧心，别人以为她的这种姿势很美。邻居丑女也学起西施的样子，邻人因其更丑而纷纷逃避。颦，皱眉。这四句意为：美丽的西施笑亦美颦亦美，丑女想仿效她却更令人厌。君王虽然喜爱蛾眉的姣好，怎奈宫中的妒忌令人惊心。借西施之典，表达自己不屈己、不阿谀，保持纯真本性的品质。后两句化用屈原《离骚》"众女嫉余之蛾眉兮，谣诼谓余以善淫"，讽刺玄宗宠幸谗佞小人，暗寓贤才被弃。

这首诗外在气势奔放，曲折奇变，毫无呆板平滞之处，内在法度谨严，匠心独运。时空广阔，内涵丰富。前四句倾泻直下；中八句转折回旋，笔势跌宕；后四句委婉含蓄，首尾呼应。全诗擒纵结合、亦放亦收，波澜起伏，变化万千，虚实相生，表现出一种悲壮之美。既表现出李白傲岸不羁的个性，又有坚贞自守的品质，更有深广的忧患和内心深层的矛盾，有很强的感染力。

## 西岳云台歌送丹丘子

西岳，为五岳之一，即华山，在陕西华阴南。云台，指华山北面的天台峰，其峰顶有若台形，故名。丹丘子，指李白的友人元丹丘，李白与他交往甚密。元丹丘在天宝四载（745）前后曾东游蓬莱，隐于山东的东蒙山。不久，元丹丘又离开东蒙回长安，李白作此诗相送。诗人运用丰富的神话传说，大胆的夸张，奇诡的想象，将气势磅礴的黄河和华山写得迷离恍惚，仙界逼真，仙风道骨的友人，呼之欲出。

　　西岳峥嵘何壮哉，黄河如丝天际来。
　　黄河万里触山动，盘涡毂转秦地雷。

荣光休气纷五彩，千年一清圣人在。
巨灵咆哮擘两山，洪涛喷流射东海。
三峰却立如欲摧，翠崖丹谷高掌开。
白帝金精运元气，石作莲花云作台。
云台阁道连窈冥，中有不死丹丘生。
明星玉女备洒扫，麻姑搔背指爪轻。
我皇手把天地户，丹丘谈天与天语。
九重出入生光辉，东求蓬莱复西归。
玉浆倘惠故人饮，骑二茅龙上天飞。

西岳峥嵘何壮哉，黄河如丝天际来。黄河万里触山动，盘涡毂转秦地雷。荣光休气纷五彩，千年一清圣人在。巨灵咆哮擘两山，洪涛喷流射东海——"西岳"二句，登华山见黄河之状。峥嵘，高峻的样子。盘涡，旋转的水涡。毂(gǔ)，车轮中心可以穿轴的地方。盘涡毂转，形容黄河水急，激流冲击成的漩涡，如车轮般转动着。秦地雷，形容水声轰响如同秦地的雷声。荣光，指五彩云气。"千年一清"句，《文选》卷五三李康《运命论》："夫黄河清而圣人生，里社鸣而圣人出。"《拾遗记》卷一："黄河千年一清，至圣之君以为大瑞。"巨灵，河神。擘两山，传说华山原与对岸山峰相连，挡住河水去路，河神以手擘开其上，以脚踏离其下，中分为二，以通河流，才形成隔河相对的华山和首阳山。这八句意为：西岳华山峥嵘耸立，多么雄壮，多么气派！黄河从天际飞涌而来，宛如丝绦，好似飘带。黄河奔腾万里，波浪滔天，撼动山脉。重重漩涡如车轮转动，在秦地响起了隆隆巨雷。黄河曾放灵光，五彩缤纷，照耀四塞。每隔千年河水才清澈一次，那时圣王降临，民安国泰。河神咆哮着，用巨灵之掌把首阳山擘开。河水奔流喷涌直射，波涛滚滚，飞向东海。

三峰却立如欲摧，翠崖丹谷高掌开。白帝金精运元气，石作莲花云作台——三峰，华山三峰，西为莲花峰，南为落雁峰，东为朝阳峰，都极高峻。却，后退。摧，倾倒。高掌开，华山东北，岩壁黑色，石膏流出，凝结成痕，黄白相间，远远望去，形如巨人的手掌，传说为巨灵的掌迹。白帝，传说中的西方之神。道家谓西方五行属金，故称白帝为金之精。华山在西方，故属白帝主宰。元气，道教认为"元气运行而天地立焉"，古代唯物论者认为天地未形成前本是混沌一片，中充其气，为元气。元气滋生宇宙万物。石作莲花，华山四周山形如莲瓣，中间三峰独秀，状如莲心。云作台，即指云台峰。西岳三峰其基坐于云台峰之上，故说云作台。这四句意为：华山三峰高峻奇险，悬崖绝壁，势将崩坏。那张开着的巨掌神迹，在翠崖丹谷间闪光彩。白帝神以金精运转着元气,将巨石琢成莲花,将白云当作台。

云台阁道连窈冥,中有不死丹丘生。明星玉女备洒扫,麻姑搔背指爪轻——阁道,栈道。窈(yǎo)冥,幽远的天空。明星玉女,传说太华山上有仙女,曰明星玉女,手中所持玉浆,服之可以成仙。麻姑搔背,《神仙传》载,麻姑手爪似鸟,蔡经看到后心想,背太痒的时候,得此爪搔背,一定很舒服。这四句意为:云台峰上的栈道连接着天庭,其中有延年不老的丹丘生。明星玉女为他洒扫,麻姑为他搔背纤手轻轻。

我皇手把天地户,丹丘谈天与天语。九重出入生光辉,东求蓬莱复西归。玉浆倘惠故人饮,骑二茅龙上天飞——我皇,指唐玄宗。当时玄宗崇尚道教、尊事老子。"丹丘"句,指丹丘生与唐玄宗谈论天上的情况,句中与天语的"天"指唐玄宗,古代臣子视皇帝为天。九重,天子之门九重。蓬莱,一名蓬壶。方士传说为仙人所居。复西归,指丹丘生东往蓬莱求仙药,后又西归华山。玉浆,丹液。倘,假使。二茅龙,据《列仙传》卷下呼子先载:"呼子先者,汉中关下卜师也。老寿百馀岁。临去,呼酒家老妪曰:'急装,当与妪共应中陵王。'夜,有仙人骑二茅狗来至,呼子先。子先持一与酒家妪,得而骑之,乃龙也。"这六句意为:我皇秉持着天地的门户,丹丘生谈论天上的情况与天共语。他出入宫廷多么光辉,在蓬莱求药后重又西归。倘若肯把玉浆分赐旧友饮用,我们就同骑着两条茅龙上天飞。

这首诗分为三层,从首句至"石作莲花云作台"为第一层,描绘华山、黄河的雄奇壮伟。下笔登华山而眺黄河,山水映衬。然后写黄河奔腾的气势。又用"千年一清圣人在",刻画了黄河与人民休戚相关的感情,形神兼备。又通过巨灵擘山,指引人们进入扑朔迷离、充满神奇色彩的世界。接下去用生花妙笔写华山奇伟多姿,简直是神仙所创的奇迹。点题之前半部分。从"云台阁道"至"东求蓬莱复西归",为第二层,将神话传说与现实人物并写,似幻似真,从而刻画出元丹丘的游仙之乐。诗人驰骋着奇幻的想象,写元丹丘时而与仙姑为伍,时而又与天帝共语,一会儿东游仙岛,不久又西归名山。超凡超俗,摆脱名缰利锁,精神上尽情享受仙游的愉悦。为我们创造出一个超凡入圣、亦真亦幻的神奇世界,映衬出好友元丹丘的仙风道骨,使人对修道成仙充满神往。末二句为第三层,希望元丹丘不吝惠顾,赐给自己琼浆玉液,使自己也能与元丹丘并骑茅龙,得道飞升。表达自己学道成仙的强烈愿望。

从这首诗可以看到李白人格与风格的高度统一,李白在万象中选择、抛弃、提炼与自己感情和个性相吻合的物象。诗中雄伟奇险的山川与他的叛逆不羁的性格十分贴合。而对现实社会的深切痛恶,又是以对现实的不屑一顾,对求仙学道充满热烈神往的方式表现出来的。这首诗既表示李白想弃世的决心,但其中仍不能忘怀时世和理想,这种矛盾比较曲折地反映在情景的独特表达之中。"荣光休气纷五彩,千年一清圣人在",既是渴望明君,同时又隐含着不能割舍的"愿为辅弼"大臣,使"寰区大定"的理想。

这首诗自由挥洒,但内在层次井然。以歌的方式送友人,既内涵丰富,气魄宏伟,又线索分明,不失为名篇,令人反复回味。

## 扶风豪士歌

这是一首反映安史之乱的政治抒情诗,作于至德元载(756)三月。扶风,郡名,在今陕西凤翔一带。扶风豪士,不知究竟何人。《宁国府志》卷三十一说扶风豪士指万巨,不知有什么根据。洪亮吉《北江诗话》已指其误。又有人考证说是指溧阳主簿窦嘉宾,恐不确。天宝十五载(756),安禄山在洛阳称帝,他手下的士兵在洛阳城中肆意横行,无恶不作。百姓纷纷逃难,李白也带领家人逃到南方。三月,在溧溪(今江苏溧阳)参加扶风豪士家的一次宴会,作此诗。全诗真实地再现了洛阳失守后的悲惨景象,抒发了诗人以天下为己任,要为国立功的胸怀。

　　洛阳三月飞胡沙,洛阳城中人怨嗟。
　　天津流水波赤血,白骨相撑如乱麻。
　　我亦东奔向吴国,浮云四塞道路赊。
　　东方日出啼早鸦,城门人开扫落花。
　　梧桐杨柳拂金井,来醉扶风豪士家。
　　扶风豪士天下奇,意气相倾山可移。
　　作人不倚将军势,饮酒岂顾尚书期。
　　雕盘绮食会众客,吴歌赵舞香风吹。
　　原尝春陵六国时,开心写意君所知。
　　堂中各有三千士,明日报恩知是谁?
　　抚长剑,一扬眉,清水白石何离离。
　　脱吾帽,向君笑,饮君酒,为君吟。
　　张良未逐赤松去,桥边黄石知我心。

洛阳三月飞胡沙,洛阳城中人怨嗟。天津流水波赤血,白骨相撑如乱麻——飞胡沙,隐喻安禄山军队的反叛,因安禄山等多为胡人,故以"胡沙"为喻。怨嗟,怨恨，叹息。天津，桥名，故址在今洛阳市郊洛水上。这四句意为：三月的洛阳漫天飞胡沙，洛阳城中人人都怨嗟。天津桥下的流水泛起赤血的波浪，白骨互相支撑犹如乱麻。触目惊心，下笔震纸。

我亦东奔向吴国，浮云四塞道路赊。东方日出啼早鸦，城门人开扫落花。梧桐杨柳拂金井，来醉扶风豪士家——吴国，今江苏一带，古称吴国。赊，远。金井，雕饰很华美的井栏。这六句意为：我被迫避乱向吴国东下，道路漫长浮云遮蔽四方。日出东方唤醒了清晓的啼鸦，开城门的人们正清扫着落花。梧桐和杨柳轻拂着华丽的井栏，我却酣饮在扶风豪士家。写自己奔亡的历程，暗示报国无门的感慨。

扶风豪士天下奇，意气相倾山可移。作人不倚将军势，饮酒岂顾尚书期。雕盘绮食会众客，吴歌赵舞香风吹——"意气"句，鲍照《代雉朝飞》："意气相倾死何有？"此指友谊力量之大。"作人"句，赞美扶风豪士为人耿介，不依仗权贵的势力。反用辛延年的《羽林郎》诗："昔有霍家奴，姓冯名子都。依倚将军势，调笑酒家胡。""饮酒"句，据《汉书·陈遵传》载，西汉陈遵，为人好客。他经常在宴会时把大门关上，客人即使有急事也走不了。一次有个刺史到朝廷报告事情，经过陈遵家，给关住了。后来刺史去央告陈遵的母亲，说自己已与尚书约好了期限，不能耽误，陈母才让他从后门出去。这句反用那位客人的故事，意谓扶风豪士自己在饮酒时不会考虑与尚书的约定。雕盘，雕花盘子。绮食，精美的食品。绮，本义是带有花纹的丝织品，这里借食物做得精美。吴歌赵舞，古时吴地人善歌，赵地女子善舞。这六句意为：扶风豪士早已被天下称奇，只要意气相投不惜为朋友把山移。为人不依仗将军的权势，饮酒时更不顾与尚书约见的日期。大宴宾客时有雕盘盛着美食，吴歌赵舞引来了香风轻吹。忽转笔锋，突出扶风豪士的性格气质。

原尝春陵六国时，开心写意君所知。堂中各有三千士，明日报恩知是谁？抚长剑，一扬眉，清水白石何离离——原尝春陵，战国时代四公子平原君、孟尝君、春申君、信陵君。他们门下各有食客数千人。开心写意，开诚布公，推心置腹。"抚长剑"句，化用江晖《雨雪曲》诗句："恐君不见信，抚剑一扬眉。""清水"句，即水清石见、日久见人心的意思。语出古乐府《艳歌行》："语卿且勿眄，水清石自见。"离离，这里是清晰的意思。这七句意为：原、尝、春、陵生当六国时，他们的倾心结客你所深知。堂中各蓄养着三千游士，到明天真能报恩的却又是谁？手抚长剑一扬眉，清水白石原来就可清澈见底。

脱吾帽，向君笑，饮君酒，为君吟。张良未逐赤松去，桥边黄石知我心——"张良"句，据《史记·留侯世家》载，张良曾在下邳桥上遇见黄石公，黄石公送给他太公兵法，使他得以辅佐刘邦建立汉朝。后来张良功成身退，跟随赤松子学仙隐去。这六句意为：脱下我的帽向君微笑，饮君的美酒再为君歌吟。张良还没有跟随赤松子去，桥边的黄石公知道我的心。末尾借张良之典，表明自己只是暂时避乱，而不是避世。国难当头,诗人随时听从朝廷的召唤。

这首诗写战祸、写避乱、写自己的复杂心态,写扶风豪士也在写自己,叙事言志,恣意挥洒。笔调自由洒脱,写人物传神简略。真实地记录了安史之乱刚爆发时诗人的心路历程,以及追求理想,不畏困难,热爱祖国的高尚情操。

## 长相思

《乐府诗集·杂曲歌辞九·长相思》:"古诗曰:'客从远方来,遗我一书札。上言长相思,下言久别离。'"《长相思》内容多写女子对从军在外的丈夫的思念,每每以"长相思"三字发端并结尾。与乐府诗相比,李白这首《长相思》在形式上已有所突破,首尾并未出现"长相思"字眼,内容富有时代特征。本诗虽未直接写战争,但通过描写思妇盼夫而夫不归的境遇,流露了诗人强烈的爱憎和鲜明的正义感。

　　日色欲尽花含烟,月明如素愁不眠。
　　赵瑟初停凤凰柱,蜀琴欲奏鸳鸯弦。
　　此曲有意无人传,愿随春风寄燕然。
　　忆君迢迢隔青天。
　　昔时横波目,今作流泪泉。
　　不信妾肠断,归来看取明镜前。

日色欲尽花含烟,月明如素愁不眠。赵瑟初停凤凰柱,蜀琴欲奏鸳鸯弦——凤凰柱,刻瑟柱为凤凰形。瑟柱与琴弦前冠以"凤凰"、"鸳鸯"二词,意在表达主人公对双飞双宿、美满幸福的夫妻生活的渴望。这四句意为:夕阳西下,暮霭中的花儿蒙着水气,如含烟雾,像白绢一般皎洁的月光照着难以入眠的我。我刚刚停止了弹瑟,又拨动琴弦排忧解愁。

此曲有意无人传,愿随春风寄燕然。忆君迢迢隔青天——燕然,山名,即今蒙古境内之杭爱山。这三句意为:这支曲子充满我的深情厚意,有谁把它带给边塞的亲人?愿让它随着春风飞去,寄给杭爱山的夫君。日日思君啊,夫君戍地遥远,仿佛隔着青天。温柔的春风毕竟带不去自己的思念,由幻想回到现实,只能更加痛苦。

昔时横波目,今作流泪泉。不信妾肠断,归来看取明镜前——横波目,《文选》

卷一七傅毅《舞赋》："眉连娟以增绕兮,目流涕而横波。"李善注："横波言目邪视,如水之横流也。"这四句意为:往日如横波一般美丽的眼睛,今日成为流泪的泉眼。你若不相信我的肝肠寸断,请回来后看我明镜里的面容有多憔悴。感情发展到高潮,难以压抑,一泻无馀。多么深挚的感情。

李白特别关心妇女的命运,对封建社会妇女的不幸遭遇给以深切的同情。这首诗特别注重展现女主人公深沉复杂的悲剧心理。先以"花含烟"和"月明如素"的美丽景色反衬思妇的凄苦悲凉,又用思妇典型的动作鼓瑟弹琴来反映她对丈夫深切的思念,又凭春风传曲的想象抒发她的心愿。末尾,运用对比刻画相思之苦,结尾将感情推向高峰,直接道白,感人心魄。全诗的感情发展仿佛乐曲逐渐走向高潮,层层深入,力量不凡。

## 白云歌送刘十六归山

这首诗约作于天宝初年,系李白在长安时送友人回南方归隐而作。刘十六名字不详,"十六"是其同祖父中兄弟间排列的次序,唐人常用行第来称呼人。这首诗音韵流转自如,意境超远,外朴内秀。

> 楚山秦山皆白云,白云处处常随君。
> 常随君,君入楚山里,云亦随君渡湘水。
> 湘水上,女萝衣,白云堪卧君早归。

楚山秦山皆白云,白云处处常随君——题为"白云歌",下笔便抓住"白云"这一意象,展开情怀的抒发。楚,今湖南地区,古属楚地。秦,这里指长安一带,古属秦地。这二句意为:楚山秦山都笼罩着白云,白云处处与君相伴相随。

常随君,君入楚山里,云亦随君渡湘水。湘水上,女萝衣,白云堪卧君早归——湘水,即今湖南湘江,发源于广西兴安阳海山,入湖南境,北流至长沙入洞庭湖。女萝衣,屈原《九歌·山鬼》:"若有人兮山之阿,被薜荔兮带女萝。"以女萝为衣,形容隐士隐居山林的生活。这六句意为:白云经常与君相伴,君进入楚山里,她也随君一起渡湘水。湘水上,披着女萝衣,白云下隐居真幽美,等着君,君早归。读者可以看到一朵白云在飘浮,而隐者的高洁,隐逸行为的高尚自在不言中。

汉乐府民歌中,就有一些以中心意象为核心的组合,如《江南》:"江南可采莲,莲叶何田田!鱼戏莲叶间,鱼戏莲叶东,鱼戏莲叶西,鱼戏莲叶南,鱼戏莲叶北。"这首诗青出于蓝,诗人李白不直接写隐者,而且也不直接描绘白云,而把白云当作隐逸的象征。全诗从白云始,以白云终。句式又多用顶真格,下一句之首重复上一句之尾的词语,具有民歌复沓歌咏的风味,增加了音节的优美和情意的缠绵。自然洒脱的艺术表达很好地表现了隐逸的主题。

## 梁园吟

此诗系李白开元十九年入长安求仕失败后,由黄河泛舟东去,初次游访梁园故址所作。这是一首咏古抒怀的七言古体诗。梁园,又名梁苑,在河南开封府城东南(今河南商丘),是汉代梁孝王游览之所。特殊的心境使初访梁园的诗人颇多感慨,因而诗人借梁园之景抒己不遇之情。

我浮黄河去京阙,挂席欲进波连山。
天长水阔厌远涉,访古始及平台间。
平台为客忧思多,对酒遂作《梁园歌》。
却忆蓬池阮公咏,因吟绿水扬洪波。
洪波浩荡迷旧国,路远西归安可得?
人生达命岂暇愁?且饮美酒登高楼。
平头奴子摇大扇,五月不热疑清秋。
玉盘杨梅为君设,吴盐如花皎白雪。
持盐把酒但饮之,莫学夷齐事高洁。
昔人豪贵信陵君,今人耕种信陵坟。
荒城虚照碧山月,古木尽入苍梧云。
梁王宫阙今安在?枚马先归不相待。
舞影歌声散绿池,空馀汴水东流海。
沉吟此事泪满衣,黄金买醉未能归。
连呼五白行六博,分曹赌酒酣驰晖。

歌且谣,意方远。

东山高卧时起来,欲济苍生未应晚。

  我浮黄河去京阙,挂席欲进波连山。天长水阔厌远涉,访古始及平台间。平台为客忧思多,对酒遂作《梁园歌》。却忆蓬池阮公咏,因吟绿水扬洪波——浮,王琦注曰"乘"。挂席,指扬帆。平台,古迹名,在河南商丘的东北处。《左传》:"宋皇国父为宋平公所筑。汉梁孝王大治宫室,为复道,百宫连属于平台,三十馀里,与邹、枚、相如之徒并游其上,即此也。"蓬池,地名,位于魏国大梁(即唐朝的开封)的东北方。阮公,即阮籍,字嗣宗,魏晋间著名诗人。阮公咏,指阮籍的《咏怀诗》,共八十二首,第十六首为:"徘徊蓬池上,还顾望大梁。绿水扬洪波,旷野莽茫茫。走兽交横驰,飞鸟相随翔。是时鹑火中,日月正相望。朔风厉严寒,阴气下微霜。羁旅无俦匹,俯仰怀哀伤。"以上八句意为:我由黄河乘舟离开长安,在波涛汹涌的河水中扬帆前行。天地如此的宽广,我却已经厌倦了这种乘船远行的生活,一路游访来到平台,但我的忧愁却因登平台而陡增,把酒畅怀,于是写下了这首《梁园歌》。此情此景令我忆起了阮籍在逢池所作的咏怀诗。李白第一次入长安,即因小人离谗而被"赐金放还"。被迫而为的漫游生活是因为政治上受到了冷落,"济苍生,安社稷"的人生理想破灭了,对曾抱有无限希望的"明世",诗人产生了怀疑与失望。置身"梁园",令诗人忆起了狂放、洒脱、傲视卑俗的阮籍,在时空跨越中诗人与阮籍达到了心灵的契合,也使诗人在精神上得到了慰藉,诗人的哀伤与忧愤之情表现得沉郁而凝重。

  洪波浩荡迷旧国,路远西归安可得?人生达命岂暇愁?且饮美酒登高楼。平头奴子摇大扇,五月不热疑清秋。玉盘杨梅为君设,吴盐如花皎白雪。持盐把酒但饮之,莫学夷齐事高洁——旧国,指国都长安。西归,指返回长安。平头奴,指光着头的奴仆。平头,奴仆不得戴冠巾,以区别于主人。吴盐,唐时盛产于两淮之地的吴国,以洁白著称,天下皆食。持盐把酒,《魏书·崔浩传》:"帝赐浩缥醪酒十解,水精盐一两。"持盐,指以盐伴食杨梅。夷齐,即伯夷、叔齐,二人皆商朝人,武王灭商后,耻食周粟,逃至首阳山,采薇而食,终饿死于山中。历来二人被奉为高节之士,为世人称颂。以上十句意为:站在平台上看着浩淼的江水,阻隔了我与长安;漫漫的旅途,使重返长安更加渺茫。人生如此短暂,哪里有空闲去忧愁,姑且登楼饮酒;炎炎夏日,有奴仆摇扇送凉,一边品尝美酒,一边吃着伴有吴盐的杨梅,这样的生活多么惬意,千万不要学伯夷、叔齐,为了所谓的"高节"抛弃生命。这里李白虽被"放还",却依旧眷顾着长安,关切着社稷。"迷"并非地理概念上的迷失,而是诗人抱负无法实现的迷惘心态,是诗人对归宿的迷茫。但诗人狂放的本性并未使他在痛苦中消沉,及时行乐的放纵生活是诗人悲愤之情的宣泄。"莫学夷齐事高洁"反映出李白对伯夷、叔齐迂腐的所谓"气节"所持的蔑视态度,在诗人看来,为污浊的现实和社会"耻食周粟",甚而牺牲自己是没有意义的,此处可看出诗人摆脱了陈腐观念,而显示出人性的独特与狂放。

昔人豪贵信陵君,今人耕种信陵坟。荒城虚照碧山月,古木尽入苍梧云。梁王宫阙今安在?枚马先归不相待。舞影歌声散绿池,空馀汴水东流海——信陵君,即魏无忌,有门客三千,是战国时期著名的四公子之一。信陵坟,指信陵君的坟墓,在开封府浚仪县南十二里。荒城,指大梁城,有时过境迁之意。苍梧云,《艺文类聚·归藏》曰:"有白云出自苍梧,入大梁。"枚马,指枚乘和司马相如,皆做过梁孝王的宾客,二人在平台宴上所赋诗词,被称为平台雅集,在当时颇为流传。汴水,又叫汴河。《明一统志》卷二六:"汴河旧自荥阳县东经(开封)府城内,又东合蔡河,名蒗荡渠,又名通济渠,东注泗州,下入于淮。"以上八句意为:当年极尽豪贵的信陵君,如今也不过是一座荒凉的坟墓。当年梁孝王繁华奢靡的宫阙,如今又在哪里呢?剩下的不过是空山冷月映照下的荒寂的废墟和攀入苍梧云中的孤立的古木,枚乘与司马相如也同梁王宫阙一样早已从人世间消失了。当年的舞影歌声早已无处寻觅,如今空有汴水东流入海。通过对信陵君与梁孝王从辉煌到消殒的客观描述,体现了李白的人生观——"人生短暂,如白驹过隙"。诗人深感无论人生如何变迁终究逃不离死亡的命运,任何人都无法改变或超越这一自然定律。这是诗人站在浩渺的宇宙中对人类历史和芸芸众生做出的清醒的审视,显示出对生命与死亡的彻悟,从而使本诗具有了一种深刻的哲理意味。

沉吟此事泪满衣,黄金买醉未能归。连呼五白行六博,分曹赌酒酣驰晖。歌且谣,意方远。东山高卧时起来,欲济苍生未应晚——五白,古代赌博的一种游戏,又称"枭"。由五木作子,五木皆成白色,因而取名五白。连呼五白,是指玩兴极浓时不断高呼。六博,也是古代的一种赌博游戏。共十二棋,六白六黑,分别由两个博戏者掷之,是一种赌酒的游戏。歌且谣,用乐器伴奏而唱为歌,不用乐器伴奏为谣。《诗经·魏风·园有桃》:"园有桃,其实之殽。心之忧矣,我歌且谣。"东山,《晋书·谢安传》记东山为晋谢安早年隐居之地,临安、金陵也有东山,亦是谢安游憩之所,因而后世以东山泛指隐居地。谢安初为佐著作郎,因病辞官,隐于东山,朝廷屡诏不仕,而世人皆言:"安石不肯出,将如苍生何?"于是谢安四十岁时又出任桓温司马,迁中书令,官至司徒。后世又称失势后重新得势为"东山再起"。以上八句意为:每当忆起这些往事,都令我泪落满襟,只有买酒痛饮醉不能归,才能稍缓心中的悲伤,时光在赌酒游戏中飞逝。我这样唱歌自乐,是有深远托意的,希望像谢安隐居东山那样,待时机而起,"济苍生,安社稷",建立宏伟功业,也并不算晚。这几句诗是绝望悲愤的低沉基调的转折,诗人笔锋一转由情感的悲痛极限——"泪满衣"到"东山高卧时起来,欲济苍生未应晚"的振奋昂扬。最后两句是全诗的题旨,也是诗人心理的真实流露。

　　这首诗是李白初涉仕途受阻的悲愤心情的写照。诗人怀抱辅佐君王"济苍生,安社稷"的远大理想,却因为小人的离间和君王的昏庸受到打击。这种失意的心境与蛰伏于李白心中的庄子"物我同一"的思想相契合,使诗人在大自然中寻求精神的解脱和寄托。因而,纵酒漫游山水就成为诗人的狂放气质在这种特定情境下的表现形式,也是一种理想的精神反抗方式。自然美所蕴含的轻盈高远的意韵,既涤荡了现实中的虚伪与丑恶,又消解了诗人的愁闷与痛苦;而酒也就成为诗人沉醉于自我心灵世界,而保持自我本性的良方。纵酒漫游、及时行乐既是诗人内心激愤情绪的宣泄,也是对污浊现实的反抗,其中透露出对传统与现实的强烈反叛精神,高扬着诗人特立独行的个性意识。因此,诗人的情感蓬勃而直率,不加掩饰地表现着傲视一切和狂放洒脱的气质。结句"东山高卧时起来,欲济苍生未应晚"恰是诗人对实现大济苍生理想目标的极度自信。

　　"借景抒情,托古寓今"是此诗最大的特点,而这一特点是在运用时空描写手法中得以体现的。李白奔放不羁的个性和丰富的想象力,使其诗歌在广阔的时空背景下,开阖转承。本诗诗人采取同一空间景物在不同时间的变化的描写方式,来抒发诗人深沉的历史感和悲剧意识。追忆信陵君和梁孝王往日的兴盛,目睹今日的衰亡,诗人在情绪记忆与历史遗迹中,体会到变幻莫测的人世沧桑之感:在广袤的宇宙面前,人之渺小;在无尽的时间面前,生命之短暂,人自出生起,在不断走向成熟的同时,也在走向死亡。对这一自然规律的体认,使李白具有了更深层的悲剧意识和死亡意识。同时对于时间迁移中的人与物,诗人都融以深厚的情感,使此诗达到了"凭空御风,飞行绝迹"的效果。正如方东树所评价:"'却忆'句转放开展,用笔顿折浑转。'平头'二句酣恣肆放。'玉盘'四句铺。'昔人'四句咏叹以足之。情文相生,情景交融,所谓兴会才情,忽然涌出花来者也。"

## 横江词六首(选二)

　　此诗约作于天宝十二载(753),系李白南下宣城,行至横江浦,被风浪所阻而作。《横江词》是李白写的一组"组诗",共六首,属古体诗。诗中所写皆是横江浦风浪汹涌的险恶与行人被阻心情的悲愁,是诗人入长安献策失败后的忧愤之作。横江浦,《太平寰宇记》载:在和州历阳县东南二十六里(今安徽省和县东南),与南岸采石矶隔江对峙,是长江下游的重要渡口。孙策曾破樊能、于麋于横江。

## 其 一

人道横江好,侬道横江恶。
一风三日吹倒山,白浪高于瓦官阁。

## 其 二

海潮南去过寻阳,牛渚由来险马当。
横江欲渡风波恶,一水牵愁万里长。

  人道横江好,侬道横江恶。一风三日吹倒山,白浪高于瓦官阁——侬,即我,吴地(今江南一带)人的自称。瓦官阁,即瓦官寺,又名升元阁,故址在今江苏南京市旧城外。《江南通志》记载:升元阁在江宁城外,一名瓦官阁。阁乃梁朝所建,高二百四十尺,南唐时犹存。这首诗意为:人人都说横江好,我却认为横江不好。狂风连刮三日,风势之大都能将天门山吹倒;腥风掀起恶浪,浪势之高都超过了瓦官阁。严评本载明人批:"首二句是吴歌。'风倒山'奇,浪高应得恰好。瓦官阁亦助色。"

  海潮南去过寻阳,牛渚由来险马当。横江欲渡风波恶,一水牵愁万里长——寻阳,郡名,即江州,属江南道。历史上记载:唐时江南西道有九江郡,即江州也,治浔阳县。天宝元年改名浔阳郡,乾元初复为江州,今为江西之九江府。江水经其中,下至扬州入海。牛渚,山名,又名采石矶,与和州历阳县横江浦隔江相对,今属安徽马鞍山市。《方舆胜览》记载牛渚山在太平州当涂县北三十里。山下有矶,古津渡也,与和州横江渡相对。隋师伐陈,贺若弼从此北渡。六朝以来为屯戍之地。《太平府志》也有记载:牛渚矶屹然立江流之冲,水势湍急,大为舟楫之害。"芦苇晚风起,秋江鳞甲生"(刘宾客)、"一风微吹万舟阻"(王文公)就是描写牛渚矶的诗句。马当,山名。《九江记》中记载:马当山高八十丈,周回四里,在古(江州)彭泽县北一百二十里。其山横枕大江,山像马形,回风急掣,波浪涌沸,舟船上下,多怀忧恐,山际立马当山庙以祀之。这首诗意为:汹涌澎湃的江水自横江西南而行奔涌至江西,江水行至险要之处,水流湍急,行船受阻。而牛渚的风浪原本比马当山还要险恶,想要渡江却被这腥风恶浪阻隔,由这江水牵动的愁思也似这滔滔万里的长江一般绵延不绝。

  《横江词六首》,俗本将第一首编入长短句,后五首编入七言绝句。这六首"章虽分局",却"意如贯珠","首尾冲决"。严评本载明人批:"六绝俱平易中道得响快,卓而不群。"

《横江词六首》其一中"人道""侬道"纯用口语,生活气息浓厚,语言自然流畅,有民间文学的特点。后两句"一风三日吹倒山,白浪高于瓦官阁",运用了大胆的夸张,极言风力之强与恶浪之高,虽运用了夸张手法,但因有历史地理的根据,因此令人可信而不觉虚妄离奇。这里诗人将自己置于一个制高点上,对横江进行全貌的俯视,运用浪漫主义笔调和大胆奇特的夸张,描绘了飓风掀起翻天巨浪的奇景,虽然壮观,但也正因为这样强大的风势与水势阻碍了诗人的"欲渡",因而诗人产生了"横江恶"的感受。

《横江词六首》其二中前三句均铺陈横江的水势,最后一句"一水牵愁万里长"似无意之笔,却是此诗的精妙之处:横江的汹涌不绝,牵动诗人心中的愁绪,诗人抓住了"愁与水俱无尽"的共性,以水喻愁。愁与水的融合,使横江水具有了情感色彩,而诗人的愁绪也如同这浩荡的江水绵延不绝。

《横江词》组诗不应当只被看成是一般的写景即兴之作,它有着深刻的思想内涵与积淀的情感体验。诗人当时处于入长安献策失败的尴尬境地,一次又一次的仕途受挫,使诗人深感现实的险恶与污浊。当诗人置身于横江,面对自然造成的无法渡越的险恶时,引起了诗人仕途受阻的共鸣。在这里仕途的险恶与横江的险恶重叠契合,自然的强大阻隔使诗人产生一种对前途无法控制和把握的恐惧感,这与诗人仕途受阻时的感受是一样的。但面对这种不可战胜的力量时,诗人仍然要"欲渡",这种飞蛾扑火的行为在客观上使"组诗"具有了一种悲剧意味的壮美。诗人已经意识到个人力量与强大的对手间存在的巨大反差,并且作为个体的他无法对强势构成威胁,但"济苍生"的人生理想强烈而执著,这种欲进不能、欲退不甘的处境使诗人的愁思悠长而沉重。

## 秋浦歌十七首(选二)

**题解**

《秋浦歌十七首》组诗约是李白天宝十三载自广陵、金陵至宣城,往来于池、歙诸州时游秋浦而作。黄庭坚的《山谷题跋》与刘克庄的《后村诗话》都认为李白的《秋浦歌》应是十五首,只有在陆游的《入蜀记》卷三提到"《秋浦歌》十七首",并认为宋人所见《秋浦歌》中篇章收入年代不一。因此,题目中的十七首诗歌,并非同时期所作。秋浦,县名,属唐池州,今为安徽贵池。其地有秋浦水,以此得名。《池阳记》载:"(秋浦)北带郡城,南走驿道,为舟楫之路。"

## 其十四

炉火照天地,红星乱紫烟。
赧郎明月夜,歌曲动寒川。

## 其十五

白发三千丈,缘愁似个长。
不知明镜里,何处得秋霜。

炉火照天地,红星乱紫烟。赧郎明月夜,歌曲动寒川——炉火,指开矿的地方冶炼炉中的冶铸之火。红星,冶炼中的火星四溅。乱,形容火星飞溅的样子。赧,原指因羞愧而脸红。赧郎,吴音。指站在炉前,被炉火灼烤得面部赤红的冶炼工人。明,这里是形容词活用作动词。意为使……明,使……增加光辉。全诗意为:采矿时冶炼的火光冲天喷射,直照天地,冶炼中迸射的火星在升腾的紫烟中奔飞。熊熊的炉火映红了冶炼工人的面庞,而冶炼工人赤红的脸也使这月色更加通明。工人们一边冶铸,一边唱着号子,歌声激荡着寒冷的秋浦河。

白发三千丈,缘愁似个长。不知明镜里,何处得秋霜——三千丈,是虚指,形容很长。缘,因为。似个,像这样。秋霜,秋天的寒霜,这里比喻白发。此诗意为:我的白发有三千丈长啊,都是因心中的愁苦不绝而生。对着明镜,十分惊讶于不知何处得来这么多秋霜。这首诗描写了诗人因事业未成而生出的迟暮之感。李白从幼学、壮行到老,最终无所为,在回顾自己一生的道路时,诗人的愁绪油然而生,正是"发短心长,此缘心长,发为俱长"。

《秋浦歌十七首》是李白滞留秋浦时写成的。"组诗"抒发了诗人怀才不遇、忧国伤时、孤寂落寞的愁苦,同时也描绘了当地的风光景物和一些劳动人民劳作生活的场面。"组诗"内容丰富,感情真挚,语言流畅自然,具有浓厚的生活情调和民歌风味,表现手法灵活多变,充满了浪漫主义色彩。

《秋浦歌十七首》其十四,是一首正面描写和歌颂冶炼工人的诗篇。它所塑造的工人形象鲜明生动,描摹的劳动场景真实而热烈,在中国古代诗歌中是罕见的,堪称珍品。诗篇起笔即以浪漫笔触挥画出一幅气势恢宏、气氛炽热的劳动图景。对于李白这样一位遍历河山的诗人,看到的多是山河险峻的自然景色,当他面对由人造成的宏伟壮观的场景时,诗人的兴奋与惊叹是不同以往的。在这样一幅饱含热情的画面前,诗人并未大呼感慨,而只用"照"、"乱"这样平常朴素的词语,将诗人心中的感慨熔铸其中。这里诗人运用了夸张手法,给人造成视觉上的冲击,同时,在盛燃的炉火与蒸腾的紫烟中,诗人的热情与读者的热情都被这一片炽热喧腾的景象点燃了。诗篇后两句是描写冶炼工人的,"赧"字一方面体现了冶炼工人健美强壮的体魄,另一方面也体现了工人们投身于劳作的热情。而一个"明"字却将"月光照人"这一符合自然规律的现象倒置,这里诗人运用了逆向思维,认为是冶炼工人被炉火映红的脸庞照明了月亮,这需要多少映红的脸庞才能使这月夜变得通明,无形中暗示了工人的数量众多,也使后两句诗中描写的工人们的歌声激荡寒川更加真实。如果说此诗前两句纯是写壮观的景色,那么后两句诗人给诗篇注入了一种强大的生命力和生活气息,因而,诗人这里欣赏与赞美的不再是一种景色,而是强劲有力的生命律动。全诗在光与热,声与色的交织相映中,将明与暗,冷与热,动与静这些对立的意象完美地结合,呈现出一幅瑰丽壮观的充溢着强大生命力的"秋夜冶炼图"。诗中叙写与刻画,白描与夸张,恣肆随意,却妙得天成。短短一首五言绝句,将一个劳动场景描写得极富活力与张力,不愧为古代诗歌宝库中的瑰宝。

《秋浦歌十七首》其十五,是一首流传千古的名篇。此篇是李白抒愤咏怀之作。诗人以浪漫主义手法塑造了一个满蕴怨愤之情而不失豪迈气质的"自我"形象,全诗的基调含在一个"愁"字中。李白的情感表达是爆发式的,表现在诗歌中则是开篇往往有石破天惊、情感奔涌而出的气势。"白发三千丈"以大胆奇特的想象将一幅奇景兀然突现眼前,白发引起人迟暮的伤感,而三千丈白发则令人惊叹,紧接着"缘愁似个长"解释了导致"白发三千丈"这一"果"的"因"。由于愁的浓重与强烈,使"白发三千丈"夸张而不失实,达到了艺术的真实。历来写愁多以山、水、月等意象表现,李白却另辟蹊径,以"白发三千丈"喻愁之深长,"托兴深微"。当诗人倏然对镜,看到的是不知何时平添的"秋霜",一个"秋"字表现了诗人自感暮年的憔悴与忧伤。此诗创作时,诗人已五十多岁,但理想与抱负尚未实现,志未酬而人已衰的悲哀,加深了诗人的痛苦。望着镜中因愁而起的白发,诗人有的只是壮志未酬的无奈与对时光流逝的不甘。纵观我国古代诗歌中咏愁之作,多以浅吟低诉的口吻抒写愁绪的缠绵低回,而其中抒情主人公也多哀婉柔弱;而李白作为一位浪漫主义的豪放诗人,其咏愁之作也表现得豪迈直率。诗中的"自我"以一种愤然傲然的姿态承受着心中巨大的痛苦,豪迈之气冲破愁绪,喷薄而出。此篇历来受到许多文人学者的盛赞,王琦评说此诗:"起句奇甚,得下文一解,字字皆成妙意。洵非老手不能,寻章摘句之士,安可以语此?"《唐宋诗醇》卷五:"突然而起,四句三折,格力极健。要是倒装法耳。陈师道云'白发缘愁百尺长',语亦自然。王安石云'缲成白发三千丈',有斧凿痕矣。"李攀龙《唐诗训解》评述此篇:"托兴深微,真难实解,读者当味之意象之外。"

以上两首诗在语言上有共同之处,即语言的大容量,这是就诗歌语言中所容纳的感情的丰富性,色彩的鲜明性与力度的强烈性而言的。李白的诗歌语言以粗犷奔放著称。在这两首诗中,以一种具有强大冲击力的奔放驰骋的语言,展现"炉火照天地,红星乱紫烟"的伟景,倾泻"白发三千丈,缘愁似个长"的愁苦,因而,这两首诗歌的语言内涵显得深远广阔。语言风格不是"花间流水","楼台曲径",而是宏大开阔,气蕴浑成。

## 当涂赵炎少府粉图山水歌

此诗系李白天宝十四载(755)往来于宣城之际,为当涂县尉赵炎所写的题画诗。诗中将粉图山水描摹入诗,描写了粉图山水惊涛汹涌、气象万千、动人魂魄的景象。当涂,《旧唐书·地理志》载:(当涂是)唐江南西道宣州属县。今为安徽马鞍山市属县。赵炎少府,指当涂县尉。粉图,指画于粉壁上的彩画,即壁画。

峨眉高出西极天,罗浮直与南溟连。
名工绎思挥彩笔,驱山走海置眼前。
满堂空翠如可扫,赤城霞气苍梧烟。
洞庭潇湘意渺绵,三江七泽情洄沿。
惊涛汹涌向何处?孤舟一去迷归年。
征帆不动亦不旋,飘如随风落天边。
心摇目断兴难尽,几时可到三山巅。
西峰峥嵘喷流泉,横石蹙水波潺湲。
东崖合沓蔽轻雾,深林杂树空芊绵。
此中冥昧失昼夜,隐几寂听无鸣蝉。
长松之下列羽客,对座不语南昌仙。
南昌仙人赵夫子,妙年历落青云士。
讼庭无事罗众宾,杳然如在丹青里。
五色粉图安足珍?真仙可以全吾身。
若待功成拂衣去,武陵桃花笑杀人。

峨眉高出西极天，罗浮直与南溟连。名工绎思挥彩笔，驱山走海置眼前。满堂空翠如可扫，赤城霞气苍梧烟。洞庭潇湘意渺绵，三江七泽情洄沿——峨眉，山名。在今四川省峨眉山市。《四川通志》记载：峨眉山在县南一百里，两山相对，状如蛾眉，故名。周围千里，高八十里。西极，西方。见汉《天马歌》："天马来，从西极。"罗浮，山名。在今广州河源等地区，风景秀丽，为粤中名山。《元和郡县志》记载：罗浮山，在县西北二十八里，罗山的西面有浮山，是蓬莱的一座小山，浮海而至，与罗山并体，故曰罗浮。"高三百六十丈，周回三百二十七里，峻天之峰四百三十有二焉。"南溟，这里指南海。见于《庄子·逍遥游》："南溟者，天池也。"绎思，相当于今日所说的"艺术联想"。绎，本指蚕抽丝，这里形容连续不断。空翠，指山上草木之色。见谢灵运《过白岸亭诗》："空翠难强名，渔钓易为曲。"赤城，山名。在今浙江天台北六里。山色皆赤，状如云霞，故名。苍梧，即九嶷山。《元和郡县志》记载：舜葬于苍梧之野，故又称苍梧山。苍梧烟，即苍梧山的云烟。洞庭，湖名。在湖南省北部，长江南岸。《长沙志》记载：洞庭之水潴为七百里，日月出入其中。潇湘，河名。潇水发源于湖南宁远县九嶷山，湘水发源于广西兴安县阳海山，二水流至湖南零陵合流，称为潇湘。见《图经》："潇湘者，水清深之名也。"三江，说法不一，有《禹贡》所指三江，以岷山之江为中江，潘冢之江为北江，豫章之江为南江；有吴越的三江，包括松江、东江、娄江，有岳阳的三江，以岷江为西江，澧江为中江，湘江为南江；也有包括松江、钱塘江、浦阳江的三江。此诗中三江泛指江湖。七泽，古代楚地的湖泊，其中云梦泽最为著名。见于《子虚赋》："楚有七泽。"颜延之《始安郡还都与张湘州登巴陵城楼作》："三湘沦洞庭，七泽蔼荆牧。"洄沿，逆流而上为洄，顺流而下为沿。以上八句为第一段，意为：(赵少府的粉图山水画中)峨眉山之高超过了西天，罗浮山又与溟海相接，连成一片，超过了天下山水的广阔。这位画工善于画山水，通过细致不绝的笔触表现着奇特的艺术联想，挥洒手中画笔，再现实景，就如同用神力将山与海赶到赏画者眼前。整个大厅映照在画中空明苍翠的山色中，色彩浓丽得似乎都可以驱扫。同时霞气从赤城升腾，云烟从苍梧逸出，洞庭湖、潇湘水浩淼绵延，三江七泽迂回激荡，这些都是画工用丹青表达心思，抒发情感的方式。画工一定是领悟了山水的真谛，才能有如此精妙的作品。第一段诗人运用广视角，从总体上描绘了粉墨山水的概貌。

惊涛汹涌向何处？孤舟一去迷归年。征帆不动亦不旋，飘如随风落天边。心摇目断兴难尽，几时可到三山巅——心摇，指心情激动。目断，望断，望穿。这里指眼睛眺望远处。三山，指神话中的蓬莱、方丈、瀛洲三座仙山。以上六句是第二段，意为：翻腾的涛水不知涌向何处？一叶孤舟在这浩淼的大海中任凭风浪摆布，何时才能归来呢？舟帆虽然没有翻动，但孤舟却如风飘到了天边。我的心旌摇荡，双眼望断三山，不知何时才能到达那里？此段，诗人借孤舟喻指自己的五岳寻仙之途，杳然莫及，诗人的惆怅之情与画中的浩茫之景融为一体。

西峰峥嵘喷流泉，横石蹙水波潺湲。东崖合沓蔽轻雾，深林杂树空芊绵。此中冥昧失昼夜，隐几寂听无鸣蝉——峥嵘，形容山势高峻。蹙水，指水被横石阻隔，水流不畅。潺湲，形容水缓慢流动的样子。《文选》卷二六《七里濑》："石浅水潺湲，日落山照曜。"合沓，重重叠叠，聚在一起。谢朓《敬亭山》："兹山亘百里，合沓与云齐。"芊绵，指草木茂密繁盛。谢灵运《山居赋》："孤岸竦秀，长洲芊绵。"冥昧，昏暗，幽暗。隐，倚，靠着。几，小桌子。以上六句是第三段，意为：（画中）西边，参天奇峰夹着飞瀑流泉，山下绿水在横石阻隔下萦回轻荡，景色清俊；东边，山峰重叠，云树苍茫，叠峰峻岭遮蔽了天日，使景色更加清幽深远。树木深翳，昏黑冥昧，不能分辨昼与夜。倚案倾听，竟然寂静得连蝉鸣声也听不到。此段，诗人从细节着眼，写尽画中深谷景色的精致。

长松之下列羽客，对座不语南昌仙。南昌仙人赵夫子，妙年历落青云士。讼庭无事罗众宾，杳然如在丹青里。五色粉图安足珍？真仙可以全吾身。若待功成拂衣去，武陵桃花笑杀人——羽客，指仙人。齐袁彖《游仙诗》："羽客冥瑶宫，旌盖午舒设。"南昌仙，指的是汉人梅福。《汉书·梅福传》载：梅福，九江寿春人，字子真，少学于长安，为郡文学，后补南昌尉。王莽专政时，梅福弃妻别子到了九江，后传闻其得道成仙。这里喻指赵炎。历落，磊落，胸襟坦荡。《世说新语·容止》篇："周伯仁道：'桓茂伦嶔崎历落，可笑人。'"青云士，指品德才能都较高的人。讼庭，指赵炎衙署，即辨是非打官司的地方。杳然，悠然自得的样子。功成，获得功绩。《老子》："功成名遂身退，天之道也。"武陵桃花，指桃花源。东晋陶渊明《桃花源记》中载：秦末人民为逃避暴政，来到武陵（今湖南常德）桃花源，从此与世隔绝。这里诗人用典表示若有退隐之心应及早退隐。以上十句意为：画中群仙在松树下对坐不语，那其中恐怕就有南昌尉梅福吧。此地的赵少府似这画中的南昌仙人，他的行为磊落洒脱，是高洁之士。当官署无事时，他同客人们闲散游玩，有杳然清远之貌。若用丹青绘于画中，恐才是真正的仙人。粉图中所画的仙人不过是描摹古人的陈迹罢了，又有什么珍贵？只有真正的仙人才能与众仙相携遨游，超越凡尘俗世，长生不死。但成仙需有术，也要及时。如果等到像鲁仲连、张子房那样功成身退，再归桃源就太晚了，不免会受到"武陵桃花"的奚落。此段由景写人，最后写作者的观感，抒发了诗人及早"弃仕寻仙"的感慨，诗歌自此由写景转向抒情。

李白的题画诗不多，因而此篇弥足珍贵。诗人在观画的过程中，由旁观到入画,最终达到人与画的结合,诗人的情感在画的意境中抒发,而读者也因这样一幅画中画受到震撼。

  诗篇第一段,诗人用八句诗概括了这幅气势宏伟、森罗万象的粉图山水画。李白站在一个能够统摄全画的角度,对此画做出整体的观照,画工的神思奇笔在诗人的浓泼重抹中完全得以体现。"驱山走海置眼前"形容画工运用巧妙的艺术手法,挥动如椽巨笔,驱山走海奔辏腕下,使"画笔如真"。紧接着诗人将视线聚于一点,写到征帆的"不动亦不旋"、"飘如随风落天边",在水天相接处将孤帆的静与动加以模糊处理,使其具有了艺术真实,这种绘画手法是我国传统山水画的特有布局方式。在这一段中诗人已由孤舟之飘零想到了自己前途之未卜——"几时可到三山巅",实与虚,物与我在这里达到了初步的融合。但诗文并未以此作结,诗人将思绪收回,再次从细节上对画进行整体的品赏,由"西峰"到"东崖":奇峰飞泉,绿水潆洄,叠崖蔽日,云树苍茫,这样的远山深林衬托了整幅画的空寂与缥缈,令人疑是仙境。最后一段诗人由写景转入写人,以自己的观画有感作结,使画与人在诗人情感的倾注中达到完全的结合。"长松之下列羽客,对座不语南昌仙",亦画亦实不可明辨,而"南昌仙人赵夫子"已将画与人巧妙地融合,"杳然如在丹青里"与第一段的"画笔如真"相对应,体现了"以真为画"的效果,妙趣横生。最后四句诗人从画所营造的幻境中清醒过来,心中思绪万千:如何能找到这样一处佳境?如何能摆脱心中仕途不遇的苦闷?趁早寻仙访道是最好的选择。这里诗人以一种众人皆醉我独醒的姿态,反观现实,反思自己的仕途之路。

  仙道思想对李白一生有着重要的影响。李白思想中的仙道观是由于政治上受到严重打击,兼济天下的宏愿趋于破灭后,在内心极度空虚痛苦的情况下产生的,因而寻仙访道可以看作是诗人"独善"心理的体现。诗人在这里借助寻仙访道这一行为解脱自己人生的痛苦。游仙,对于李白来说是用心灵的苦酒酿造幻想的甘泉,神仙境界愈美好,人间世界愈痛苦。诗人一向推崇鲁仲连、张子房功成身退的理想,但本诗中却通过否定鲁、张来否定自我的最高理想,这实际上是诗人愤激不平心境的体现。正是基于这样的心理,诗人借游仙摆脱人世间的黑暗与尘世的苦恼。同时,诗人的这种游仙,可以使其狂放的性格与特立的人格得到无约束的体现。李白"性倜傥","慷慨自负,不拘常调",不愿自己的人生道路被世俗传统观念规范与束缚,并且他坚持独立自由的人格,这与神仙生活以自由为特征的宗旨相吻合,可以说诗人追求神仙世界是为体现自己狂放不羁的性格与获得精神自由,是为了寻找自由驰骋的广阔空间。

  此篇诗歌语言自然豪放,擅长夸张,富于想象。李白诗歌语言是感情意趣组合的载体,其诗歌中语言作为一种复杂的符号系统,所传达的感情是丰富而炽热的。因而李白的诗尤其是描摹山水的诗歌,往往积累和沉淀着诗人深沉的情感体验,反映着诗人独特的审美观念。另外,本诗的跳跃性结构,增强了诗歌的浪漫色彩。诗中由开始的冷静描摹粉图山水,到以孤舟自喻的主观情感的注入,再到客观描述对象,最后情感喷涌而出,在这种跳跃的结构中,诗人激荡多变的情感得到了淋漓尽致的表现。

历代对此诗的评价颇高,如朱谏就说:"按白之题画,咏山则以峨眉、罗浮、赤城、苍梧、三山等言之;咏水则以南溟、洞庭、潇湘、三江等言之。终以羽仙武陵之事归之主者。云烟、草木、舟帆、泉鸟,杂然布置,情思流动,辞气激扬。初看若无统纪,细玩则界限分明,有如韩信用兵而多多益善也。"

## 峨眉山月歌

这首七言绝句是李白早期的作品,大约作于开元十二年(724)秋。诗人于秋夜远游,溯江而行中,仰望明月,思念故人,故有此作。峨眉山,在四川省峨眉山市西南。有山峰相对如峨眉,因而以形取名。为中国佛教四大名山之一。

峨眉山月半轮秋,影入平羌江水流。
夜发清溪向三峡,思君不见下渝州。

峨眉山月半轮秋,影入平羌江水流——半轮,指的是峨眉山月的上弦或下弦(旧历初八或二十三日前后)。杜甫曾写过"雨露清清影,银河没半轮"(《江月》)的诗句,郑遥也有"无筼筜之团扇,有虚空之半轮"的描写。平羌江,即青衣水,今名青衣江。源出于今四川宝兴县,沿东南方经雅安、洪雅、夹江等地,至乐山市,会大渡河入岷江。《一统志》记:旧传羌夷入寇,诸葛亮于此平之,故名。"云外连娟何所似,平羌江上半轮秋"(陆游《月岩》)就受李白诗的影响。以上两句意为:巍巍的峨眉在月影清光中,静谧而俊秀,青山弦月的倩影幽幽地投映于淙淙江水中。

夜发清溪向三峡,思君不见下渝州——清溪,应在平羌边。传言在嘉州犍为县的清溪驿,或者在纳溪县西五里处,今存疑。三峡,通常指瞿塘峡、巫峡和西陵峡。古之所称三峡皆在巴东,大抵起自夔州府奉节、巫山二县之东,达于归州夷陵州之西,连山叠嶂,隐天蔽日,凡六七百里,水极险迅。渝州,周时为巴子国,秦、汉为巴郡之地,至唐为渝州,以渝水得名。后改南平郡,今为重庆市九龙坡区。以上两句意为:秋夜远游,我自清溪向三峡乘舟迅驶,江水明月、故人不见而思情难已,在绵绵思忆中,船已驶向渝州。

《峨眉山月歌》是李白早期的诗作。此诗描写了峨眉山的夜景,并由此抒写了对故旧友人的思念之情。开篇即以一幅山月图直呈读者眼前,明月一向为李白所爱,诗人常赋予明月以象征意味:月的纯净和灵气,一方面可以说是诗人坦荡真诚、高洁独立性格的自喻,另一方面也是诗人与所思故人的友情之喻。诗中的山水在月色的清灵、皎洁中都显得空灵、圣洁,但这种"空灵"并不是静止的,诗人通过"入""发""下"等一系列词语使整幅画面鲜活灵动起来。诗中除"峨眉山月"外,没有更多、更具体的描写;除"思君"外,也没有更多的抒情,但此诗却在诗人营造的诗境中蕴涵了深沉的情感:明月可亲而不可近,可望而不可触,正如诗人对友人的思念。李白的精神世界与具有灵性的山水相融合,使此诗在人与物的亲和中产生了一种恬适和谐、清人心神的意境。诗人在与山水对话的同时,也是在与自我对话,这时已无法明辨何为景,何为情,正所谓"山性即我性,水情即我情"。因而,此诗在艺术上就表现出浑然天成、自然灵动和柔美和谐的特点,语言如清泉出涧,质朴无华。

  此外,地名的巧妙处理也是本诗的一个重要特点。这首二十八字的绝句连用五个地名:峨眉山、平羌江、清溪、三峡和渝州,这在唐人绝句中是罕见的。连用五个地名,易生乏味之感,难以自然熔铸入诗,而本诗却凭借诗人天才的构思,以月的象征意象,将这五个地名巧妙贯穿联结化入诗中,不着痕迹,使本易乏味的内容,经过诗人才情的冶炼与精巧的构思,显得自然流畅,浑然天成。历来学者对此评价颇高,王麟洲曾评赞:"四句入地名者五,古今目为绝唱,殊不厌重。"金献之也认为:"王右丞《早朝》诗,五用衣服字;李供奉《峨眉山月歌》五用地名字,古今脍炙。然右丞用之八句中,终觉重复;供奉只四句,而天巧浑成,毫无痕迹,故是千秋绝调。"(《唐诗选脉会通》)

## 临路歌

  此诗是李白宝应元年(762)临终之前所作的古体诗,是李白的自叹之辞。李华《故翰林学士李君墓铭序》中记:"(李白)年六十有二不偶,赋《临终歌》而卒。"疑"路"是"终"的误写,故"临路歌"即"临终歌"。

    大鹏飞兮振八裔,中天摧兮力不济。
    馀风激兮万世,游扶桑兮挂石袂。
    后人得之传此,仲尼亡兮谁为出涕。

大鹏飞兮振八裔,中天摧兮力不济——大鹏,传说中的一种大鸟。《庄子·逍遥游》:"北冥有鱼,其名为鲲。鲲之大不知其几千里也。化而为鸟,其名为鹏。鹏之背不知其几千里也。怒而飞,其翼若垂天之云。是鸟也,海运则将徙于南冥。……(鹏)水击三千里,抟扶摇而上者九万里,去以六月息者也。"这里大鹏是诗人自喻。八裔,指八方荒远之地。中天,半空。以上两句意为:大鹏鸟展翅高举啊,振动了四面八方;飞到半空啊,翅膀却摧折,无力再翱翔。

馀风激兮万世,游扶桑兮石袂——馀风,大鹏摧于中天后所遗留的威风。扶桑,古代神话中树木名,高万仞,传说是日出之所。《淮南子》记载:日出于旸谷,浴于咸池,拂于扶桑,是谓晨明。石袂,疑为"左袂"的误写。袂,指衣袖,此处喻指大鹏的翅膀。严忌《哀时命》:"衣摄叶以储与兮,左袂挂于榑(扶)桑。"以上两句意为:大鹏遨游之际,翅膀却被扶桑的千丈树干挂住而半空摧折,但它的遗风却激荡着千秋万代。这里比喻诗人理想虽然破灭了,但诗人自信自己的品格和精神,仍能激励后世;同时也抒发了诗人才华未能抒发的遗憾。

后人得之传此,仲尼亡兮谁为出涕——此,指大鹏中天摧折的事情。出涕,传说春秋时鲁人捕获一只麒麟,孔子见之而流泪。以上两句意为:后人得到大鹏半空夭折的消息,以此相传,但有谁能像孔子当年痛哭麒麟那样为大鹏的夭折而流泪呢?这两句是诗人对知音难觅的感慨。

此诗开篇即以大鹏"振八裔"的气势,将大鹏鸟超凡绝尘的特质凸显出来。李白对大鹏鸟情有独钟,曾作过《大鹏遇希有鸟赋》,以及著名的《大鹏赋》等赋。对大鹏的钟爱寄托之情与大鹏人格化的隐含之义,使大鹏鸟这一形象成为李白情绪记忆中深厚永久的意象。大鹏鸟怀有远大志向而超越时空羁绊,不受外物束缚的精神特征,在很大程度上与诗人的内在气质相似契合,因而大鹏在李白诗中,往往是其理想人格的象征。可以说,大鹏鸟这一带有浪漫主义色彩的非凡的人格化的英雄形象,是诗人努力奋飞,坚持自己人生信念的理想寄寓与精神动力。诗人常将自己化为大鹏,他的一生都在奋飞,或是准备奋飞。但随着时光的流逝,看到自己的生命在仕途的不断挫败中消耗殆尽,想到自己这样一只大鹏已无力再飞,诗人为自己唱出了这首自悼歌。

大鹏鸟的非凡只有在无羁绊的自由状态下才能得以展示,但诗中大鹏鸟却挂于"扶桑","中天摧兮"。这与诗人长安受挫的遭遇相似,正因为这种切身情感体验的注入,使大鹏形象更加真实生动,具有人性。李白是一位具有强烈主体意识的诗人,其主体意识主要体现在诗人对自我价值的充分自信与执著追求上,诗人认为自己是人间的精英,并自视才力超群,因而凭借这样的自信,虽然一再仕途受挫,却坚信自己终可实现青云自致。美国学者伊迪斯·汉密尔顿在《希腊方式》一书中写道:"一个人能够忍受无限苦难的心灵处于苦难的折磨中——只有这一点才是悲剧。"李白的悲剧正是一颗忍受无限苦难的心灵永处苦难中的悲剧,是不断奋力追求但永难实现追求的悲剧。"后人得之传此,仲尼亡兮谁为出涕",孔子由麒麟命运不济被人捕获,联想到自己的命运,从而"出涕"、哀痛。李白则进一步由这件事联想到自己六十多年的人生,如今即将孤寂地抱憾终结,与孔子泣麟相比较,诗人更增添了寂寞、苍凉的心情,也使李白这首绝笔显得益发悲痛与沉重。

## 赠孟浩然

此诗系开元二十七年(739),李白过襄阳与自京放还的孟浩然相见时所作,也是李白作品中少见的五律之一。诗歌在赞美孟浩然高洁品格和儒雅气质的同时,也抒发了诗人的志同道合之感。

> 吾爱孟夫子,风流天下闻。
> 红颜弃轩冕,白首卧松云。
> 醉月频中圣,迷花不事君。
> 高山安可仰?徒此揖清芬。

吾爱孟夫子,风流天下闻。红颜弃轩冕,白首卧松云——孟夫子,即孟浩然,唐代著名诗人,字浩然,襄州襄阳人,一生基本上过着隐居生活而未入仕宦,其诗多写田园闲适情趣,风格清淡,别有韵致,与王维齐名,世称"王孟"。夫子,古代对男子的尊称。红颜,指年轻人的红润脸色。这里专指少年。轩冕,古代士大夫的车服。代指高官、仕宦。轩,古代一种前顶较高,而有帷幕的车子,供士大夫以上官职的人乘坐。冕,古代帝王、诸侯、卿大夫所戴的礼帽。卧松云,指隐居山林。以上四句意为:我对孟浩然是多么钦敬爱慕啊,他潇洒清远的风度人品和超然不凡的文学才华,世人皆知。孟浩然从少壮到晚年的一生,宁弃仕途而取隐遁,这是怎样的一种高风亮节啊!

醉月频中圣,迷花不事君。高山安可仰?徒此揖清芬——中圣,《三国志·魏书》卷二七《徐邈传》载:魏国校事赵达问关于曹操之事时,尚书郎徐邈醉答"中圣人"而触怒魏太祖,为此度辽将军鲜于辅进言:"平日醉客,谓酒清者为圣人,浊者为贤人。"意指嗜酒之人,把清酒称为圣人,把浊酒称为贤人。迷花,在花木中沉迷。古代知识分子常以花木喻己或称花木为友,以表自己的志洁行芳。高山,《诗经·小雅·车辖》:"高山仰止,景行行止。"意思是:品德像高山一样的人,就会受人景仰;行为光明正大的人,就会有人效法。这里高山、景行比喻高尚的德行。揖,揖手为礼。清芬,比喻孟浩然清高芳洁的德行。以上四句意为:皓月当空,孟浩然把酒赏月,常常醉于月色之中;而繁花清芳,又使诗人流连忘返,不愿入仕奉君。这样的高洁品格像大山一样高不可及,怎能不令人景仰呢?我只有拱手作揖,对诗人的清高芳洁德行表示万分崇敬之情。

  这是一首向朋友倾诉敬爱之情的诗歌,"爱"由敬而生,是贯穿全诗的抒情主线,全诗围绕"爱"而展开。诗的首联"吾爱孟夫子,风流天下闻"率直地抒发了诗人对孟浩然的敬爱钦慕之情,这一联总摄全诗,是对孟浩然一生高洁品行的总体概括。中二联对孟浩然的高风亮节作了具体的描写,由"红颜"到"白首"刻画了一个一生都在坚持自己高尚操守的形象;"卧"字又活画出一个散逸闲适、寄情山水的飘逸高人形象。此二联中通过对"轩冕"与隐遁,入宦事君与醉恋花木一弃一取的行为对比,充分体现了孟浩然的潇洒清远、飘逸清高、不依附权贵的精神境界和理想生活方式。尾联将李白对孟浩然不慕名利、自甘淡泊的赞美之情推向高潮。整首诗的情感在由浅入深不断积淀的过程中,达到真切自然、炉火纯青的境界。李白在对孟浩然进行热情的赞颂时,在思想感情上也与孟浩然产生了共鸣。孟浩然的归隐虽然也是在求仕不得的无奈中选择的道路,但却体现了孟浩然清高自守、不依附权贵的气节。当李白面对同样的仕途坎坷时,其狂傲不羁、傲然于世的性格,使诗人与孟浩然取同样的处世态度,表现出相同的气节情操,从这一点来说,诗人对孟浩然高洁品格的赞颂,亦是对自我人格的表白和对自我人格的肯定。

  此诗的风格自然飘逸、舒卷自如,表现出"语意倜傥,太白本色"(《唐宋诗举要》)。而"俊逸"是此诗在艺术上的重要特点。诗人先声夺人,开篇即以热情的语言直接表明对孟浩然的敬爱之情并盛赞孟浩然所获得的声名。中二联突出了孟浩然的性格与风采,"醉月"两句"疏宕中仍自精炼"(《唐宋诗举要》引吴汝伦语),不但对偶严整,"且工丽中别有一种英爽之气,溢出行墨之外"(赵翼《瓯北诗话》),颇耐人寻味。尾联"高山"句,宕开一笔,而"徒此"句略作收敛。全诗有开有合,有声有色,在自然流动中不乏摇曳之美。此外,本诗的语言自然古朴,达到了潇散简远、风神飘逸的境界。而诗中的典故也化用得自然而无斧凿痕迹,句与句皆以"情"贯穿联结,情到深处,不拘格律,正如谢榛在《四溟诗话》中所说:"凡作诗文,或有两句一意,此文势相贯,宜乎双用。……若别更一句,便非一联造物矣。至于太白《赠浩然》诗,前云'红颜弃轩冕',后云'迷花不事君',两联意颇相似。……兴到而成,失于检点。意重一联,其势使然;两联意重,法不可从。"

## 上李邕

此诗作于开元八年(720)。当时李白、高适同饮于李邕家中,两人皆有赠李邕诗。这是一首抒写个人抱负,表现个人才华的古体诗。其时李白初入仕途,年少气盛,题中对李邕直呼其名的不恭写法,是学汉代奇才东方朔的"大言",以期引起李邕注意,对其另眼相看的方式。李邕(678—747),武后时为左拾遗,中宗时为殿中侍御史,开元时为陈州刺史,天宝时为北海郡太守,世称"李北海"。李邕才高行直,重义爱士,因而负有盛名。但由于当时中书令张说对其并无好感,加之李邕倜傥不羁、性情直率,因此一再被贬,直至天宝六载,为李林甫所害。《通鉴·唐纪》中记载:"括州员外司马李邕……才略文词,但性多异端,好是非改变。"

大鹏一日同风起,抟摇直上九万里。
假令风歇时下来,犹能簸却沧溟水。
时人见我恒殊调,见余大言皆冷笑。
宣父犹能畏后生,丈夫未可轻年少。

大鹏一日同风起,抟摇直上九万里。假令风歇时下来,犹能簸却沧溟水——大鹏,大鸟。《庄子·逍遥游》:"北冥有鱼,其名为鲲,鲲之大不知其几千里也。化而为鸟,其名为鹏,鹏之背不知其几千里也。""抟摇"句,抟摇即抟扶摇,意指由下而上的旋风,见于《庄子·逍遥游》:"鹏之徙于南冥也,水击三千里,抟扶摇而上者九万里,去以六月息者也。"簸却,指排荡。却,语气助词。沧溟,指大海。以上四句意为:大鹏有朝一日随风而起,在风力的助动下,就能直上九万里高空。即使一旦风住了,大鹏落在海面上,也能使海水震荡。

时人见我恒殊调,见余大言皆冷笑。宣父犹能畏后生,丈夫未可轻年少——时人,指当时名门世族中的当权者。殊调,指格调与众不同,发表不同政见。大言,指高谈阔论。《汉书·东方朔传》载:东方朔上书武帝,文辞不逊,高自称誉,书中皆"大言",武帝不但没有斥责他,反而委任以待诏公车的官职。这里亦指李白效法东方朔上书李邕。冷笑,嘲讽讥笑。宣父,孔子的尊称。《新唐书·礼乐志》记:"贞观十一年,诏尊孔子为宣父。"畏后生,《论语·子罕》:"后生可畏,焉知来者不如今也?""后生可畏"后来便成为高官名士提携青年的美谈。丈夫,成年男子通称,这里代指李邕。以上四句意为:当权者见我总是与他们唱反调,因此对我的豪言自誉之词都报以冷嘲热讽;孔丘尚能认识到后生可畏,李邕啊,你千万不要因为年少而轻视我。

创作此诗时,李白如同初生牛犊,放言无忌,诗中以直接狂放的方式,抒写了自己的抱负,希望得到李邕的赏识与重用。

李白的一生都以大鹏作为自己的人格象征,从《大鹏赋》到《上李邕》,直至李白临终前所作的《临路歌》,可以说大鹏这一形象贯穿了李白的一生。大鹏"上摩苍苍,下覆漫漫。盘古开天而直视,羲和倚日以旁叹。缤纷乎八荒之间,掩映乎四海之半",表现出摆脱一切羁绊,自由张扬个性的人格魅力和远大志向,这是李白对大鹏情有独钟的原因。李白少年即聪明早熟,"五岁诵六甲,十岁观百家",自言"十五学剑术,遍干诸侯",并在"结发未识事"时已"所交尽豪杰",正因为这样的饱学多才与豪侠倜傥,使李白具有强烈的自由创造欲望和对自己才华的自信。诗人一生都在自比大鹏,面对世人的嘲讽,始终不渝地捍卫着心中大鹏的人格尊严。而诗人对礼法的蔑视与倜傥不羁的自由本性,在本诗中则体现为对李邕的不敬称呼与对"时人"的嘲讽。

此诗艺术上的一个显著特点是擅用典故。李白的用典,是以心为媒介将事物与典故联结。在对典故的化用中,诗人首先以心灵的感受与直觉的眼光捕捉物与典的相通之处,然后分解化合;而对于典故自身所蕴含的文化内蕴与情感内涵,诗人不是采用浓聚提炼的方法,而是经过稀释化解后融入诗中,这就形成了以多句诗化用一个典故的特点。此诗前四句即化用《庄子·逍遥游》的典故,渲染风起风歇,冲天震海的壮阔之景;后四句化用《论语·子罕》篇中的典故,宣泄纾解着诗人的自信豪气。两个典故贴切自然,将景与情、象征与写实结合得天衣无缝,显示了诗人纵横驰骋的才气。

## 巴陵赠贾舍人

此诗作于乾元二年(759),此年李白尚在流夜郎途中,行至长江上游的白帝城附近,遇大赦放免。李白泛舟下江陵,往游洞庭湖,适值诗人贾至以汝州刺史贬岳州司马,李白的族叔李晔以刑部侍郎贬官岭南,皆与李白相会于洞庭湖畔的岳州(即巴陵,今湖南岳阳)。李白对贾至的不幸命运十分同情,对肃宗排挤、压抑人才的黑暗统治加以讥刺，同时也是对自我不幸命运的自嘲。用笔曲折含蓄，耐人玩味。

贾生西望忆京华，湘浦南迁莫怨嗟。
圣主恩深汉文帝，怜君不遣到长沙。

贾生西望忆京华，湘浦南迁莫怨嗟。圣主恩深汉文帝，怜君不遣到长沙——贾生，指西汉的贾谊。生于洛阳，自幼聪颖，通诸子百家。二十馀岁，受诏文帝为博士，又升为太中大夫，受毁谤，左迁长沙王太傅。三十三岁去世，人称贾生。京华，长安。用汉喻唐，以贾谊比贾至，叙贾至眷恋京阙不能自已的心情。"湘浦"句，叙贾至贬岳州，反语讥刺当朝皇帝。第三句进一步延伸此意。汉文帝，前汉第五代皇帝，曾出现三十年的太平盛世，奠定了汉帝国的基础。后两句仍承前二句，以肃宗比汉文帝。比较起来，肃宗对待贾至要比文帝对待贾谊要宽厚一些，因为岳州的确比长沙要近。既然如此，贾至的怨嗟不是理应释然于怀吗？全诗意为：贾至向西遥望思念着长安，被贬到湘江边的岳阳也不要怨叹伤悲。圣明的当今皇帝对你的恩情深过汉文帝，没有像贬贾谊那样把你贬到长沙。

同是天涯沦落人，相逢何必曾相识。李白这首诗本意根本不在同情贾至，而在讥刺唐肃宗，对自我命运的解嘲，饱含着激愤辛酸，却能将悲愤的感情积聚、过滤，而用婉曲反语的笔调来写，既为友人鸣不平，也为自己鸣不平，同时对肃宗的讽刺也含而不露，用意深隽。更值得注意的是，作者列举汉代开明皇帝汉文帝，来揭示反思中国古代文人的不幸命运，有一种很强的历史、现实对举的效果，催人对历史的共同主题进行深入思考，有一种穿越历史时空的苍凉深厚的艺术魅力。

## 江夏赠韦南陵冰

江夏，唐天宝元年改鄂州为江夏郡，即今湖北省武汉市武昌。南陵，在今安徽南陵县。韦南陵冰，即南陵县令韦冰。此诗作于乾元二年(759)李白被长流夜郎中道遇赦之后。韦冰当时任南陵令，是一位非常豪爽好客的人。经过安史之乱的动荡，两人意外地在江夏相遇。诗人感慨万千，诗思如潮，运用丰富的时空组合，大跨度地跳跃，多层次多侧面地表达了安史之乱时期诗人的心情变化和生活历程，一波三折，一唱三叹，以感情的跃动组合意象，而不按正常的时序，气势雄浑悲壮，含蕴深厚,境界广阔。

胡骄马惊沙尘起,胡驺饮马天津水。
君为张掖近酒泉,我窜三巴九千里。
天地再新法令宽,夜郎迁客带霜寒。
西忆故人不可见,东风吹梦到长安。
宁期此地忽相遇,惊喜茫如堕烟雾。
玉箫金管喧四筵,苦心不得申长句。
昨日绣衣倾绿樽,病如桃李竟何言!
昔骑天子大宛马,今乘款段诸侯门。
赖遇南平豁方寸,复兼夫子持清论。
有似山开万里云,四望青天解人闷。
人闷还心闷,苦辛长苦辛。
愁来饮酒二千石,寒灰重暖生阳春。
山公醉后能骑马,别是风流贤主人。
头陀云月多僧气,山水何曾称人意?
不然鸣笳按鼓戏沧流,呼取江南女儿歌棹讴。
我且为君捶碎黄鹤楼,君亦为吾倒却鹦鹉洲。
赤壁争雄如梦里,且须歌舞宽离忧。

　　胡骄马惊沙尘起,胡驺饮马天津水。君为张掖近酒泉,我窜三巴九千里。天地再新法令宽,夜郎迁客带霜寒——胡骄,指胡人。匈奴单于曾自称"胡者,天之骄子"。胡驺,安禄山叛军的骑兵。天津,天津桥,在河南洛阳西南洛水上。张掖,郡名,在今甘肃张掖一带。酒泉,郡名,在今甘肃酒泉一带。三巴,巴郡、巴东、巴西。李白因参加永王璘的戎幕,长流夜郎,途经三巴,故云"我窜三巴"。天地再新,指两京收复后形势重新好转。法令宽,指乾元二年(759)的大赦。迁客,指李白自己。带霜寒,带霜冒寒,形容流放途中的艰辛。这六句意为:安史叛军策马扬鞭沙尘飞扬,一路攻占了东都洛阳。你在靠近酒泉的张掖做官,我却流放到了遥远的三巴。两京收复后新皇大赦天下,我流放夜郎途中历尽艰辛、顶霜冒雪。开篇写安史之乱的严峻形势,又用同一时间不同空间的意象结合连接起韦冰与自己,再写自己命运的转机,挥洒自如。

西忆故人不可见,东风吹梦到长安。宁期此地忽相遇,惊喜茫如堕烟雾。玉箫金管喧四筵,苦心不得申长句——宁期,哪里料到。长句,唐代以七言古诗为长句,这里指作诗。这六句意为:想念西方的故人不能相见,东风把我思念的梦吹到长安。谁能料到在此地忽然相逢,又惊喜又兴奋仿佛坠入烟雾之中。欢歌狂饮惊倒四座,满腹悲苦难以为诗。写见到故人,不直叙。先写路途遥远,思念成梦,会面难期,又写忽然相逢,有铺垫,有曲折,丰富多彩。

昨日绣衣倾绿樽,病如桃李竟何言!昔骑天子大宛马,今乘款段诸侯门。赖遇南平豁方寸,复兼夫子持清论。有似山开万里云,四望青天解人闷——绣衣,指御史台官员。"病如"句,历来注家都引《史记·李将军列传》赞中的"桃李不言,下自成蹊"作注,有比喻只要有品德、有才华,人们自然会向往的。误,不贴切。《宋书·乐志》有"桃生露井上,李生桃树旁。虫来啮桃根,李树代桃僵"之典,意为代人受过。诗人为参加永王李璘幕一事,曾经不止一次地为自己辩解说:"属逆胡暴乱,避地庐山,遇永王东巡胁行,中道奔走,却至彭泽。"(《为宋中丞自荐表》)可以佐证。大宛马,古代西域大宛国所产的名马。款段,行走缓慢的马,这里指劣马。南平,指南平太守李之遥。据《赠从弟南平太守之遥》诗可知,在"前门长揖后门关,今日结交明日改"的社会里,诗人受尽人间的冷嘲热讽,只有李之遥没有因为诗人的被流放而改变态度,所以诗人在此诗中有"感君山岳心不移"的诗句。豁方寸,敞开胸襟。夫子,对韦冰的尊称。清论,高超的言论。这八句意为:昨天曾与节度使的幕僚们一起饮宴,但满腔怨恨无人诉说。过去骑着皇帝恩赐的大宛名马,今天只能骑劣马见地方官,幸亏遇到南平太守,心情顿觉舒畅;再听你的高论,仿佛拨开云雾见青天,驱散了胸中的郁闷。运用古今时空的对比,写人情的炎凉与自己的不幸命运,以及悲剧的内心体验。还有世人与南平太守的暗比,表现李白巨大的人生反差和对社会世情的认识。

人闷还心闷,苦辛长苦辛。愁来饮酒二千石,寒灰重暖生阳春。山公醉后能骑马,别是风流贤主人。头陀云月多僧气,山水何曾称人意?不然鸣箛按鼓戏沧流,呼取江南女儿歌棹讴。我且为君捶碎黄鹤楼,君亦为吾倒却鹦鹉洲。赤壁争雄如梦里,且须歌舞宽离忧——山公,指晋荆州太守山简。《世说新语·任诞》:"山公时一醉,酩酊无所知。复能乘骏马,倒着白接䍦。举手问葛强,何如并州儿。"头陀,僧寺名,故址在今湖北武昌东南。箛,古代一种乐器。棹讴,鼓棹而歌。黄鹤楼,在今武昌蛇山。相传仙人子安和费文祎尝乘黄鹤经过这里,故名。历代屡毁屡建。今楼按旧图建于一九八五年。鹦鹉洲,在今汉阳长江边。《鹦鹉赋》的作者祢衡,被黄祖所杀,埋骨于此,后人因以名洲。洲已埋于水中。这十四句的意思是:我悲愤呵心中郁闷不平,经历的辛苦说也说不尽。愁苦不堪时痛饮二千石酒,寒灰总能复燃,寒谷总有阳春,我对前途充满自信。山简醉后还能骑马,更有风流倜傥的贤主人招待。头陀寺的云月也带着僧人气,那儿的山水何曾称人意?不然吹着箛敲着鼓游戏于清凉的流水,呼唤江南的女子鼓棹而歌。我姑且为你敲碎黄鹤楼,你也为我倒置了鹦鹉洲。赤壁之战英雄争霸如梦一样缥缈,且须观赏歌舞宽慰离别的忧伤。末尾故作豁达,但内心的愤懑无法排除,无论韩安国的豁达、山简的放诞、僧人的萧散、士人的浪漫,都不能解除诗人心头的苦闷,最后只能以对酒当歌作结,表现了力求摆脱与摆脱的无力。

这首诗有同一时间不同空间的意象组合,有现实时空与梦幻时空的意象组合,有今昔对比的时空组合,有古今对照的时空组合,同时忽悲忽喜的感情变化,配合峰回路转、高潮迭起的笔法,表现出光怪陆离的色彩,而这正贴切地表现了诗人内心的矛盾。而由于真感情、真性致,故乱而不失真,夸张奇特而感人至深,很好地表达了李白安史之乱遇赦后悲郁激愤的心灵世界。

## 赠从弟冽

从(zòng纵)弟,堂弟。天宝九、十载(750—751)间,李白离开长安已多年。在这首写给从弟李冽的诗中,他对自己在长安的三年供奉翰林生活进行了总结,对唐王朝的腐朽黑暗有深刻的认识。但诗人仍然不能放弃对理想的追求,结尾表明李白仍想等待时机,实现抱负。

楚人不识凤,重价求山鸡。
献主昔云是,今来方觉迷。
自居漆园北,久别咸阳西。
风飘落日去,节变流莺啼。
桃李寒未开,幽关岂来蹊。
逢君发花萼,若与青云齐。
及此桑叶绿,春蚕起中闺。
日出布谷鸣,田家拥锄犁。
顾余乏尺土,东作谁相携?
傅说降霖雨,公输造云梯。
羌戎事未息,君子悲涂泥。
报国有长策,成功羞执珪。

无由谒明主,杖策还蓬藜。
　　他年尔相访,知我在磻溪。

　　楚人不识凤,重价求山鸡。献主昔云是,今来方觉迷——"楚人"二句,《尹文子·大道上》:"楚人担山鸡者,路人问:'何鸟也?'担鸡者欺之曰:'凤凰也。'路人曰:'我闻有凤凰,今始见之,汝贩之乎?'请买十金,弗与,请加倍,乃与之。将欲献楚王,经宿而鸟死。路人不遑惜其金,惟恨不得以献楚王。……王闻之,感其欲献于己,召而厚赐之,过买鸟之金十倍。""献主"二句,谓己入长安,亦如楚人献山鸡,过去以为是一片诚心,很自信,如今方觉是迷悟。这四句意为:有个楚人不认识凤凰,花高价采购了一只山鸡。把它献给君王还自以为多么忠诚,现在才觉是多么执迷不悟。

　　自居漆园北,久别咸阳西。风飘落日去,节变流莺啼。桃李寒未开,幽关岂来蹊。逢君发花萼,若与青云齐。及此桑叶绿,春蚕起中闺。日出布谷鸣,田家拥锄犁。顾余乏尺土,东作谁相携——漆园,在今山东菏泽。庄子当年做过漆园吏。这里以"居漆园"来喻示隐居。咸阳,秦朝的首都。这里指唐朝的国都长安。节变,季节变换。"桃李"二句:《史记·李将军列传》:"桃李不言,下自成蹊。"意思是说桃李虽不会说话,但有果实,很多人都来摘取,树下自然会踩出路来。李白以"桃李"自比,说春寒桃李不开,自己被放出京后门庭冷落,怎么会有人来踩成小路呢?幽关,门庭冷落。花萼,《诗经·棠棣》:"棠棣之华,鄂不韡韡。"郑笺:"喻弟以敬事兄,兄以荣覆弟也。"古人用花萼比喻兄弟。这句是说李白遇到堂弟李冽,仿佛花开萼放。中闺,即闺房,妇女们住的房间。这十四句意为:自从在漆园北隐居以来,西京长安早已久违。风飘夕阳落于天边外,节气一换流莺乱啼。春寒桃李不能开,门庭冷落岂有往来的足迹?兄弟相遇仿佛花开萼放,手足之情与青云一样高。当桑叶吐绿的时候,闺房中的春蚕已经出齐。太阳出山布谷鸟鸣啼,农民们拿着农具去种地。看到自己地无一尺,春耕时有谁跟我握手共携?

　　傅说降霖雨,公输造云梯。羌戎事未息,君子悲涂泥。报国有长策,成功羞执珪。无由谒明主,杖策还蓬藜。他年尔相访,知我在磻溪——傅说(yuè),商王武丁的大臣,辅佐武丁建立功勋。《史记·殷本纪》:"帝武丁即位,思复兴殷,而未得其佐。三年不言,政事决定于冢宰,以观国风。武丁夜梦得圣人,名曰说。以梦所见视群臣百吏,皆非也。于是乃使百工营求之野,得说于傅险中。是时说为胥靡,筑于傅险。见于武丁,武丁曰是也。得而与之语,果圣人,举以为相,殷国大治。故遂以傅险姓之,号曰傅说。"公输,公输般,即鲁班,举世闻名的巧匠,曾为楚国造云梯攻打宋国。云梯,攻城用的高梯。羌戎,都是古代西北的部族,这里指吐谷浑、吐蕃。当时唐王朝与他们多次发生战争。涂泥,涂炭,遭受苦难。执珪,指立功受封。珪,上圆下方的玉石,周代赐给列侯瑞玉,被称为"侯执信珪"。蓬藜,草野。磻(pán)溪,在今陕西宝鸡东南,商代末年吕望曾在此垂钓。这十句意为:傅说能降及时雨,公输般会造云梯。羌戎扰边战事不息,人民涂炭君子悲凄。我有报国的良策,成功后耻于加官晋级。可惜没有机会拜见皇帝,只得拄杖归去长伴蓬藜。以后你若来相会,就会知道我仍垂钓在磻溪。

李白抱着很大的希望进入朝廷,希望实现自己的理想。然而三年供奉翰林的生活使他的理想彻底化为泡影。唐玄宗不但不把他当作一位政治谋士,而且也不给他参政的机会,而是把他当作一位御用文人。李白在朝中不容于奸佞小人,自己傲岸不屈的性格也不适应于朝廷,因此落了个赐金还山的下场。然而李白对天宝后期唐王朝政治的黑暗却有了十分深刻的认识。在这首诗中,诗人运用典故、比兴手法,深刻地揭示了唐王朝黑白颠倒、是非不分的现状,抒发了自己渴望报国建功的人生理想。全诗深刻细致地反映了理想与现实的矛盾,自我性格和社会时俗的矛盾,入仕与退隐的矛盾,失望与希望交织,真实地展现了诗人李白的内心世界,感人至深。

## 赠汪伦

宋人杨齐贤云:"白游泾县桃花潭,村人汪伦常酿美酒以待白,伦之裔孙至今宝其诗。"(《分类补注李太白集》)这是汪伦村人说的最早记载。明清两代沿袭此说,似成定论。20世纪80年代李子龙先后从发现的《汪氏家谱》《汪渐公谱》和《汪氏续修支谱》中考索,终于弄清了汪伦其人和家世,即汪伦系唐贞观时歙州总管汪华的五世孙。李白此诗赠汪伦,似不像为官者。汪伦其人据族谱记载,开元天宝间作过泾县令。则汪伦此时恐以名门豪士赋闲在家。此诗语言平淡而自然,写送别而流传千古。出新意于平易之中,有清水芙蓉之美。

李白乘舟将欲行,忽闻岸上踏歌声。
桃花潭水深千尺,不及汪伦送我情。

李白乘舟将欲行,忽闻岸上踏歌声。桃花潭水深千尺,不及汪伦送我情——踏歌,当地民间一种歌唱艺术,歌时,几个人手拉着手,脚踏节拍而唱。桃花潭,在今安徽泾县西南。全诗意为:李白我乘船就要启程,忽然听到岸上传来踏歌之声。

桃花潭水纵然深达千尺，也比不上汪伦送我的情深。

诗的前半叙事，先写离去者，后写送行者。情景逼真，但不点明，用了曲笔。原来有人在踏歌为我送行。桃花潭水如此深湛，触动了离人情怀，而汪伦送己的友情由于迸发的灵感，二者自然地联系起来。以情比水，情深于水。人情似水是古代诗歌常用的意象，然而李白青出于蓝，以故为新，正如沈德潜《唐诗别裁》所言："若说汪伦之情比于潭水千尺，便是凡语，妙境只在一转换间。"空灵而耐人寻味。

## 沙丘城下寄杜甫

此诗当作于天宝五载(746)，是年杜甫游齐鲁，秋后至兖州。时李白亦归东鲁所寓家中，二人同游，情好益密。此诗写与杜甫别后的相思之情，朴质无华，一往情深。送别中有唐朝衰亡迹象微露的痕迹，更有壮志难酬之慨。

> 我来竟何事？高卧沙丘城。
> 城边有古树，日夕连秋声。
> 鲁酒不可醉，齐歌空复情。
> 思君若汶水，浩荡寄南征。

我来竟何事？高卧沙丘城。城边有古树，日夕连秋声——沙丘，在兖州城东，泗水边上。这四句意为：我为何要来到这里，闲居在这沙丘城？城边有一片古树林，早晚发出瑟瑟的秋声。开篇自问，含而不露。李白想干一番事业，但长安放还后闲居于此，伤感之情自在不言中。城边古树，日夕秋声，构成了浓重凄寂的环境，加深了孤寂悲伤的感情。

鲁酒不可醉，齐歌空复情。思君若汶水，浩荡寄南征——鲁、齐均指山东。"鲁酒"二句意为鲁郡的美酒是醉人的，齐女的歌舞也是多情的，只因为杜甫走了，我日思夜想，以至于再醉人的美酒喝了也无味，再多情的歌舞看了也没意思。汶水，即大汶河，是流经山东中南部的主要河流，沙丘城就在汶水附近。末二句意为：我对你的思念犹如汶水，浩浩荡荡随君南行。"鲁酒"二句直接倾诉无法排遣的愁情，末二句融情于景，给人以语尽情长的韵味。

这首诗虽说是李白寄杜甫的,但更多写诗人难以作为的痛苦。心中之不快,在送别好友时就愈显得强烈,无法排遣的失意和苦闷与怀念杜甫的感情融为一体,故能感人心魄。全诗自然天成,出自真情,感情浓烈而又流畅自然,显示了不凡的艺术才华。

## 闻王昌龄左迁龙标遥有此寄

王昌龄(?—约756),字少伯,唐代著名诗人,当时被称作"诗家夫子"。唐玄宗时做过秘书省校书郎,后被贬为龙标尉。龙标,在今湖南黔阳,唐代荒凉边远之地。左迁,降职。古代以右为尊,左为卑,故有此称。王昌龄与李白同为唐代诗歌史上创作七言绝句的圣手。王世贞云:"七言绝句,王少伯与太白争胜毫厘,俱是神品。"(《艺苑卮言》)李白听到友人不幸的遭遇,约于天宝八载(749)写此诗,表达了诗人对友人不幸遭遇的深切同情。诗人通过丰富的想象,移情于物,富有新颖的艺术韵味。

杨花落尽子规啼,闻道龙标过五溪。
我寄愁心与明月,随风直到夜郎西。

杨花落尽子规啼,闻道龙标过五溪——子规,杜鹃鸟。龙标,地名,有人说因王昌龄被贬任龙标尉,所以称他为龙标,误。五溪,指湖南西部和贵州东部的辰溪、西溪、巫溪、武溪、沅溪五条水。首句写景又点明时令,而只选漂泊不定的杨花,和有"不如归去"叫声的子规,暗寓飘零之感与离别之恨,融情入景。次句直叙诗人被贬之事,地之僻远,路之艰难,而诗人悲痛关切之意自在其中。

我寄愁心与明月,随风直到夜郎西——夜郎,地名,唐代有三处,两处在今贵州桐梓,但龙标在这两个夜郎以东。另一处在今湖南沅陵,龙标在这个夜郎的西南,故这里应指今湖南沅陵之夜郎。一说"夜郎西"泛指西方的夜郎一带,也可通。这二句意为:我把愁心寄托给明月,随风直到那夜郎之西。后两句抒情,通过诗人丰富的想象,把没有知觉、没有感情的明月,变成了一个富于同情心、愿意满足自己渴望的知情者,她将自己对朋友的思念带到遥远的夜郎之西。

月的原型意象在古典诗词中有悠久的历史,其中表现思乡怀人、叹离伤别的情怀始终占主导地位。谢庄《月赋》:"美人迈兮音尘缺,隔千里兮共明月。临风叹兮将焉歇,川路长兮不可越。"曹植《杂诗》:"愿为南流景,驰光见我君。"张若虚《春江花月夜》:"此时相望不相闻,愿逐月华流照君。"都与之相近。按沈祖棻先生分析,两句之中有三层意思:一是说自己心中充满了愁思,无可告诉,无人理解,只有将这种愁心托付于明月;二是说惟有明月分照两地,自己和朋友都能看见她;三是说也只有依靠她才能将愁心寄与,别无他法。李白将明月人格化,使自己对朋友的感情富有隽永的艺术魅力。

## 庐山谣寄卢侍御虚舟

庐山,在今江西九江市南。此诗为上元元年(760)李白流放归后,由江夏来庐山所作。卢侍御虚舟,即侍御史卢虚舟,范阳人,肃宗时曾官至殿中侍御史。李白在此诗中把山水描写与游仙结合起来,表现了政治上遭受沉重打击之后渴望超脱现实苦闷的内心世界。全诗境界开阔,飘逸浪漫。

我本楚狂人,凤歌笑孔丘。
手持绿玉杖,朝别黄鹤楼。
五岳寻仙不辞远,一生好入名山游。
庐山秀出南斗傍,屏风九叠云锦张,
影落明湖青黛光。
金阙前开二峰长,银河倒挂三石梁。
香炉瀑布遥相望,回崖沓嶂凌苍苍。
翠影红霞映朝日,鸟飞不到吴天长。
登高壮观天地间,大江茫茫去不还。
黄云万里动风色,白波九道流雪山。
好为《庐山谣》,兴因庐山发。
闲窥石镜清我心,谢公行处苍苔没。
早服还丹无世情,琴心三叠道初成。
遥见仙人彩云里,手把芙蓉朝玉京。

先期汗漫九垓上，愿接卢敖游太清。

　　我本楚狂人，凤歌笑孔丘。手持绿玉杖，朝别黄鹤楼。五岳寻仙不辞远，一生好入名山游——楚狂，春秋时楚国狂士，名陆通，字接舆。《论语·微子》："楚狂接舆歌而过孔子，曰：'凤兮凤兮，何德之衰！往者不可谏，来者犹可追。已而已而，今之从政者殆尔。'"绿玉杖，镶有绿色玉石的手杖。黄鹤楼，故址在今湖北武汉市蛇山之黄鹤矶，相传始建于三国吴黄武二年，历代屡毁屡建。相传仙人子安尝乘黄鹤过此，故名。这六句意为：我本是楚狂接舆，唱着凤歌嘲笑孔丘。手拿镶着绿玉的手杖，于早晨告别黄鹤楼。五岳寻仙不辞路途遥远，一生好去名山大川遨游。下笔惊人，一个放浪形骸的诗人形象呼之欲出。

　　庐山秀出南斗傍，屏风九叠云锦张，影落明湖青黛光。金阙前开二峰长，银河倒挂三石梁。香炉瀑布遥相望，回崖沓嶂凌苍苍。翠影红霞映朝日，鸟飞不到吴天长。登高壮观天地间，大江茫茫去不还。黄云万里动风色，白波九道流雪山——南斗，星名，即二十八宿里的南斗星座，古代天文学认为庐山所在的一带地方属于南斗的分野。屏风九叠，山的形状像屏风。庐山五老峰有叠石如屏，称为九叠云屏或屏风叠。明湖，鄱阳湖。青黛，青黑色。金阙，庐山有金阙岩，又名石门。三石梁，屏风叠之左有三叠泉，水势三折而下，如银河挂在石梁上，故称。香炉，峰名。沓嶂，即叠嶂。凌，凌越。苍苍，天。吴天，庐山一带地方，春秋时属吴国，故云吴天。白波九道，据古代传说，长江流至九江，分为九道。雪山，指江中波浪如雪山。这十三句意为：庐山耸立在南斗星旁，九叠屏风锦绣般辉煌，倒映在明湖中泛着青黑色光芒。二峰并立像金门开张，瀑布如银河倒挂在三层石梁。香炉峰与瀑布遥遥相望，重岩叠嶂高耸入九天之上。翠绿的山影与红霞映着朝日，吴地辽阔，长空无际任鸟飞翔。登上山顶放眼天地之间，大江茫茫一去不返。风卷黄云漫布万里天空，九道白波流动如雪山。运用浓墨重彩着力刻画庐山的瑰丽风光。

　　好为《庐山谣》，兴因庐山发。闲窥石镜清我心，谢公行处苍苔没。早服还丹无世情，琴心三叠道初成。遥见仙人彩云里，手把芙蓉朝玉京。先期汗漫九垓上，愿接卢敖游太清——石镜，《太平寰宇记》载，石镜山在庐山东面悬崖之上，圆形，能照见人影。谢公，谢灵运，他曾游庐山，他的《入彭蠡湖口》诗有"攀崖照石镜"之句。还丹，道家炼丹，把丹烧成水银，积久又还成丹，就叫还丹，认为吃了可以成仙。世情，世俗之情。琴心三叠，道教术语。琴，和也。叠，积。道家说丹田穴有三，在脐下为丹田，在心下为中丹田，在两眉间为上丹田。修道者练功，心静气匀，使三丹田和积如一，叫琴心三叠。玉京，道教大神元始天尊的住处。期，约会。汗漫，不可知的事物。九垓，九天。卢敖，据《淮南子·道应训》载：卢敖周游世界，到了北方，遇到一个形状奇特的士人。卢敖要他和自己结伴同游北阴之地。那人笑着答道:"我和汗漫已约会在九天之上,不能久留在这里。"说罢,耸身跳入云中。卢侍御与卢敖同姓,此处既是用典,同时也隐喻卢侍御。太清,指天空极高处。道教以玉清、上清、太清为三天。这十句意为:好吟《庐山谣》,兴从庐山发。安然照着石镜使人心地清明,谢公走过的地方却已为苍苔淹没。及早服食仙丹去掉世俗之情,心静气匀精神愉快修道初成。远远看见彩云里站着仙人,手拿着莲花去朝拜玉京。我和汗漫先约好在九天相见,愿接待侍御你共游太清。经过永王璘事件的挫折之后,重登庐山,不禁感慨万千。叹江山之永恒,慨人生之无常,盛事难再,李白不禁油然产生求仙访道思想,希望超脱现实,以求化解内心矛盾。诗人渴望着自己有一天能早服仙丹,修炼成仙,以摆脱世俗之情,到虚幻的神仙境界中去。

这首诗的内容比较复杂。既有对祖国壮丽河山的歌颂,也表示出诗人对庐山的热爱,更有对摆脱世俗束缚和对个人自由的追求。既嘲弄儒家的圣人,又渴望借道教摆脱苦闷。但又对人间表现出内心的留恋。这正是诗人内心深处矛盾的真实体现。全诗境界广阔,气象恢宏,想象奇特。诗的韵律随诗情而变化。高棅《唐诗品汇》云:"太白天仙之词,语多率然而成者,故乐府歌词咸善。……今观其……《庐山谣》等作,长篇短韵,驱驾气势,殆与南山秋气并高可也。"

## 秋日鲁郡尧祠亭上宴别杜补阙范侍御

鲁郡,在今山东省兖州、曲阜一带。尧祠,据《元和郡县志》载:在兖州瑕丘南洙氏之右,约在今兖州东北。杜补阙、范侍御的名字不详。补阙、侍御均是谏官,此处用其所任官职称呼二人。这首诗将豪迈乐观的感情融注到景物之中,摆脱了一般送别诗哀怨的笔法,别具特色,格高意远。

  我觉秋兴逸,谁云秋兴悲?
  山将落日去,水与晴空宜。
  鲁酒白玉壶,送行驻金羁。
  歇鞍憩古木,解带挂横枝。
  歌鼓川上亭,曲度神飙吹。
  云归碧海夕,雁没青天时。

相失各万里,茫然空尔思。

我觉秋兴逸,谁云秋兴悲?山将落日去,水与晴空宜——秋兴,因秋天的景物而触发起的感情、意兴。逸,豪放快乐。将,带。宜,适宜、和谐。这四句意为:我觉得秋天带来了快乐的兴致,谁说秋天的感受只是伤悲?高山将落日带去,水的澄明正与晴空相宜。自古文人悲秋,宋玉《九辩》有"悲哉秋之为气也"之句。李白开篇不同凡响,"我觉"、"谁云",对照鲜明,表现出诗人的豪情逸志。

鲁酒白玉壶,送行驻金羁。歇鞍憩古木,解带挂横枝。歌鼓川上亭,曲度神飙吹。云归碧海夕,雁没青天时。相失各万里,茫然空尔思——驻金羁,即驻马、停马。羁本是马络头,古代诗文中常借以指马。金羁是形容马络头的华贵,并不一定要用黄金制作。曲度,曲子的节拍。飙,疾风。"神飙吹",形容音乐的声音如同疾风一样强劲有力。"云归"句,指人在水边远望,本有云水相连的感觉,傍晚时由于无法看见远处的云,遂导致云归碧海的错觉。这十句意为:晶莹的玉壶盛着鲁地的美酒,为良友送行大家都暂停金羁。从马鞍上下来在古树旁憩息,解下腰带来悬挂在树上的横枝。在河边亭子里唱歌击鼓,曲调的节拍如同强风劲吹。在白云归入碧海的傍晚,正是大雁在青天消失之时。分别后各自相隔万里,我将对你们空自茫然怀思。正面描写别宴,诗人的感情同富有特征的物件、动作和音响效果等交融在一起,气氛越来越浓,感情层层推进,表现出诗人与友人的旷达乐观之情。末尾酒酣席散,留下无尽的离情别绪。

同样是前人常写的秋日送别题材,李白以不凡的艺术胆识,打破了文人悲秋的传统。诗人不写萧瑟的秋风、纷落的枯叶、凄切的蝉鸣,而以豪迈的诗情去组合意象,于是便有了艳红的夕阳,碧绿的秋水,湛蓝的晴空。诗中的山水形象壮丽秀美,自然高洁的山水景物美与坦荡真诚的友情相互映发。情与景谐,妙不可言。从诗的结构上看,用浓墨重彩写宴饮的欢乐,在热烈之中见友情之深。突出真诚的友情而不突出离别之忧伤,格调高昂、明快。最后两句才点明离情,乐观的基调上有一点淡淡的伤感,同时也点了题。独具匠心而不露痕迹。

## 梦游天姥吟留别

诗题一作《梦游天姥山别东鲁诸公》。当是天宝五载(746)前后诗人离开东鲁,南下吴越时所作。天姥(mǔ)，山名，《太平寰宇记》卷九十六引《后吴录》："剡县(今浙江嵊州)有天姥山，传云登者闻天姥歌谣之响。"这首诗既写山水，又有游仙的成分。李白通过对奇妙迷离的神仙境界的描写，抒发了理想幻灭后的苦闷心情。表现了不与黑暗现实同流合污、傲岸不屈的人格精神。艺术上运用奇特的情节，神奇的想象和大胆的夸张，运用梦幻的时空和现实的时空对照，将对幻想的追求和人生的探索联系起来，展现了李白复杂的心路历程，也对当时的社会现实有一定的认识价值。个体悲剧中体现着时代文人的不幸命运。

海客谈瀛洲，烟涛微茫信难求。
越人语天姥，云霞明灭或可睹。
天姥连天向天横，势拔五岳掩赤城。
天台四万八千丈，对此欲倒东南倾。
我欲因之梦吴越，一夜飞渡镜湖月。
湖月照我影，送我至剡溪。
谢公宿处今尚在，渌水荡漾清猿啼。
脚著谢公屐，身登青云梯。
半壁见海日，空中闻天鸡。
千岩万转路不定，迷花倚石忽已暝。
熊咆龙吟殷岩泉，栗深林兮惊层巅。
云青青兮欲雨，水澹澹兮生烟。
列缺霹雳，丘峦崩摧。
洞天石扉，訇然中开。
青冥浩荡不见底，日月照耀金银台。
霓为衣兮风为马，云之君兮纷纷而来下。
虎鼓瑟兮鸾回车，仙之人兮列如麻。
忽魂悸以魄动，恍惊起而长嗟。
惟觉时之枕席，失向来之烟霞。
世间行乐亦如此，古来万事东流水。
别君去兮何时还？
且放白鹿青崖间，须行即骑访名山。
安能摧眉折腰事权贵，使我不得开心颜。

海客谈瀛洲,烟涛微茫信难求。越人语天姥,云霞明灭或可睹。天姥连天向天横,势拔五岳掩赤城。天台四万八千丈,对此欲倒东南倾——海客,海上来的客人。瀛洲,据《海内十洲记》所载,其地在东海中,上生神芝仙草,又有玉石、玉醴,服之可以长生。洲上多仙家,风俗似吴人,山川如中国。烟涛,烟雾苍茫的波涛。微茫,景象不明。信,诚然,的确。拔,超出。五岳,即东岳泰山、西岳华山、南岳衡山、北岳恒山、中岳嵩山。赤城,山名,在今浙江天台北。天台,山名,在今浙江天台北,与天姥山相对。此,指天姥山。倾,既指山势的倾向东南,又含有倾倒、拜倒之意。这八句意为:海上来的客人所谈到的瀛洲,烟波微茫实在难寻求。越人所讲的天姥山,云霞闪烁,许多人目睹。天姥山高耸入云在天际,它的气势超过五岳压倒了赤城。天台山高达四万八千丈,对它真心拜服倾向东南。

我欲因之梦吴越,一夜飞渡镜湖月。湖月照我影,送我至剡溪。谢公宿处今尚在,渌水荡漾青猿啼。脚著谢公屐,身登青云梯。半壁见海日,空中闻天鸡。千岩万转路不定,迷花倚石忽已暝。熊咆龙吟殷岩泉,栗深林兮惊层巅。云青青兮欲雨,水澹澹兮生烟。列缺霹雳,丘峦崩摧。洞天石扉,訇然中开。青冥浩荡不见底,日月照耀金银台。霓为衣兮风为马,云之君兮纷纷而来下。虎鼓瑟兮鸾回车,仙之人兮列如麻。忽魂悸以魄动,恍惊起而长嗟。惟觉时之枕席,失向来之烟霞——因,依照。之,指越人所谈情景。镜湖,即鉴湖,在今浙江绍兴。剡溪,水名,在今浙江嵊州南,即曹娥江的上游。谢公,指南朝著名诗人谢灵运。他常在浙东会稽一带寻幽探胜,天姥峰亦是他游览处所之一。谢公屐,谢灵运游山时穿的一种特制木屐,上山时抽去前齿,下山时抽去后齿,这样便于走山路。青云梯,形容山岭高峻,上山的路高耸入云。半壁,指朝东的半面山崖。天鸡,《述异记》卷下:"东南有桃都山,上有大树,名曰桃都,枝相去三千里,上有天鸡,日初出照此木,天鸡则鸣,天下鸡皆随之鸣。""熊咆"二句指熊的咆哮、龙的吟啸,声音洪大,使得深林为之战栗,层层的山峰为之震惊。列缺,闪电。霹雳,雷鸣。洞天,仙人所居之处。石扉,石门。訇(hōng)然,大声。青冥,天空。金银台,传说中神仙所居的金碧辉煌的楼台。云之君,云神。《楚辞·九歌·云中君》篇,专描写云神。这里泛指乘云霓下降的神仙。瑟,古乐器。虎鼓瑟,语出汉代张衡《西京赋》:"白虎鼓瑟。"向来,昔时。这三十句意为:我想因此而梦游吴越,连夜飞渡镜湖,沐浴着明月之光。湖上月光照着我的身影,送我到了剡溪。谢公的住宿处至今犹在,渌水荡漾,青猿正在长啼。我穿上谢公特制的木屐,登上青云高梯。半山腰望见大海日出,高空中听到天鸡鸣啼。千岩万转道路变幻不定,赏花倚石忽然日色已暝。熊吼龙啸,响彻山岩和林泉,深林战栗,惊恐遍布了层层山巅。云苍苍啊将要下雨,水轻轻流动啊若生云烟。闪电疾雷,山峦顷刻崩摧,神仙洞府的石门,訇然从中打开,苍苍茫茫的仙界根本看不清底,日月之光照耀着金银台。彩虹作衣裳啊长风是骏马,云中的神仙啊纷纷从天上降下。老虎鼓瑟啊鸾凤驾着车,仙人的队伍啊密密麻麻。骤然间从梦中惊醒魂悸魄动,恍然惊起不由得长嗟:只剩下眼前的枕席,梦中所见的奇幻景色都已消失。

世间行乐亦如此,古来万事东流水。别君去兮何时还?且放白鹿青崖间,须行即骑访名山。安能摧眉折腰事权贵,使我不得开心颜——东流水,比喻万事一去不返。白鹿,相传神仙喜欢骑白鹿。摧眉折腰,低眉弯腰。事,侍候。这七句意为:世间的赏心乐事亦是如此,古来万事都像是东去的流水。与你们分别后何时回还?暂且放白鹿在青崖间,要走时就骑上它访求名山。怎能够低头弯腰侍奉权贵,使我心中烦闷无欢颜?

全诗缥缈迷离,但层次十分清晰。可以分为三层。第一层写梦游的起因,第二层写梦游的过程,第三层写梦游的感慨。第一层极写天姥山的高大雄伟,用比较、烘托、夸张的手法,淋漓尽致地写出了天姥山高耸入云、神奇迷离,唤起读者与诗人一起去遨游那梦幻的境界。第二层直入梦境,诗人梦见自己在月光的照耀下,一夜之间飞过镜湖,来到剡溪。寻访神交已久的东晋诗人谢灵运。他看到谢灵运住宿的地方依然存在。于是穿上当年谢灵运的木屐,上了天姥山顶。接下去用生花妙笔写出了变幻莫测的奇异景象。更在这以后展现了神仙境界的奇妙:在一望无际、青色透明的天空里,金银楼台与日月交相辉映,景色壮丽,气象非凡。许多仙人走来,他们穿着彩虹做的衣裳,骑着风当马。虎豹鼓瑟、鸾凤拉车、群仙列队,迎接诗人的到来。多么盛大热烈的场面!梦境写到这里,达到了高潮。使人心驰神往的神仙世界,充满了浪漫色彩。第三层诗人运用梦境的破灭,象征理想的破灭,政治的失败。

这首诗不能因为末尾人生如梦的感慨而过分强调其消极意义。这首诗是李白受到权贵排挤后对政治黑暗的愤慨内化为追求自由的体现。诗人深刻地认识到自己傲岸不屈的性格与时俗的矛盾,他要实现理想,但决不降志从俗,决不以牺牲自己的自由为代价。因此,走访名山,远离黑暗的统治集团,追求人格的自由,正是理想幻灭后的追求。

全诗继承了楚辞的传统,特别是梦游的一段,深受《离骚》等诗篇的影响。其中诸如"熊咆龙吟"、"雷电霹雳"、"石扉洞开"、"霓衣风马"、"虎瑟鸾车",色彩缤纷,光怪陆离,明显借鉴了《楚辞》的写法。这首诗自由挥洒,句式参差,以七言为主,杂以四言、五言、六言至九言,随着情节的展开,感情的变化,节奏或急或缓。自然变化,不拘一格。用韵灵活多变,有句句押韵,有隔句押韵。凡此种种,皆很好地适应了感情表达的需要,显示了天才的创造美。

## 金陵酒肆留别

【题解】

李白任侠好施,很注重友谊。这首诗便是开元十四年(726)春,李白游金陵后将往广陵时所作。诗人以自然流畅而又含义深邃的语言,描写了他与朋友的依依惜别之情,是李白早期作品的名篇。

　　风吹柳花满店香,吴姬压酒唤客尝。
　　金陵子弟来相送,欲行不行各尽觞。
　　请君试问东流水,别意与之谁短长?

【新解】

风吹柳花满店香,吴姬压酒唤客尝——压酒,用米酿酒时,先将米蒸煮,经过发酵,从中压出酒汁。这两句意为:柳絮随着春风轻轻飞扬,酒店里弥漫着春天的花香。吴女捧着刚压出的新酒,邀请来客尽情品尝。一二句洋溢着江南的风情和民俗,柳花、鲜花与吴姬的招呼声,究竟是什么吸引年轻人到了酒店呢?一个"唤"字,把店内外热烈的气氛都表现出来了。

金陵子弟来相送,欲行不行各尽觞。请君试问东流水,别意与之谁短长——子弟,年轻的人。欲行,要走的人,指李白自己。不行,相送的人,指金陵子弟。觞,酒器。尽觞,干杯。这四句意为:金陵的年轻朋友为我来送行,要走的我与相送的人饮尽杯中酒。请君问一问东流的长江水,它与这离情哪个短哪个长?三四句刻画离别时难舍难分、借酒浇愁的心情。末尾发问,让离别的悲酸淡淡表现出来。将真挚的友情比作滚滚江水已是奇,而将友情与江水比长短,更是出人意料,令人叹服。

【新评】

诗人留别的是一群年轻朋友,而不是一个好友。故用笔大处着眼,重在传神。唱叹而不哀伤,既写出了青年人豪爽倜傥的风姿,又用新颖的想象写足了深厚的友情。沈德潜《唐诗别裁》评此诗"语不必深,写情已足",一语中的。

## 黄鹤楼送孟浩然之广陵

【题解】

黄鹤楼,在今湖北武汉武昌西黄鹤矶上。孟浩然,唐代诗人,襄州襄阳(今湖北襄阳)人,早年隐居鹿门山,诗与王维齐名,世称"王孟",有《孟浩然集》。广陵,即扬州,唐时扬州为广陵郡。这首诗写于开元十六年(728)前,表现了李白和孟浩然两位诗人的深厚友情,自然质朴,耐人寻味,是脍炙人口的名篇之一。

故人西辞黄鹤楼,烟花三月下扬州。
孤帆远影碧空尽,惟见长江天际流。

故人西辞黄鹤楼,烟花三月下扬州。孤帆远影碧空尽,惟见长江天际流——故人,指孟浩然。西辞,从西方离开。因武昌在扬州之西,所以说"西辞"。烟花,指春天日暖花繁的景象。碧空,蔚蓝的天空。全诗意为:孟浩然挥手东行,告别了黄鹤楼;在烟花似锦的三月,顺流漂向扬州。一片孤独的帆影,消失在蓝天的尽头。只望见悠悠江水,向渺渺天际流去。首句点题,同时也因黄鹤楼使二人友谊紧紧相连。第二句将送别的环境描绘得十分浓郁,准确地写出了暮春时节、繁华之地的迷人景色。诗的后两句,表面上是写景,但却是蕴含着典型形象的典型细节。李白一直送朋友上船,船已经扬帆而去,而李白仍在目送远去的风帆。李白的目光望着帆影,一直看到帆影逐渐模糊,消失在碧空的尽头。李白对朋友的深情,也随滚滚的长江水、随友人东去。以景结情,耐人回味。

这首诗,首二句以乐景写别情。送别地是仙人乘黄鹤之处,而目的地是东南地区最繁华的都市——扬州,自然会产生联想和向往之情,仿佛没有什么悲苦和感伤。而末二句,李白江边伫立,目送孤帆远去,人看不清,帆看不清,只有长江向天边流去,含不尽之意于江水之中。"不见帆影,惟见长江,怅别之情,尽在言外。"(黄生《唐诗摘抄》)"语近情遥,有'手挥五弦,目送归鸿'之妙。"(《唐宋诗醇》)

## 渡荆门送别

荆门,即荆门山,位于湖北宜都西北,为长江南岸,与北岸虎牙山隔江对峙,形势险要,自古即有楚蜀咽喉之称。这首诗是李白早期作品,约作于开元十三年(725)。诗人以雄健豪迈的诗笔,热情洋溢地描绘了长江两岸奇丽壮阔的自然景象,反映了诗人的乐观心境和对故乡的眷恋。想象新颖,语言流畅,已显示出天才诗人的光华。

渡远荆门外,来从楚国游。
山随平野尽,江入大荒流。
月下飞天镜,云生结海楼。
仍怜故乡水,万里送行舟。

渡远荆门外,来从楚国游。山随平野尽,江入大荒流。月下飞天镜,云生结海楼。仍怜故乡水,万里送行舟——楚国,今湖北一带,春秋战国时属楚。大荒,辽阔无边的原野。海楼,海市蜃楼,是一种因光线折射而产生的幻景,常见于海滨或沙漠。故乡水,指蜀地的长江水,作者生于蜀,故有此说。全诗意为:从蜀地出发远渡荆门之外,来到楚国故地纵情遨游。山势随着平原渐渐消失,江水进入广阔的原野汹涌奔流。月影映入江中好似明镜飞下,彩云变幻结成海市蜃楼。最可爱的是故乡的江水,不辞万里送我远去的行舟。李白这次出蜀,由水路乘船远行,经巴渝、出三峡,直向荆门山之外驶去,目的地是湖北。所以下笔可见诗人青年时代兴致勃勃的豪气。三四句妙笔描绘了活动的画面,将静止的山岭写活,将大江的气势写出。一个"入"字力透纸背。五六句想落天外,奇妙无比。既写出了水中之月如圆镜,而着一"飞"字,境界全出,仿佛月亮无比喜爱这江水,故从天上飞下,而水中月如明镜,也反衬出江水之平静。而天上云彩构成海市蜃楼,也可衬托出江岸的辽阔和天空的高远。末尾更是天才诗笔。作者一向在四川生活,此次是初别故乡,怎能不无限留恋,依依不舍?但诗人却不正面着笔,而是背面敷粉。不说自己思念故乡,而说故乡之水恋恋不舍地送自己一路远行。曲折深隽,馀味不尽。

这首诗,用笔传神,写景如画,风格豪健。给人以"咫尺应须论万里"之势。全诗虽只有四十字,但内涵丰富,以一当十,有长江万里图的逼真,更有李白对故乡的眷恋。在李白的笔下,无论是山岭、江水,还是月亮、云彩,都是运动的,跃动着生命的活力,天才诗人非凡的创作才华已经可见一斑。

## 南陵别儿童入京

南陵,传统的观点认为是宣州南陵。20世纪80年代以来,已经由学者确定南陵在山东曲阜附近。天宝初受唐玄宗征诏,年过四十的李白奔走多年终于获得了仕宦的机会,心情无比兴奋,诗人用情景交融的手法,酣畅淋漓地抒发了自己的狂喜之情。

> 白酒新熟山中归,黄鸡啄黍秋正肥。
> 呼童烹鸡酌白酒,儿女嬉笑牵人衣。
> 高歌取醉欲自慰,起舞落日争光辉。
> 游说万乘苦不早,著鞭跨马涉远道。
> 会稽愚妇轻买臣,余亦辞家西入秦。
> 仰天大笑出门去,我辈岂是蓬蒿人!

白酒新熟山中归,黄鸡啄黍秋正肥。呼童烹鸡酌白酒,儿女嬉笑牵人衣。高歌取醉欲自慰,起舞落日争光辉——童,家童。在家庭中从事劳动的奴隶。这六句意为:白酒酿成时我从山中返回,啄着黄米的黄鸡在秋天长得正肥。让家童把鸡烹熟再将白酒斟满,牵着我的衣服,儿女们欢笑喧嬉。高歌痛饮啊,要用酣醉自慰,纵情起舞,可与落日争光辉。人得喜事精神爽,秋天的景物也显得一派喜气,落笔用对丰收景象的描绘,勾画诗人的狂喜之态,而且写出了家中一团兴奋的情绪。

游说万乘苦不早,著鞭跨马涉远道。会稽愚妇轻买臣,余亦辞家西入秦。仰天大笑出门去,我辈岂是蓬蒿人——游说(shuì),古代策士向统治者陈述政治主张。万乘(shèng),指皇帝。周代制度,天子有兵车万乘。"会稽"句,汉代会稽郡朱买臣的妻子瞧不起不得志的丈夫,嫌他贫贱而离开了他。后来朱买臣受到汉武帝的重用,做了会稽太守。(见《汉书·朱买臣传》)这里借用朱买臣的典故,写自己终于得到了施展政治抱负的机会。秦,长安,唐朝的首都,其地在春秋、战国时属于秦国。蓬蒿人,草野间的平庸之辈。这六句意为:我因为不能尽早游说皇帝而苦恼,却终将跨马挥鞭跋涉于远道。会稽的愚妇有眼无珠轻视朱买臣,我如今西入长安辞别家庭。仰天大笑出门而去,像我这样的岂是草野之人!抚今追昔,诗人认为这种机会应该在十年、二十年前来到。如今人过中年,故有苦不早之叹。所以应该珍惜时日。与李白相识的魏颢所作《李翰林集序》云:"白始娶于许,生一女一男……又合于刘,刘诀。次合于鲁一妇人……终娶于宗。"据此,诗人这时大约正当刘氏与他离异之后,李白虽不像朱买臣那样穷,但长期漫游也落得非常尴尬的境地。由于光明前景的鼓舞,诗人终于发出了诗末的强音,表现出诗人激情奔越的个性。

这首诗在李白的生平思想中有十分重要的意义。艺术上有明显特色:诗人任凭感情潮水的自由奔涌,以强烈的感情动人。诗人语言自然,仿佛随口而出,漫不经意,但非常准确。另外,诗人善于在叙事中抒情,从归家到离家,线索分明,有比兴,有正面描写,又有烘托。一层层把感情推向高潮。

## 金乡送韦八之西京

这首诗是李白在山东时的赠别之作。全诗语言纯真生动,艺术上构思奇警新颖。金乡,在今山东金乡。西京即长安。韦八,名不详。

> 客自长安来,还归长安去。
> 狂风吹我心,西挂咸阳树。
> 此情不可道,此别何时遇?
> 望望不见君,连山起烟雾。

客自长安来,还归长安去。狂风吹我心,西挂咸阳树。此情不可道,此别何时遇?望望不见君,连山起烟雾——全诗意为:你是从长安来的,现在又回到长安去。狂风吹送我思念长安的心,挂在那咸阳的高树。我的这种心情难以表达,此次一别何时能再遇?我望着望着终于看不见你,连绵的山峰却升起一片烟雾。开篇顺手拈来,毫不费力,叙家常一般。三四句想象奇特,把思念长安的心情表现得新颖、别致。五六句直接抒情,贴切自然。末尾寓情于景,寄寓诗人别后的怅惘之情。

送别是习见的主题,诗人李白也写了很多。然而伟大的诗人总是不断地超越前人,同时又能不断地超越自己。这首诗三四句想象奇妙,在整首诗中如奇峰突起,平淡中见神奇,而且与整首诗完美地融合在一起,妙而不失自然。

## 鲁郡东石门送杜二甫

杜甫在同祖父的家族中排行第二,故称杜二。天宝四载(745)夏天,李白与杜甫同游齐鲁,诗酒唱和,情同手足。同年秋天,二人在鲁郡的石门山分别。此诗就是临别时,李白送杜甫之作。石门山在今山东曲阜东北。全诗反复渲染,突出惜别,情韵悠远。

> 醉别复几日，登临遍池台。
> 何时石门路，重有金樽开？
> 秋波落泗水，海色明徂徕。
> 飞蓬各自远，且尽手中杯。

醉别复几日，登临遍池台。何时石门路，重有金樽开——醉别，李白离开长安后，在河南与杜甫相识，共同出游。分别后二人又先后来到山东，再次共游。这里指二人在上一次的分别。这四句意为：自上次在醉中分别，过了不多时日，我们又携手登临，游遍了池水楼台。什么时候还能重聚在石门路上，对饮中畅叙离别后思念的情怀？下笔回忆往昔同游的快乐，三四句表达希望重逢欢叙的迫切心情。同时又说明他们生活中有共同的乐趣，富有生活气息。

秋波落泗水，海色明徂徕。飞蓬各自远，且尽手中杯——泗水，源出山东泗水县东蒙山南麓，四源并发，故名。徂徕，山名，一称尤崃山、龙崃山，在今山东泰安东南，为大汶河、小汶河的分水岭。这四句意为：月下的秋波流入眼前的泗水，海上的晨光照亮远方的徂徕。从此，我们要像飞蓬一样各自远去，朋友，且喝尽杯中的美酒。五六句采用拟人化的手法，把山色写活，显得生机勃勃而富有气势。结句爽朗而豪迈，表达出深厚的友情。

这首送别诗以"醉别"开始，干杯结束。首尾照应，一气贯注，充满豪放不羁和乐观开朗的感情。山水景物与诗人的性格旨趣相互映衬。以情动人，以美感人，是送别诗的佳构。

## 灞陵行送别

灞陵，陕西省西安市东郊的古地名。灞也写作霸。因汉文帝的寝陵而得名。陵在灞桥上游，灞水西岸的白鹿原的东北角。行，原为曲调的一种，在乐府题中，同"歌"、"曲"一样，表示乐府的一种体裁。这是天宝三载(744)春，李白在灞陵送友人远行时写的诗。全诗悲哀凄凉，感人至深。

送君灞陵亭,灞水流浩浩。
上有无花之古树,下有伤心之春草。
我向秦人问路歧,云是王粲南登之古道。
古道连绵走西京,紫阙落日浮云生。
正当今夕断肠处,骊歌愁绝不忍听。

送君灞陵亭,灞水流浩浩。上有无花之古树,下有伤心之春草。我向秦人问路歧,云是王粲南登之古道。古道连绵走西京,紫阙落日浮云生。正当今夕断肠处,骊歌愁绝不忍听——亭,本诗指驿亭,古时在旅途中供人休息的处所。灞水,源出陕西蓝田东,流经今西安,向北注入渭水。秦人,秦地人。今陕西一带古为秦国,故称这里的人为秦人。路歧,岔道。王粲,建安七子之一。东汉末年,长安战乱不停,王粲不得不往荆州以避战乱。离开长安时,他写过一首《七哀》诗,其中有"南登灞陵岸,回首望长安"这样的诗句。西京,即长安。紫阙,紫禁宫,指皇帝住的地方。浮云生,隐喻奸佞操纵朝政。骊歌,即《骊驹》之歌,是古人离别时所唱的歌曲。全诗意为:在灞陵驿亭我为您送行,浩荡的灞水奔流不停。头上是不能再开花的古树,脚下是令人伤心的春草青青。在岔路口我向秦地人询问,说是远行的王粲当年回望长安,曾在这条古道上登临。绵绵的古道啊直通京城,落日残照,皇宫上正浮云丛生。在今夜这个使人肠断的时刻,又怎忍再听骊歌的悲音!一二句赋中略带比兴。三四句宕开笔触,写景中透露了朋友不忍分别的情态。同时前四句在伤离送别的环境描写中,已经潜伏着怀古的情绪了。五六句言王粲而又及当时的友人。漫长的古道,世世代代负载过多少前往长安的人,好像古道自身就飞动着直奔西京。今日的西京,巍巍紫阙之上,日欲落而浮云生,景象黯淡。同时运用落日浮云来象征朝廷中奸佞蔽主,谗毁忠良,透露着朋友离京的怅惘。末尾百感交集,触发了深广的忧思。

这首诗感情表达非常有特色,在诗的句式上采用"五·五"、"七·七"、"七·九",逐渐增加长度,诗的感情逐渐强烈。同时,送别与怀古、慨时的感情融为一体,表现了深广的时代内容。

## 送友人入蜀

天宝初,李白友人王炎入蜀,诗人在长安为他送行。诗中描绘蜀道的崎岖和艰险，表达了李白对友人的关切之情。

见说蚕丛路，崎岖不易行。
山从人面起，云傍马头生。
芳树笼秦栈，春流绕蜀城。
升沉应已定，不必问君平。

见说蚕丛路，崎岖不易行。山从人面起，云傍马头生。芳树笼秦栈，春流绕蜀城。升沉应已定，不必问君平——见说，听说。蚕丛路，喻指去蜀地的路。蚕丛，黄帝之后，封于蜀，为蜀国第一个君王。秦栈，自秦入蜀的栈道，即蜀道。栈，古代在悬崖陡壁上钻孔架木而修成的道路。春流，春水。这里指流经成都的郫江和流江。蜀城，指成都。君平，汉代严遵，字君平，隐居成都，以占卜为业。全诗意为：听说那入蜀的道路，崎岖不平难以通行。高山在面前拔地而起，云雾在马头周围升腾。绿树笼罩着秦栈，春江环绕着蜀城。升沉俯仰想来已成定局，不必再去请教那严君平。全诗从送别和入蜀两方面落笔描绘。首联入题，提出送别意。颔联对艰难的蜀道进一步描绘，生动地描写了栈道的狭窄、险峻、高危，想象诡异，境界奇美。颈联写蜀道优美动人的一面，生动传神。远景近景相得益彰，相互映衬，如一幅瑰玮的蜀道山水画。

这首诗，《唐宋诗醇》评为"五律正宗"，可谓中肯。诗的中间两联对仗非常精工严整，而颔联语意奇险，极言蜀道之难，颈联忽描写绮丽风光，变化万千。末尾以议论作结，更富韵味。

## 陪侍御叔华登楼歌

此诗题目原作《宣州谢朓楼饯别校书叔云》，与所写内容不相符，故解此诗者很牵强。《文苑英华》选录此诗，题目作《陪侍御叔华登楼歌》。细考此诗内容与诗人行踪，当以此为准。天宝十一载(752)，李华迁监察御史，累转侍御史，不久，为奸党所嫉，不容于御史府。此诗就是在李华转为侍御史之后，除右补阙之前写的。所登之楼即宣州宣城的谢朓楼。李华是当时著名的散文家，李白的好友，李白卒后，他曾作《故翰林学士李君墓志》。天宝十一载李华任监察御史。监察御史又称监察侍御史，是谏官，简称"侍御"。这首诗辞语慷慨，痛快淋漓，比喻新奇，风格狂放，是李白诗歌中的名篇。

> 弃我去者,昨日之日不可留;
> 乱我心者,今日之日多烦忧。
> 长风万里送秋雁,对此可以酣高楼。
> 蓬莱文章建安骨,中间小谢又清发。
> 俱怀逸兴壮思飞,欲上青天览明月。
> 抽刀断水水更流,举杯销愁愁更愁。
> 人生在世不称意,明朝散发弄扁舟。

  弃我去者,昨日之日不可留;乱我心者,今日之日多烦忧。长风万里送秋雁,对此可以酣高楼——这六句意为:昨天的日子离我而去不可留,今天的日子扰乱我心多烦忧。登楼目送长风万里秋雁南飞,面对这景色我们可以酣饮美酒!发端不写登楼而直抒胸臆,熔铸着诗人对污浊的政治现实的感受。

  蓬莱文章建安骨,中间小谢又清发。俱怀逸兴壮思飞,欲上青天览明月。抽刀断水水更流,举杯销愁愁更愁。人生在世不称意,明朝散发弄扁舟——蓬莱,海上神山名,传说仙府难得的典籍,均藏于此。东汉宫廷校书处东观藏书极多,当时学者称东观为老氏藏室、道家蓬莱山。蓬莱文章,指的是两汉的文章。建安骨,东汉末献帝的年号。当时曹操父子及建安七子等的诗,形成了建安体,风格清新刚健,世称"建安风骨"。小谢,指谢朓,与谢灵运对举。览,通"揽",用手去摸。散发,去冠披发,是不受世间礼法束缚的表现。这八句意为:两汉的文章和建安诗歌的风骨,其间又有谢朓诗篇清新秀发。我们都满怀逸兴壮思飞腾,要上那万里青天去揽取明月。抽刀想砍断流水,水流更猛,用酒来消愁反而愁上加愁。人生在世万事都不如意,不如散发归隐去江湖泛舟!诗人豪情逸兴,雄心壮志,酒酣兴发,飘然欲飞到九天揽取明月。然而当诗人从幻想回到现实时,更强烈地感受到理想与现实的矛盾不可调和,故一落千丈,运用了奇特而又富于独创性的比喻,形容其内心的苦闷无法排遣。末尾表现出对现实的失望。

  这首诗深刻地展现了李白心中深层的矛盾,既有对理想的不懈追求,也有对现实的强烈愤慨。整首诗慷慨中寓悲凉,苦闷中显豪迈。结构上不受习惯时序的束缚,起落无端,断续无迹,大开大合。语言自由挥洒,不拘一格,自然中见奇妙。至于其"抽刀"一联名句,更是非诗仙不能道,前无古人,后无来者。

# 山中答俗人

这首诗运用问答的形式抒发了李白隐居的生活情趣。既是一幅色彩鲜明的山水画,又是一幅情趣盎然的人物画。

问余何意栖碧山,笑而不答心自闲。
桃花流水窅然去,别有天地非人间。

问余何意栖碧山,笑而不答心自闲——栖碧山,隐居碧山。这两句意为:问我为什么隐居在碧山,微笑不答,心情自在悠闲。起句突兀,承句迷离。"笑"字,既表现了诗人对隐逸生活的喜爱,更营造了轻松愉快的气氛。妙在不答,引人入胜。

桃花流水窅然去,别有天地非人间——"桃花"句,晋陶潜《桃花源记》载:东晋时武陵有一渔人在溪中捕鱼,忽逢桃花林,林尽处有山,山有小口。渔人从山口进去,发现了一个与外边隔绝的桃花源,里边的人过着安居乐业、不与外人往来的生活。此处暗用此事。窅(yǎo)然,深远的样子。这两句意为:桃花盛开,流水杳然远去,别有一番天地,不像是人间。不答而答,似断似续,更加强了诗的韵味。

这首诗虽只有短短四句,但用笔巧妙,虚实相生。采用不拘格律的古绝,读来质朴自然。当然,诗人并非真的迷恋于这种桃花流水非人间的隐逸生活,而是以隐逸为终南捷径。个中奥妙,悠然心会,妙处难与君说。李东阳云:"诗贵意,意贵远不贵近,贵淡不贵浓。浓而近者易识,淡而远者难知。……李太白'桃花流水窅然去,别有天地非人间'……皆淡而愈浓,近而愈远,可与知者道,难与俗人言。"(《怀麓堂诗话》)

# 答王十二寒夜独酌有怀

唐玄宗后期,朝政日益黑暗,信任奸相李林甫,杀害贤臣。天宝六载(747),北海太守李邕和曾任过刑部尚书的裴敦复遭到杀害。天宝八载(749)六月,陇右节度使哥舒翰攻破吐蕃石堡城,士卒伤亡惨重。此诗写了这些事件,当是天宝八载(749)

六月以后所作。当时唐统治集团的奢侈和政治上的腐朽已达到极点。王十二是李白的朋友,名字不详。他写了一首《寒夜独酌有怀》诗寄给李白,李白写此诗作答。全诗锋芒锐利,对当时的黑暗政治现实进行了揭露和批判,对王十二和自己的不幸遭遇表示强烈的愤慨,有力地抨击了统治阶级是非颠倒、摧残人才的罪行,表达了诗人对功名富贵的蔑视。全诗感情强烈,气势非凡,悲中见豪。

昨夜吴中雪,子猷佳兴发。
万里浮云卷碧山,青天中道流孤月。
孤月沧浪河汉清,北斗错落长庚明。
怀余对酒夜霜白,玉床金井冰峥嵘。
人生飘忽百年内,且须酣畅万古情。
君不能狸膏金距学斗鸡,坐令鼻息吹虹霓。
君不能学哥舒,横行青海夜带刀,
西屠石堡取紫袍。
吟诗作赋北窗里,万言不直一杯水。
世人闻此皆掉头,有如东风射马耳。
鱼目亦笑我,谓与明月同。
骅骝拳局不能食,蹇驴得意鸣春风。
《折杨》、《黄华》合流俗,晋君听琴枉《清角》。
巴人谁肯和《阳春》,楚地犹来贱奇璞。
黄金散尽交不成,白首为儒身被轻。
一谈一笑失颜色,苍蝇贝锦喧谤声。
曾参岂是杀人者,谗言三及慈母惊。
与君论心握君手,荣辱于余亦何有?
孔圣犹闻伤凤麟,董龙更是何鸡狗!
一生傲岸苦不谐,恩疏媒劳志多乖。
严陵高揖汉天子,何必长剑挂颐事玉阶。
达亦不足贵,穷亦不足悲。
韩信羞将绛灌比,祢衡耻逐屠沽儿。
君不见李北海,英风豪气今何在?
君不见裴尚书,土坟三尺蒿棘居。

少年早欲五湖去，见此弥将钟鼎疏。

　　昨夜吴中雪，子猷佳兴发。万里浮云卷碧山，青天中道流孤月。孤月沧浪河汉青，北斗错落长庚明。怀余对酒夜霜白，玉床金井冰峥嵘。人生飘忽百年内，且须酣畅万古情——吴中，吴郡，今江苏苏州一带。这里指王十二所在的地方。子猷(yóu)，东晋王徽之，字子猷。据《世说新语·任诞》篇载，他在一个大雪天的晚上，忽发佳兴，乘船从家乡山阴(今浙江绍兴)到剡溪(今浙江嵊州)拜访老朋友戴逵。坐了一夜船，到达目的地，却因兴尽不入戴逵之门而回。这里以王子猷比喻王十二，说他寒夜独酌怀念自己，与子猷雪夜访戴相似。沧浪，有凄凉清冷之意。河汉，天上的银河。北斗，北斗星。错落，不齐的样子。北斗有七星，成斗状，所以错落不齐。长庚，古时把黄昏时分出现于西方的金星，称为长庚星。对酒，相对而饮。这里是说王十二怀念自己，仿佛饮酒还是两人对饮一样。玉床，精美的井架。冰峥嵘，结的冰像山形高低不平。酣畅，饮酒尽欢。这十句意为：昨夜吴中下了一场大雪，你像王子猷那样兴致突发。浮云万里缭绕着碧山，青天中流动着一轮孤月。孤月凄寒银河清明，太白晶亮北斗错落。夜霜满地你对酒思我，冰层覆盖井架仿佛金雕玉琢。人生短暂不超过百年，姑且痛饮美酒来舒释万古的愁闷。这一段描绘了一个非常清冷寂寥的环境，映衬抒情主人公孤独寂寞的心灵，为进一步的抒情创造了典型环境。同时抒发了人生苦短的浓烈的生命意识。

　　君不能狸膏金距学斗鸡，坐令鼻息吹虹霓。君不能学哥舒，横行青海夜带刀，西屠石堡取紫袍。吟诗作赋北窗里，万言不直一杯水。世人闻此皆掉头，有如东风射马耳——"君不"二句，陈鸿《长安老父传》："玄宗在藩邸时，乐民间清明节斗鸡戏。及即位，治鸡坊于两宫间，索长安雄鸡，金尾铁距，高冠昂尾千数，养于鸡坊，选六军小儿五百人，使驯扰教饲之。上好之，民风尤甚。"有些人因此而得宠幸，所以当时有"生儿不用识文字，斗鸡走马胜读书"的民谣。狸膏，狸油。狸能捕鸡，斗鸡时涂狸油于鸡头，对方的鸡闻到狸的气味，便会恐惧而走。金距，装在鸡足上的金属芒刺，以便在斗鸡时刺伤对方的鸡。坐，因此。鼻息，鼻孔吹出的气。哥舒，哥舒翰，唐玄宗时著名的边将，突厥胡人，曾担任陇右、河西节度使。《太平广记》卷四九五引载当时民谣说："北斗七星高，哥舒夜带刀。吐蕃总杀尽，更筑两重壕。"后投降安禄山，被杀。青海，今青海湖，这里泛指陇右、河西一带。"西屠"句，据《旧唐书·哥舒翰传》记载，天宝八载，哥舒翰率领十万人猛攻吐蕃(西北的少数民族，古羌族一支)的据点石堡城，死伤无数，也杀了不少人。攻下石堡城后，因功封为御史大夫。紫袍，三品以上官吏的朝服。御史大夫属从三品，上朝时可服紫袍。有如，犹如。这九句意为：你不能利用狸膏金距学那斗鸡之徒，鼻孔出气吹到天上的霓虹。你不能去学哥舒翰，持刀跨马横行青海血洗石堡城，还穿着紫袍逞英雄。你在北窗之下吟诗作赋，纵有万言还不如一杯水顶用。世俗人听到这些皆掉头不顾，好像从马耳边吹过一阵东风。笔锋直指最高统治者唐玄宗，鞭挞了他贪图享乐，不问政事，使政治腐败，大权旁落，指斥了社会的种种黑暗现象。

鱼目亦笑我，谓与明月同。骅骝拳跼不能食，蹇驴得意鸣春风。《折杨》《黄华》合流俗，晋君听琴枉《清角》。巴人谁肯和《阳春》，楚地犹来贱奇璞。黄金散尽交不成，白首为儒身被轻。一谈一笑失颜色，苍蝇贝锦喧谤声。曾参岂是杀人者，谗言三及慈母惊——鱼目，比喻一般庸庸碌碌的人。明月，珠名。比喻有才德的人。骅骝，良马。拳跼，曲而不伸。蹇(jiǎn)驴，跛驴。《折杨》《黄华》，古代的两支通俗歌曲。《清角》，相传为黄帝所作的乐曲，有德之君才能听，德薄之人听了要有灾害。春秋时晋平公强迫音乐家师旷为他演奏此曲，结果晋国大旱三年，平公本人也得了病。事见《韩非子·十过》。"巴人"句，宋玉《对楚王问》："客有歌于郢中者，其始曰《下里》《巴人》，国中属而和者数千人……其为《阳春》《白雪》，国中属而和者不过数十人。""楚地"句，《韩非子·和氏》载：楚国有个玉工叫卞和，得到一块璞玉，献给楚厉王，厉王以为是石头，恼怒卞和欺骗他，把卞和的左足砍断。后来楚武王即位，卞和又把它献给武王，武王又把他的右足砍去。直到文王即位，才发现果真是块美玉。交不成，意思是没有人同自己交往。失颜色，指举止不慎，谈笑失去常态。苍蝇，喻进谗言的小人。贝锦，《诗经·小雅·巷伯》："萋兮斐兮，成是贝锦。彼谮人者，亦已太甚。"意为织成了漂亮的贝锦，谮人却加以攻击、诬蔑。贝锦是指锦的花纹多样，有如贝壳的多种多样。曾参(shēn)，孔子弟子，郑国人。据《战国策·秦策》记载，有一个与曾参同姓同名的人杀了人，有人向曾参的母亲报了三次信。前两次，曾参的母亲对自己的儿子还有自信，但第三次却相信了传言，终于因害怕而逾墙逃走。当时毁谤李白的人不少，他感到有口难辩，十分气恼。这十四句意为：鱼目混珠之辈居然也嘲笑我，夸说他们和明月珍珠相同。千里马屈身弓背不食不饮，跛腿驴却在春风中得意长鸣。流俗只听《折杨》《黄华》之类的乐曲，《清角》这样的琴曲晋平公就不配听。听惯《下里巴人》哪肯应和《阳春白雪》？珍奇的玉石楚王哪能分得清。钱财散尽却交不到真正的知音，读书到白头还是被人看轻。谈笑间偶尔错了一点，苍蝇就把贝锦玷污谤声沸腾。曾参难道是杀人的人吗？可是三进谗言就使他慈母震惊。这一段深刻地反映了是非颠倒、黑白不分、小人得志、俊才沉沦的社会现实，字里行间表现出诗人愤世嫉俗的思想感情。

与君论心握君手，荣辱于余亦何有？孔圣犹闻伤凤麟，董龙更是何鸡狗！一生傲岸苦不谐，恩疏媒劳志多乖。严陵高揖汉天子，何必长剑拄颐事玉阶。达亦不足贵，穷亦不足悲。韩信羞将绛灌比，祢衡耻逐屠沽儿。君不见李北海，英风豪气今何在？君不见裴尚书，土坟三尺蒿棘居。少年早欲五湖去，见此弥将钟鼎疏——孔圣，圣人孔子。伤凤麟，据《史记·孔子世家》载，鲁哀公十四年(前481)，鲁人打猎获得一只麒麟，孔子认为这意味着乱世即将开始，自己也行将死亡，因而很伤心。《论语·子罕》："子曰：凤鸟不至，河不出图，吾已矣夫。"据董仲舒说，孔子认为自己可使天下太平，凤鸟出现，而统治者没有用他，以致凤鸟不至，因此感到悲哀。董龙，十六国前秦的奸臣，官右仆射。据《资治通鉴》卷一〇〇记载，当时的宰相王堕刚峻耿直，有人劝他对董龙敷衍几句，他说："董龙是何鸡狗，而令国士与之言乎！"结果王堕终于被害死。傲岸，傲立。指性格高傲自尊。不谐，不合。"恩疏"句，出于《楚辞·湘君》："心不同兮媒劳，恩不甚兮轻绝。"媒劳，引荐的人辛苦地奔跑。严陵，东汉的隐士严光，字子陵。严光与汉光武刘秀原是同学，刘秀当了皇帝后屡次召见严光，他总是作揖而不跪拜，不行君臣之礼。见《后汉书·逸民传》。长剑拄颐，佩带的剑很长，上端几乎触着面颊，这里指官服。事玉阶，在宫廷中玉阶边侍奉皇帝。韩信，汉初大将。绛，绛侯，指汉初大将周勃。灌，灌婴，汉初大将。《史记·淮阴侯列传》载：韩信本被刘邦封为王，后来贬为淮阴侯。他常称病不上朝，羞与绛侯周勃、颍阴侯灌婴等同居侯位。祢衡，东汉末年人，与孔融友善。据《后汉书·祢衡传》载，有一次他到曹操的统治中心许都，有人劝他与当时的名士陈群、司马朗交往，他说："我怎能跟那些屠沽儿在一起呢？"逐，追随。屠沽儿，杀猪卖酒的人，这是蔑视陈群、司马朗的话。李北海，李邕，广陵(今江苏扬州)人，曾担任北海(今山东益都)太守。据《旧唐书·文苑传》载，他在天宝六载(747)被杀害。裴尚书，裴敦复，曾为刑部尚书，与李邕同时遇害。五湖去，春秋时越国大夫范蠡，助越王打败吴国，功成身退，"乘扁舟，出三江，入五湖，人莫知其所适。"事见《吴越春秋》。钟鼎，古代贵族家中饮食时鸣钟列鼎，这里用来表示高官厚禄。这一段为：紧握你的手把心里话告诉你，荣辱与我又有什么关系！听说孔圣人还感伤生不逢时，董龙这小子更是什么狗东西！一生傲岸难与权贵相处，皇帝疏远，举荐徒劳，空怀壮志。严子陵长揖不拜汉光武，我为什么要佩带长剑去侍奉皇帝！做官得志也不足贵，穷困潦倒也不足悲。与绛灌同列韩信感到羞愧，与屠沽儿为伍祢衡觉得可耻。你没看到北海李太守吗？他的英风豪气而今在哪里！你没有看到刑部裴尚书吗？三尺土坟已长满杂草荆棘！我年轻时就学范蠡退隐五湖，见此更要与功名富贵远离。这一段向朋友倾诉自己的心情和今后的打算。表达了自己傲岸不屈、不与小人为伍的高尚情怀，抨击了统治阶级残害忠良的罪行，也抒发了自己功成身退的人生理想。

萧士赟《分类补注李太白诗》云："此篇造语叙事，错误颠倒，绝无伦次，董龙一事尤为可笑，决非太白之作。乃先儒所谓五季间学太白者所为耳。"此论非也。这首诗以感情的自由跳跃结构全诗，变幻莫测，但并非无迹可寻。诗人开篇叙事写景,以清寂的景物衬托心灵的孤独。然后感情奔涌而出,怒斥社会污浊不堪、正义消亡、小人得志、英才埋没的现实。进而抒发自己遭谗被弃的悲愤以及不同流合污的人格,最后表达自己的人生理想。感情线索可寻,是李白的名篇。全诗以洪水般倾泻的情感震撼人心,以议论式的独白为主,真实地展现了诗人的内心世界。用典自如,在历史的时空中自由地驰骋,借以抒发现实的感慨。语言不假雕饰,却很好地反映了诗人的心绪。

## 把酒问月

这首诗表现了李白强烈的宇宙意识和生命意识,更体现了其飘逸风姿和浪漫精神。月的中心意象如珍珠闪烁,熠熠生辉。

青天有月来几时?我今停杯一问之。
人攀明月不可得,月行却与人相随。
皎如飞镜临丹阙,绿烟不尽清辉发。
但见宵从海上来,宁知晓向云间没。
白兔捣药秋复春,嫦娥孤栖与谁邻?
今人不见古时月,今月曾经照古人。
古人今人若流水,共看明月皆如此。
唯愿当歌对酒时,月光长照金樽里。

青天有月来几时?我今停杯一问之。人攀明月不可得,月行却与人相随。皎如飞镜临丹阙,绿烟不尽清辉发。但见宵从海上来,宁知晓向云间没。白兔捣药秋复春,嫦娥孤栖与谁邻——丹阙,红色的宫阙。绿烟,指暮霭。白兔捣药,古代传说月中有白兔捣药。傅玄《拟天问》:"月中何有,白兔捣药。"嫦娥,古代神话说,后羿的妻子嫦娥,偷吃了羿的仙药,成为仙人,奔入月中。见《淮南子·览冥训》。这十句意为:青天上的明月你出现在何时?我停下酒杯向你请教。人要攀上明月自不可得,月亮却跟人紧紧相随。好像是皎洁的明镜飞临丹阙,当暮霭散尽时清辉勃发。只见夜间从海上升起,哪知早晨又向云间隐没。白兔捣药从秋忙到春,独居的嫦娥究竟与谁为邻?开篇用倒置的语序,摄起全篇,突出其对宇宙人生的思考。接下去写明月与人既可亲又神秘的奇妙感。接下去形容月色之美,美丽绝伦。

又用神话增加其缥缈的色彩。

今人不见古时月,今月曾经照古人。古人今人若流水,共看明月皆如此。唯愿当歌对酒时,月光长照金樽里——若流水,像流水一般相次逝去。当歌对酒,在唱歌喝酒的时候。曹操《短歌行》:"对酒当歌,人生几何。"这六句意为:今人见不到古时月,今月却曾照古人。古人今人如水一般流逝,大家眼中的月亮全都如此。但愿在对酒放歌的时刻,有月光长照在我们的金樽里。面对宇宙,诗人李白又引起了一番宇宙人生的哲理探求。只有宇宙才是永恒的存在。在它面前,人类的更新换代不过如匆匆流水,个人的生命显得如此渺小。

全诗写酒写月,在广阔的时空中思考宇宙人生。孤高出尘、飘逸浪漫的诗人形象得以充分展现。虽然随意挥洒,但线索清晰,浑成自然。四句一转韵,富于变化。全诗写尽人生如寄的感慨。

## 陪侍郎叔游洞庭醉后三首(其三)

侍郎叔指李白族叔刑部侍郎李晔。唐肃宗乾元二年(759)秋,刑部侍郎李晔贬官岭南,途经岳州(今湖南岳阳),与李白相遇,同游洞庭湖,李白写了三首诗。第三首写醉后的奇思幻想。

划却君山好,平铺湘水流。
巴陵无限酒,醉杀洞庭秋。

划却君山好,平铺湘水流。巴陵无限酒,醉杀洞庭秋——划(chǎn)却,削去。君山,洞庭湖中小岛。湘水,洞庭湖主要由湘江组成,这里所谓湘水即指洞庭湖水。巴陵,隋大业及唐天宝、至德时改岳州为巴陵郡,治所即今湖南岳阳。这首诗意为:划去君山该有多好!湘水平铺一望无际。巴陵美酒无穷无限,共同醉倒在洞庭湖的秋天。

这首诗平易自然而又含意深邃。需认真考索此时李白的思想情绪。安史之乱爆发后,李白曾从永王璘东征,本想借此建功立业,谁料到李璘以叛罪被诛,李白也因此长流夜郎。故发为诗歌,狂傲、悲愤、苦闷,一泻无余,痛快淋漓。写愁而不同凡响,移情于物,感染力强。

## 陪族叔刑部侍郎晔及中书贾舍人至游洞庭五首(其二)

唐肃宗乾元二年(759)秋,刑部侍郎李晔贬官岭南,行经岳州(今湖南岳阳),与李白相遇。中书舍人贾至此时亦谪居岳州。三人同游,李白写了这组诗。诗写月白风清的良辰美景,充满逸思妙趣。写洞庭湖而不拘泥于洞庭湖之景,别具一格。

南湖秋水夜无烟,耐可乘流直上天?
且就洞庭赊月色,将船买酒白云边。

南湖秋水夜无烟,耐可乘流直上天?且就洞庭赊月色,将船买酒白云边——南湖,指洞庭湖,因在岳州西南,故称"南湖"。耐可,怎么能够。这首诗意为:南湖秋水夜来澄明无烟,怎么能沿着湖水直飞上天?姑且就洞庭湖光赊来点月色,驾船买酒,陶醉在那白云天边。

下笔把洞庭湖色写得淡远宁静,使人产生超凡绝俗、忘却世俗的幻想,清澈宁静的水色勾起诗人的奇情异想,如何才能乘流直上九天?内含着诗人巨大的内心矛盾和痛苦,是诗人欲飘然弃世而无法忘却现实的道白。既然离不开人间,就在人间寻求解脱。人世间黑暗无比,世态炎凉,洞庭湖却充满了人情味。赊给诗人月光,嗜酒好饮的诗人情不自禁地要痛饮、畅饮一番了。结句妙不可言,把李白遭受人生磨难后力求解脱的旷达胸怀表现得淋漓尽致!全诗想象奇特,境界美好,空灵超妙。

## 登锦城散花楼

锦城,今四川成都市,也叫锦官城,因江山明丽如锦而得名。又蜀汉时成都织锦业发达,曾集中工匠在一区域内织锦,并筑城设锦官管理,该区域被称为锦官城。旧址在百花潭一带。后人借指成都。散花楼,《成都记》:"散花楼在摩诃池上,隋末蜀王杨秀所建。"按摩诃池旧址在旧皇城坝,即今成都市人民南路四川省展览馆内。这首诗是开元八年(720)李白游成都时所作。描写了散花楼周围的景色,抒发了作者登楼远眺时心旷神怡的感情。

> 日照锦城头,朝光散花楼。
> 金窗夹绣户,珠箔悬银钩。
> 飞梯绿云中,极目散我忧。
> 暮雨向三峡,春江绕双流。
> 今来一登望,如上九天游。

日照锦城头,朝光散花楼。金窗夹绣户,珠箔悬银钩。飞梯绿云中,极目散我忧——金色的太阳照耀在成都城,晨光洒满了散花楼。漆得金光闪闪的窗夹着华丽精美的门,用珍珠装饰的帘子悬挂在银光灿灿的帘钩上。我登上高梯,仿佛置身绿云中;极目远望,心中忧愁顿时消散。

暮雨向三峡,春江绕双流。今来一登望,如上九天游——三峡,即长江三峡瞿塘峡、巫峡、西陵峡。双流,县名,在今四川成都平原中部。因县城在郫江、流江二江之间,故名。九天,指天的极高处。这四句意为:暮雨沉沉,三峡一片迷濛,春天的郫江、流江水绕着双流。现在来到散花楼远望,如在九天仙境遨游。

这是李白流传最早的几首诗作之一。自如的笔法、流利的语言已显示出天才的光华。虽然用笔还有些稚嫩,浪漫飘逸的风格还未形成,但对研究李白诗歌的发展历程很有价值。

## 登太白峰

太白峰,在今陕西武功南九十里,是秦岭著名秀峰,高耸入云,终年积雪。俗语说:"武功太白,去天三百。"李白在诗中表达了自己向往自由、摆脱尘世的束缚,又留恋现实社会的矛盾心情。移情于物,物具有人的意志和感情。

> 西上太白峰,夕阳穷登攀。
> 太白与我语,为我开天关。
> 愿乘泠风去,直出浮云间。

举手可近月,前行若无山。
一别武功去,何时复更还?

西上太白峰,夕阳穷登攀。太白与我语,为我开天关。愿乘泠风去,直出浮云间。举手可近月,前行若无山。一别武功去,何时复更还——太白,星名,即金星。泠风,微风、和风。武功,县名,在长安西,唐时属京畿道。全诗意为:向西攀登太白峰,在夕照中才登上峰巅。太白星向我问候,说是要为我打开天关。我愿乘着清风,飞行在那浮云间。举手就可接近月亮,向前行进似乎再无山峦阻拦。可是,一旦离开武功远去,何时才能回返?

李白被召进京,被封为翰林待诏,开始他还引以为荣,后来意识到不过是充当个"倡优所畜"的角色。加之他那恃才傲物、不肯屈己下人的性格,终于使他遭到权贵的谗谤,处于步履艰难的境地。诗人极度苦闷,走向大自然,大自然博大的胸怀接纳了他。诗人与太白星对话,直入天空,作游仙之辞,达观之语。然而内心世界却透出悲怆苍凉。出世与入世的矛盾交织在胸中,表现得非常深刻含蓄。

## 登金陵凤凰台

这首诗是李白登金陵凤凰台时所作。怀古伤时,含意深邃。表达了对现实政治的忧虑。

凤凰台上凤凰游,凤去台空江自流。
吴宫花草埋幽径,晋代衣冠成古丘。
三山半落青天外,二水中分白鹭洲。
总为浮云能蔽日,长安不见使人愁。

凤凰台上凤凰游,凤去台空江自流。吴宫花草埋幽径,晋代衣冠成古丘。三山半落青天外,二水中分白鹭洲。总为浮云能蔽日,长安不见使人愁——凤凰台,故址在今南京市南凤台山。《景定建康志》:"凤凰台,在保宁寺后……宋元嘉十六年,秣陵王颛见三异鸟数集于山,状如孔雀,文彩五色,音声谐和,众鸟附翼而群集,时谓之凤,乃置凤凰里,起台于山,因以为名。"吴宫,三国时吴大帝孙权迁都建业(金陵),广置宫殿。晋代,指东晋。东晋建都于金陵。衣冠,指豪门贵族。三山,山名。在今南京市西南长江边。因三峰并列、南北相连而得名。半落,形容三山有一半被云遮住,看不清楚。二水,一作"一水"。秦淮河流经南京后,西入长江,白鹭洲横其间,于是分为二支。白鹭洲,《景定建康志》:"《丹阳记》曰:白鹭洲在县西三里,洲在大江中,多聚白鹭,因以名之。"浮云,喻奸邪当道。全诗意为:凤凰台上曾经有凤凰遨游,凤凰飞去后此台空寂,只有长江水流淌。过去长满奇花异草的吴宫,已湮没成为幽僻的小路;晋代显赫一时的豪门贵族,如今只剩下一堆古坟。三山有一半被云遮住,秦淮河从当中分开了白鹭洲。总因为浮云能遮住太阳,看不见长安使人愁闷不堪。

这首诗是李白七言律诗中脍炙人口的名作。诗人感叹历史变迁,历史上的王朝都湮没在荒野之中,而唐王朝的命运不也十分令人担忧吗?从六朝的帝都金陵,看到唐代的都城长安,政治黑暗、奸佞当道,自己报国无门,心情是十分沉重的。将历史的伤感、现实的感受、个人的不幸熔为一炉,抒发忧国伤时的怀抱,意旨深远。语言洒脱清丽,音韵优美,自然天成。

## 望庐山瀑布二首(其二)

这首诗描绘了庐山瀑布的壮丽景色,想落天外,动人心魄,表现了李白非凡的浪漫诗才。

日照香炉生紫烟,遥看瀑布挂前川。
飞流直下三千尺,疑是银河落九天。

日照香炉生紫烟,遥看瀑布挂前川。飞流直下三千尺,疑是银河落九天——香炉,指庐山香炉峰。乐史《太平寰宇记》:"在庐山西北,其峰尖圆,烟云聚散,如博山香炉之状。"全诗意为:太阳照着香炉峰,生出紫烟冉冉;远远望去,瀑布像长河挂在山前。三千尺飞流喷涌直下,莫非是银河从九天垂落崖前!

下笔因香炉峰而生发联想,把它比作一座顶天立地的香炉,冉冉地升起了团团白烟,缥缈于青山蓝天之间。在红日照耀下化成一片紫色的云霞,为瀑布创造了很好的背景。接着诗人用"挂"字,盛赞大自然的神奇伟力。第三句则写出了瀑布势不可挡的气势。由于前三句的蓄势,后一句便顺理而生了,巍巍香炉峰被云烟雾霭缭绕,遥望瀑布就如从云端飞流直下,临空而落,是一条银河从天而降。它夸张而不失自然,新奇而又真切,非仙才李白难以道出,可谓千古绝唱。中唐诗人徐凝也写了一首《庐山瀑布》:"虚空落泉千仞直,雷奔入江不暂息。千古长如白练飞,一条界破青山色。"苏轼说:"帝遣银河一派垂,古来唯有谪仙词。飞流溅沫知多少,不与徐凝洗恶诗。"(《戏徐凝瀑布诗》)虽不无过激之处,但对李白的仰慕的确是发自内心的。

## 望庐山五老峰

庐山位于江西省北部,北临长江,东濒鄱阳湖,绵亘二十五公里,景色秀丽,气候宜人。在我国古代,就是著名的游览胜地,也是理想的隐居之处。庐山的东南侧是山的高峰,由五座雄奇的峰岭相连组成,形似五老并坐,故名"五老峰"。运用神奇的想象写出五老峰的峭拔秀丽,是这首诗的独特之处。

> 庐山东南五老峰,青天削出金芙蓉。
> 九江秀山可揽结,吾将此地巢云松。

庐山东南五老峰,青天削出金芙蓉。九江秀山可揽结,吾将此地巢云松——削出,耸立之意。揽结,采集的意思。全诗意为:庐山东南部的五老峰,是青天耸立在人间的金色芙蓉,九江美丽的景色可以采集,我愿在此隐居,与白云缭绕的青松为伴。

诗的开篇先用自然平易的语言介绍庐山五老峰所处的位置。接下去用了十分形象传神的比喻,五老峰气势磅礴,真如削出的金芙蓉,矗立在青天之上。"金芙蓉"不但写出了五老峰秀丽的形状和颜色,也点明了观赏的季节。一个"削"字,点出了五老峰的精神,也对大自然的神奇功力进行了礼赞。第三句从山上俯视山下所见,"揽结"赋予自然美景以生命的活力。结尾点出了个中消息,既然有如此美丽的地方,那么政治上备受挫折的诗人,理所当然地将这里当作理想的隐居之地了。这首诗真彩内映,形象逼真,语言含蓄凝练,具有极强的艺术感染力。

## 秋登宣城谢朓北楼

天宝十二载(753)秋,李白从梁园(今河南商丘市南)南下,至宣城后作此诗。宣城曾是南齐诗人谢朓的住所,也是李白旧游之地。对谢朓这位古人,李白非常仰慕,所谓"一生低首谢宣城"(清王士禛《论诗绝句》)。在此诗中,李白借登楼眺望,运用清丽自然的笔触,描绘了宣城如画般的美丽风光,抒发了对谢朓的怀念之情。

     江城如画里,山晚望晴空。
     两水夹明镜,双桥落彩虹。
     人烟寒橘柚,秋色老梧桐。
     谁念北楼上,临风怀谢公。

江城如画里,山晚望晴空。两水夹明镜,双桥落彩虹——江城,即宣城,因在青阳江畔,故称。两水,即宣城东郊的宛溪和句溪。双桥,指宛溪上的凤凰、济川两桥。这四句意为:宣城如在图画中一般美丽,傍晚我在山城望着明亮的夜空。两水如清澈的明镜,夹城而流;双桥横跨溪上,像从天降落的彩虹。

人烟寒橘柚,秋色老梧桐。谁念北楼上,临风怀谢公——人烟,炊烟。这四句意为:人烟稀少,使橘柚林笼罩了寒意,秋色深沉,使梧桐更显得苍老。有谁知道谢公曾住过的北楼上,正有人在临风缅怀他?

李白对宣城的特殊感情,大多来自对当年宣城太守谢朓的怀念。下笔登楼远眺,概括描写,堪称引人入胜的妙笔。三四句运用鲜艳的色调,写出了雨后宣城的美景,有十分强烈的立体空间感。五六句既点明登楼之季节,又写出了宣城独特的秋景,更是借景抒情的妙笔,一"寒"一"老",传神生动,它不仅使自然界的树木有了人的情意和感受,而且也写出了彼时彼地的独特心态。诗人的凄凉心态和壮志难酬的迟暮之感隐约可见。末尾以怀古收篇,是诗人跨越时空对历史上知音的怀念。因为二人有类似的人生遭遇,相近的理想抱负,故"怀谢公"既有对谢朓的同情,更是自悲不幸。"太白当时感秋意深,而怀古情远也。"(王文濡《唐诗评注读本》卷五)

## 望天门山

天门山,是今安徽省当涂县的东梁山与和县的西梁山的总称。《江南通志》云:"两山石状巉岩,东西相向,横夹大江,对峙如门。俗称梁山曰西梁山,呼博望山曰东梁山,总谓之天门山。"全诗大处落笔,把天门山的山势、长江的水势,以及远景、近景写得生动逼真,可谓丹青圣手所创作的一幅立体动态的山水图。

天门中断楚江开,碧水东流至此回。
两岸青山相对出,孤帆一片日边来。

天门中断楚江开,碧水东流至此回。两岸青山相对出,孤帆一片日边来——楚江,安徽省古属楚国,所以流经这里的长江别称楚江。全诗意为:天门山从中断为两截,长江滚滚而来,碧绿的江水至此回流而又向东。两岸的青山迎面而来巍然耸立,一片孤独的帆船从太阳边走来。

开篇运用奇妙的想象,描写楚江奔腾汹涌,冲破天门,势不可挡的情形。长江水至天门山受阻,形成倒流,又折向江中央向东流去,第二句写此实景,准确传神。而第三句写天门山的态势和诗人行舟江中的感觉,既写船行之迅疾,也渲染了山形水势的险峻。末句运用象征手法,暗示诗人远离政治中心长安,孤独无依,彷徨苦闷的心态。全诗既写景又抒情,意味深远,既有生动的景色又有深刻的思想,二者水乳交融,不见斧凿痕迹。

## 望木瓜山

木瓜山,在湖南常德东十五里。《一统志》:木瓜山在常德府城东七里。唐李白谪夜郎过此,有诗云云。木瓜,蔷薇科,落叶灌木或小乔木。叶椭圆状卵形,春末夏初开粉红色花,果实秋季成熟。这是天宝后期,李白游池州(今安徽贵池)时,在青阳木瓜铺望木瓜山而作的诗。表现了对国家、对个人命运的悲愁心情。通俗浅显是其外在表现,而内在含蓄凝练,令人玩味。

早起见日出,暮见归鸟还。
客心自酸楚,况对木瓜山。

早起见日出,暮见归鸟还。客心自酸楚,况对木瓜山——"客心"二句,客居他乡,本来已经很心酸,再看到木瓜山,不由得想起酸涩的木瓜,心中就更酸了(木瓜果实味酸)。全诗意为:早上起来看见日出,傍晚看见鸟儿飞还。身在异乡本已心酸,何况又面对着木瓜山。

全诗运用平淡之语写内心的凄凉,开篇二句见其百无聊赖的心情。三句点出"酸楚",但为何悲愁,悲愁的内容却不道出。末尾更深入一层,写出了悲愁难以倾诉,又添悲愁,更是愁上加愁。全诗虽短而含意深,表面浅显却内涵丰富。

## 夜下征虏亭

征虏亭,故址在今江苏南京。相传为东晋征虏将军谢石所建。这首诗作于李白下扬州之时。

船下广陵去,月明征虏亭。
山花如绣颊,江火似流萤。

船下广陵去,月明征虏亭。山花如绣颊,江火似流萤——广陵,今江苏扬州一带。绣颊,唐代女子常以胭脂点颊,故称绣颊。江火,江上船中的灯火。全诗意为:船儿向扬州驶去,征虏亭沐浴在月光之中。鲜艳的山花仿佛少女的娇靥,江上灯火如同流萤飞动。

这首诗中李白运用自然明丽的语言,生动形象的比喻,描绘了征虏亭到广陵一带的江中夜景。运用白描手法,淡笔点染,生动逼真。

# 客中作

这首诗大约写于开元末,诗人客游兰陵时。表达了诗人借酒抒怀、乐以忘忧的豪迈情怀。全诗色彩优美,运笔自如,流畅自然,浑成而不见痕迹,仿佛随口道出,但妙处不可尽言。

兰陵美酒郁金香,玉碗盛来琥珀光。
但使主人能醉客,不知何处是他乡。

兰陵美酒郁金香,玉碗盛来琥珀光。但使主人能醉客,不知何处是他乡——郁金香,美酒名。酒用郁金为香料酿制而成。郁金,多年生草本,春初抽花茎,顶开一花,有黄、白、红或紫红各色,块根有香气,可入药。琥珀,一种树脂化石,色蜡黄或赤褐,这是说盛在玉碗中的美酒其光泽如琥珀色。全诗意为:兰陵的美酒用郁金香的香草泡制而成,玉碗盛来的美酒光泽如琥珀。但使主人能让客人大醉,就忘却了何处是他乡。

全诗用笔出神入化,酒杯、酒色金光如灿,另外全诗写饮酒,诗人的豪爽奔放的性格也自然表现出来。用色彩来表现酒的魅力,用饮酒来写自己的性格与感情,美不胜收,妙不可言。

# 太原早秋

本篇是开元二十三年(735)李白与友人元演同游太原(今山西太原)时所作。这一年李白三十五岁,夏天到太原,写此诗时已是秋天。诗中描绘了太原一带秋天的景色,表达了思归的感情。用笔灵动,想象新颖,比喻生动。

岁落众芳歇,时当大火流。
霜威出塞早,云色渡河秋。
梦绕边城月,心飞故国楼。
思归若汾水,无日不悠悠。

岁落众芳歇,时当大火流。霜威出塞早,云色渡河秋。梦绕边城月,心飞故国楼。思归若汾水,无日不悠悠——岁落,一年光阴已过去大半。众芳歇,花草树木凋落。大火,星名。即二十八宿的心宿。夏历五月的黄昏,出现于南方,方向最正而位置最高,六月后,偏西而下行。《诗经·豳风·七月》中"七月流火",即指此星。流,指星宿西移。塞,关塞。"霜威"句意思是雁门关一带霜露降得早(太原在雁门关之南)。河,黄河。"云色"句意为晋西黄河一带也是秋天。故国,指故乡(此指李白家居的安陆)。汾水,源出山西宁武西南,南流经太原,又西南流至河津入黄河。悠悠,水流悠长貌。全诗意为:夏去秋来花草凋落,这时大火星正向西流。寒霜的严威在边塞来得真早,渡过黄河云色已被秋气浸透。我的梦绕着边城的明月,心儿却飞向故乡的楼头。思归的心情好似汾水,没有一天不是荡悠悠地流。

全诗开篇便用典型景物烘托渲染太原秋来之早。作者选用众芳衰歇、大火西行、早霜逞威、秋云变色等细节,并用了富有表现力的四个动词,突出气候变化之迅疾。面对太原早秋,诗人怎不生思归之情,边城月缠住了梦,回不了故乡,但心早已回到故乡。特别是末尾用汾水无日不悠悠流淌形容思归之心情,虽系口头语,眼前景,却生动贴切。全诗借景抒情,情景合一,感人至深。

## 早发白帝城

白帝城,故址在今重庆市奉节市东。乾元二年(759),李白长流夜郎,行至夔州奉节县白帝城,遇赦得释,回到江陵。本诗即途中所作,表现了诗人遇赦后的喜悦心情。

朝辞白帝彩云间,千里江陵一日还。
两岸猿声啼不住,轻舟已过万重山。

朝辞白帝彩云间,千里江陵一日还。两岸猿声啼不住,轻舟已过万重山——"朝辞"二句,《水经注·江水》:"自三峡七百里中,两岸连山,略无阙处。重岩叠嶂,隐天蔽日,自非亭午夜分,不见曦月。至于夏水襄陵,沿溯阻绝。或王命急宣,有时朝发白帝,暮到江陵,其间千二百里,虽乘奔御风,不以疾也。""两岸"句,《水经注·江水》:"每至晴初霜旦,林寒涧肃,常有高猿长啸,属引凄异,空谷传响,哀转久绝。故渔者歌曰:巴东三峡巫峡长,猿鸣三声泪沾裳。"全诗意为:早晨告别了彩云间的白帝城,远隔千里的江陵一日回还。两岸的猿啼声还在耳畔萦绕,一叶轻舟早驶过万重青山。

下笔生花,不写白帝城之高入云霄,而说"彩云间",景是早晨景色,也微露从晦暝转为光明的气象,景中含情。第二句不仅仅表现出诗人"一日"而行"千里"的痛快,也隐隐露出遇赦的喜悦。船如飞箭之速,诗人的兴奋之情可以想见,故万重山一日已过。既写出了长江边的美景,更写了自己的喜悦心情,而又流畅自然。后人赞此篇曰:"惊风雨而泣鬼神矣。"(杨慎《升庵诗话》)

## 秋下荆门

荆门山,位于今湖北宜都西北的长江南岸。它与江北的虎牙山隔江对峙,形势十分险要。开元十三年(725),李白出蜀漫游,就从此处经过。这首诗,敦煌残卷本《唐诗选》题作《初下荆门》,当是李白初出荆门时所作。诗中写出了青春的诗人对美好世界的向往,对锦绣前程的憧憬,洋溢着热情,充满着浪漫、豪迈的情调。

霜落荆门江树空,布帆无恙挂秋风。
此行不为鲈鱼鲙,自爱名山入剡中。

霜落荆门江树空,布帆无恙挂秋风。此行不为鲈鱼鲙,自爱名山入剡中——江树空,江边的树木因秋霜降临而叶子落光了。布帆无恙,《晋书》卷九二《顾恺之传》载:东晋著名画家顾恺之当荆州太守殷仲堪的幕僚时,两人关系甚好,顾恺之请假东归,殷仲堪特地借给他一幅布帆。途中遇上大风,顾恺之写信告诉殷仲堪:"行人安稳,布帆无恙。"鲈鱼鲙,据《晋书·张翰传》载:张翰在齐王手下做官时,预感到将有变故发生。一日,见秋风起,便以想念家乡鲈鱼和莼羹的美味为理由而辞官归乡。后来齐王果然事败,人们皆佩服张翰的远见。剡中,位于今浙江嵊州一带。此地山水秀美,魏晋以来多有隐士居此。全诗意为:秋霜已降落荆门山中,江边的树木秋叶落尽。我乘的轻舟高悬布帆,安稳地顺着秋风东行。我出游的目的不是为了张翰喜欢的鲈鱼和莼羹,热爱名山才使我向往剡中。

李白诗中所言名山,有不少为道教名山。他初次出蜀,怀抱远大,此诗却写要去剡中访名山,似有矛盾。其实这是借访道教名山以提高自己的声望。首句描绘出山明水净、天地清肃的景象。第二句秋风万里送行舟,写出了诗人远游时无比兴奋的心情。三四句反用典故,表现了诗人想通过游历、游侠、求仙学道、结交名流,一举而至卿相的自信心,也体现了盛唐气象。全诗熔描写、叙事、抒情、议论为一炉,暗用两个典故而自然无痕,反用见新意,达到推陈出新的目的。

## 宿五松山下荀媪家

五松山,在今安徽铜陵市南,唐代属宣城郡南陵县。作者漫游江南等地,偶然投宿在五松山下一位姓荀的老妇人家,受到殷勤款待,感动不已,诗中表达了对劳动人民的深切同情。全诗运用直陈其事的赋体,语言清淡而又带有情韵,在李白诗中独具一格。

> 我宿五松下,寂寥无所欢。
> 田家秋作苦,邻女夜春寒。
> 跪进雕胡饭,月光明素盘。
> 令人惭漂母,三谢不能餐。

我宿五松下,寂寥无所欢。田家秋作苦,邻女夜春寒——春寒,谓秋夜春米之寒苦。春,以杵捣去谷物皮壳。这四句意为:我投宿在五松山下,寂寞冷落郁郁寡欢。农家在秋季里劳作辛苦,邻女春米不顾夜深天寒。

跪进雕胡饭,月光明素盘。令人惭漂母,三谢不能餐——雕胡,菰米,菰在不结茭白的情况下长的籽实。色白滑腻,可做饭,称"雕胡饭"。漂母,洗衣的老大娘。据《史记·淮阴侯列传》载,汉将韩信在穷困未遇时,曾在淮阴城下钓鱼。有一位漂母见他饥饿,便送给他饭吃。后来韩信建立功勋,曾以千金报答漂母。这里以漂母比荀媪,为自己垂老之年不能建立功勋而惭愧。这四句意为:老大娘恭敬地奉上雕胡米饭,月光照射着洁白的饭盘。想起韩信和漂母令人羞惭,再三道谢不忍下咽。

李白一生桀骜不驯,浪漫狂放,"一醉累月轻王侯","安能摧眉折腰事权贵",然而诗人对劳动人民却如此谦恭。诗人一下笔就写自己寂寞郁闷的情怀,接下去道出了原因,写出了劳动人民身体心灵所受之苦。再写老大娘的款待以及自己的感慨万千。诗人运用自然平易的叙述手法来写,生动逼真,以朴素真挚的感情打动人心。

## 苏台览古

　　苏台,即姑苏台。始作于吴王阖闾,夫差更大加增广。传说台横广五里,积材五年乃成,高见三百里,台上建春宵宫,夫差彻夜与嫔妃在宫中宴饮作乐。这首诗是李白漫游吴越时所作,表现了诗人深沉的兴亡之感。

　　旧苑荒台杨柳新,菱歌清唱不胜春。
　　只今惟有西江月,曾照吴王宫里人。

　　旧苑荒台杨柳新,菱歌清唱不胜春。只今惟有西江月,曾照吴王宫里人——苑,园林。菱歌,东南水乡老百姓采菱时唱的民歌。清唱,歌声婉转清亮。不胜春,歌曲中饱含无穷的春意。吴王宫里人,指吴王夫差宫中的妃子、宫娥等。全诗意为:在旧日园林早已荒芜的姑苏台上,新吐绿的杨柳正蓬勃生长。采菱的歌声婉转清亮,蕴含着无穷的春意。可如今只有长江上空的明月,它曾经看到过吴宫的群芳。

　　李白特别善于运用同一空间的景物来展示时间的变化,通过对这种变化的深切体味,抒发深沉的历史、人生感慨。园林是旧日园林,楼台是旧日楼台,月光是旧日月光,它们见过吴王的宫女,它们目睹了历史的兴亡。通过苏台景物的变化反映时间、历史的变迁,抒发了诗人的兴亡感慨。

## 越中览古

　　这首诗是李白漫游吴越时所作,通过宫殿上人事的变化,突出表现人生无常、繁华易逝、时间永恒的慨叹。

越王勾践破吴归，义士还家尽锦衣。
宫女如花满春殿，只今唯有鹧鸪飞。

越王勾践破吴归，义士还家尽锦衣。宫女如花满春殿，只今唯有鹧鸪飞——"越王"句，公元前494年，越王勾践为吴王夫差所败，回国后卧薪尝胆，发愤图强，终于在二十一年后灭掉吴国。鹧鸪，鸟名，唐人诗中每用"鹧鸪"点缀荒凉冷落之景。全诗意为：越王勾践打败吴国后得胜回朝，破吴有功的谋臣武士加官晋爵穿上了新的锦衣。当年如鲜花一样美丽的宫女充满宫殿，而今却只有鹧鸪鸟在旧址上乱飞。

这首诗以遥想越王勾践灭吴归来，义士锦衣、宫女如花、盛极一时的景况，与现在"唯有鹧鸪飞"的寂寥情景做对照，通过同一空间景物的变化，揭示时间之无情，盛衰之不常，人事之沧桑。前三句一层，末句一转折，形成强烈的反差，具有强烈的艺术感染力。

## 夜泊牛渚怀古

牛渚，又名牛渚矶或采石矶，在今安徽马鞍山采石镇西翠螺山西南部，矶头高约五十米，风光绮丽，是有名的古渡口。此诗宋蜀本题下注云："此地即谢尚闻袁宏咏史处。"按《晋书·文苑传》：袁宏少时孤贫，以运租为业。镇西将军谢尚镇守牛渚，秋夜乘月泛江，听到袁宏在运租船上讽诵他自己的咏史诗，非常赞赏。于是邀宏过船谈论，直到天明。袁宏得到谢尚的赞誉，从此声名大著。此诗由眼前景物而浮想联翩，感慨自己虽像袁宏那样富于文才，但赏识自己的人却难以寻觅，表现了怀才不遇的感慨。

牛渚西江夜，青天无片云。
登舟望秋月，空忆谢将军。
余亦能高咏，斯人不可闻。
明朝挂帆席，枫叶落纷纷。

牛渚西江夜,青天无片云。登舟望秋月,空忆谢将军——西江,古称江西到南京的一段长江为西江。牛渚其地正在西江。登舟,言其步出船舱眺望,不是说刚上船。这四句意为:夜色笼罩着牛渚周围的长江,没有一丝云影,天色茫茫。登上船头瞻望秋月,徒然思念将军谢尚。

余亦能高咏,斯人不可闻。明朝挂帆席,枫叶落纷纷——斯人,指谢尚。帆席,古时用蒲编席作帆,也称蒲帆。这四句意为:我亦能登高赋诗,却无从得到知音的赞赏。明晨张帆出发向远方,只有枫叶在风中纷纷飘扬。

此诗难以考证作年。李白一生多次去过牛渚,怀古中叹世无知音,也很难说是哪个时期。八句语义全无对仗,声调却严格合律。全诗没有复杂的内容,但却具有令人神远的韵味。用语自然清新,不雕不琢;寓情于景,以景结情。全诗自然明丽,行云流水,构成了潇散自然的风调,很好地表现了抒情主人公飘逸不群的性格。

## 月下独酌四首(其一)

这组诗为李白在长安供奉翰林时所作。诗人通过丰富的想象,采用拟人化的手法,抒写了自己极度苦闷的内心世界,展现了诗人力求摆脱孤独和悲愁的渴望。

花间一壶酒,独酌无相亲。
举杯邀明月,对影成三人。
月既不解饮,影徒随我身。
暂伴月将影,行乐须及春。
我歌月徘徊,我舞影凌乱。
醒时同交欢,醉后各分散。
永结无情游,相期邈云汉。

花间一壶酒,独酌无相亲。举杯邀明月,对影成三人。月既不解饮,影徒随我身。暂伴月将影,行乐须及春——酌,斟酒、饮酒。月将影,月和影。这八句意为:花丛中置一壶美酒,自斟自酌无人可与亲近。举杯向天邀请明月入席,加上身影便成了宾主三人。月儿原不晓得饮酒,影儿也徒然紧随我身。只好与月亮、影子暂时做伴,及时行乐趁此春日良辰。

我歌月徘徊,我舞影凌乱。醒时同交欢,醉后各分散。永结无情游,相期邈云汉——无情,忘情。指忘却世俗之情。云汉,天河。这六句意为:我引吭高歌月儿也似在徘徊,我飘然起舞身影也随之零乱。醒时我们同饮同乐,醉了便与影儿月儿各自分散。我愿和你们永结为忘情的好友,相约共赴那浩渺的天河岸边。

全诗用美丽幽静的气氛烘托独酌自饮的悲凉,内心的孤寂可以想见。因为没有志趣相同的人,诗人只好邀明月和影子相伴。诗人厌弃世俗,高洁倔强,不容于世,只有对月高歌,伴影起舞,人世间的丑恶、污秽和欺诈,仿佛被诗人抛到九霄云外。然而仔细分析却发现,诗人的愁苦不但毫无解脱,而是越积越深。花前月下独酌已可悲,月亮毕竟不懂饮酒,影子也是无情之物,孤独和悲凉又加深了一层。难以排遣愁苦,诗人只有幻想携月亮、影子到九天遨游,然而,归根到底,愁苦与孤独终究难以排除。它生动地展现了正直高洁的诗人在封建社会的不幸命运,以及他心灵深处的痛苦。

## 山中与幽人对酌

李白这首诗运用直率自然的语言,写自己与友人毫无嫌隙的山林生活和深厚友谊。展现了诗人洒脱自由、不拘礼节的精神气度。

两人对酌山花开,一杯一杯复一杯。
我醉欲眠卿且去,明朝有意抱琴来。

两人对酌山花开,一杯一杯复一杯。我醉欲眠卿且去,明朝有意抱琴来——卿,古代对对方的一种礼貌性的称呼,用于平辈之间;地位高的人对地位低的人为了表示尊重,也可用。"我醉"句,《宋书·陶潜传》记载:陶潜(渊明)为人直率,朋友到他家去,有酒则与朋友同饮。他如先醉,便对朋友说:"我醉欲眠,卿可去。"全诗意为:我们对酌时四周山花盛开,一杯一杯又是一杯。我醉了想睡你暂且去吧,明天有兴请再把琴抱来。

这首诗酣畅淋漓,读者仿佛可以看到狂歌痛饮的情景,那纵酒轻狂的诗人形象也历历在目。更可见诗人自由洒脱、不拘礼节的性格。诗虽只有四句,但有波澜、有转折。前二句写痛饮之际,三句忽然一转说到醉。末句约定,又是一顿宕。全诗信口而出、率然天真,又不一泻无馀,故能令人玩味。

## 与史郎中钦听黄鹤楼上吹笛

这首诗是李白长流夜郎,遇赦东还,至江夏时所作,写作时间当为乾元二年(759)。老朋友史郎中在这里特意陪他游览了当地名胜黄鹤楼。黄鹤楼头,诗人听到那悠长而凄凉的笛声,抒发了满腔的迁谪之怨和去国之情。

　　一为迁客去长沙,西望长安不见家。
　　黄鹤楼中吹玉笛,江城五月落梅花。

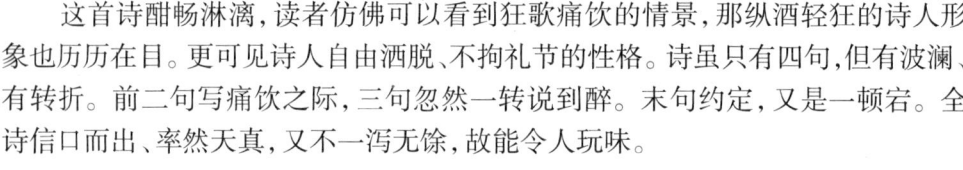

一为迁客去长沙,西望长安不见家。黄鹤楼中吹玉笛,江城五月落梅花——"一为"句,以贾谊自比。贾谊在汉文帝时是一位颇具才华但才能得不到发挥的政治家,曾任太中大夫,因受周勃、灌婴等排挤,被贬为长沙王太傅。迁客,指被贬谪的人。"西望"句,李白的家不在长安,"不见家"是不能入长安为国效力之意。江城,指江夏城,即今湖北武昌。落梅花,即《梅花落》,笛曲名。宋郭茂倩《乐府诗集》卷二十四《汉横吹曲·梅花落题解》:"《梅花落》,本笛中曲也。按唐大角曲亦有《大单于》《小单于》《大梅花》《小梅花》等曲,今其声犹有存者。"诗中由于押韵,故称"落梅花"。全诗意为:自从贬谪被迁往长沙,西望长安再也看不见家。黄鹤楼中吹起了玉笛,吹奏的乐曲是《梅花落》,仿佛让人感到江城五月竟有梅花落下。

李白志向远大,一生都在追求理想的实现。功名不成他是决不甘心身退的。他在安史之乱中,为了报国杀敌,参加了永王李璘的幕府,结果却因此获罪,被流放夜郎,他的遭遇比贾谊还惨。诗人自比贾谊,除了抒发怀才不遇的情感外,还为自己无辜受害进行辩白。然而,政治上的严重打击,并没有冷却其热切的忧国忧民之情,他仍然关心国家命运,眷恋朝廷。这首诗描写听笛之感受,但结构上却并未按闻笛生情的顺序去写,而先写自身的愤懑之情,后写闻笛的所感之景。结尾语义双关,意趣横生。这首诗影响了宋元明清数代写黄鹤楼的诗,体现了诗仙李白对后人的深远影响。

## 独坐敬亭山

李白的心灵常常与大自然交流,在大自然中他找到了感情的寄托,使他能够乐观地正视人生的磨难,在自然中发现自我,显扬自我,从而又找到了新的自我。

众鸟高飞尽,孤云独去闲。
相看两不厌,只有敬亭山。

众鸟高飞尽,孤云独去闲。相看两不厌,只有敬亭山——敬亭山,在安徽宣州西北十里,原名昭亭山,为避晋文帝司马昭名讳,改称敬亭山,属黄山支脉,东西绵亘百馀里。全诗意为:成群的鸟儿个个高飞而去,一片孤云悠闲地飘过蓝天。彼此相看互不厌弃的,只有我和你——敬亭山!

在庄子哲学中,大自然的美具有特别崇高的意义。它在人世的苦难之外,展开了一个充满魅力的崭新世界。人世间充满虚伪、丑恶、灾难,日趋沉沦,而大自然这个世界却生机勃勃,丰富神奇,大自然的美召唤着人们通过一个新的经验方式走向这个潜在的世界。这个过程就是个体生命的回归自然。在大自然的怀抱中,个体生命获得精神自由的最高形式,人世间的纷嚣烦恼显得多么微不足道。人世间知音难觅,人情淡薄,而大自然的一切是如此多情,如此真诚,没有一丝势利和狡诈。当李白的精神世界与大自然交通相感时,他能够抛弃名位、利禄、权势、毁誉的烦恼,从精神上获得无限自由和愉悦。他与敬亭山成为知音,互诉衷肠,互不厌倦,因此他也获得了真正的精神超越。

## 访戴天山道士不遇

戴天山,在今四川江油市北太华山后三十里处,为岷山山脉主峰之一,孤峰耸翠,秀出蓝天,下有"鹿藏坪",景色优美,山中有大明寺。据宋姚宽《西溪丛语》载,李白开元中曾在此寺读书。这首诗是李白二十岁以前隐居戴天山读书时所作。诗中描绘了山中优美的景色，表达了走访道士不遇的惆怅心境。

犬吠水声中，桃花带露浓。
树深时见鹿，溪午不闻钟。
野竹分青霭，飞泉挂碧峰。
无人知所处，愁倚两三松。

犬吠水声中，桃花带露浓。树深时见鹿，溪午不闻钟。野竹分青霭，飞泉挂碧峰。无人知所处，愁倚两三松——全诗意为：淙淙流水中有犬吠的声音，带着浓浓的露水，桃花倒映在小溪中。深深的树林里时时闪过鹿影，中午的小溪边，听不到寺里的钟声。一丛丛野竹分开了青青雾霭；白练般的飞泉悬挂在碧绿的山峰。野深林密，谁能知道道人的行踪？我忧愁地在林间徘徊，时时倚靠着两三棵青松。

这首诗以时间的变化结构全诗，以典型的景物和声音组成优美的画面，色彩鲜丽，古朴优美。情在景中，含蓄清淡。全诗把早、午、晚的时间意象与桃花、露珠、树木、野竹、青霭、碧峰的自然意象，以及犬吠、水声动态的意象巧妙组合交融，形成韵致清逸的美，显示了李白少年时代诗作的特色。

## 嘲鲁儒

此诗系李白开元二十八年(740)初游东鲁所作。诗人嘲讽行为迂腐、不问时事、只会死读书的儒生，借以表现自己"经世治国，王霸大略"的理想。

鲁叟谈五经，白发死章句。
问以经济策，茫如坠烟雾。
足著远游履，首戴方山巾。
缓步从直道，未行先起尘。
秦家丞相府，不重褒衣人。
君非叔孙通，与我本殊伦。

时事且未达，归耕汶水滨。

　　鲁叟谈五经，白发死章句。问以经济策，茫如坠烟雾——鲁，周代国名，在今山东省西南部。叟，指老年人。五经，《周易》《尚书》《春秋》《诗经》《礼记》五部书，汉武帝后，被儒家奉为经典。章句，指古书的章节、句读和文字训诂。"死章句"指死守着章句之学，不通时事。经济策，指经国济世之策。以上四句意为：年老的儒生只会大谈儒经，直到白发苍苍仍然"子曰诗云"地背死书。问他关于经国济世的策略，茫然不知所云，如坠迷雾。这里诗人概括地描写了不问时事，对国事一窍不通，书呆气十足的"鲁叟"。

　　足著远游履，首戴方山巾。缓步从直道，未行先起尘——著，穿。远游履，指汉代人所穿的鞋。曹植《洛神赋》："践远游之文履。"方山巾，古代儒者所戴的一种软帽。此帽上下均平，似华山，表示己心均平。《庄子》记载：宋钘、尹文作华山冠以自表。这里取帽之方端，借以形容儒者的迂腐。以上四句意为：(鲁儒)足蹬汉人鞋，头戴方山巾。行动迂缓，循规蹈矩，还未起步，其繁衣博带就已拂起地上的尘土。这里诗人具体描写了儒生的外貌特征，刻画出身处唐世，却身着汉世冠履的泥古不化的儒生形象。钟惺《唐诗归》卷十五评此四句："总是行不由径，彼何等高明，此何等鄙琐！下句迂阔费力，光景在目。"

　　秦家丞相府，不重褒衣人。君非叔孙通，与我本殊伦。时事且未达，归耕汶水滨——秦家丞相，指的是秦相李斯。《史记·秦始皇本纪》记载：李斯向秦始皇提出焚书坑儒，打击儒生的建议，并为秦始皇采纳。褒衣，即褒衣博带，指古代儒生的服饰。褒衣人，指穿宽袍的儒生。叔孙通，西汉儒学博士，曾为汉高祖刘邦制定朝仪。《史记·叔孙通列传》记载：叔孙通曾召集鲁地儒生三十人，为刘邦制定朝仪，其中两个儒生不愿应诏，认为叔孙通的行为"不合古"，因而叔孙通讥笑他们是"鄙儒"，"不知时变"。殊伦，不是一类人。殊，不同。伦，类。时事，指当世之要务。达，通晓，明达。汶水，即大汶河，水名。在今山东运河上游，源出莱芜东北原山，西南入运河，是鲁儒的家乡。以上六句意为：昔日李斯治国就不重用儒生。鲁儒又不像叔孙通那样精通时务，因而与我李白根本不是一类人。这些鲁儒不知世务，不通时变，实在迂腐，还是回到汶水老家种地去吧！

　　李白自开元二十四年至天宝十载，曾多次居住鲁地，对鲁地的儒生有深入的了解。因此，这首诗将"鲁儒"形象刻画得入木三分。

　　前四句总写"鲁儒"的迂腐无能。诗中将鲁儒群像具体化，通过对一位老儒生的描写,表现鲁儒的共性:谈论五经是他们唯一的擅长;老死于章句是他们最终的归宿。"问以经济策,茫如坠烟雾",将这位老儒生双耳不闻天下事的迂态写得活灵活现,有如立现眼前。从这两句诗中我们一方面看到了儒生死啃书本,视野狭小,行为迂腐的生存状态;另一方面,我们也可以看出诗人对生活、对人物观察的细致入微,对世事人心具有一种透析的眼光,寥寥几笔,便将儒生的迂腐个性与僵化心理突显出来。中间四句,诗人由具体的老儒生形象上升为群儒形象,以特写的镜头定格在"鲁儒"的穿戴行动上。"远游履""方山巾"本已是过时的服饰,鲁儒们却将它穿戴起来,自以为与众不同,以显示自己的古雅脱俗;走路轻踱慢行,以显示自己的端庄方正。这种自我欣赏、自我陶醉的近于变态的行为恰是鲁儒们最鲜明的特点。呆板迂腐、狭窄无知的头脑以外表的尊严来掩饰,产生了一种滑稽可笑的艺术效果,令人捧腹。最后六句,诗人表明自己的态度,以议论作结。"时事且未达,归耕汶水滨",诗人将嘲讽之情激烈地表现出来,从语气上突出了诗人对"鲁儒"的不屑与蔑视。

李白一生关注政治,并且以"大济苍生","经世治国,王霸大略"作为自己的最高人生理想,因而对鲁儒的迂腐和不问政治,给予坚决的否定。"君非叔孙通,与我本殊伦",诗人在否定鲁儒的同时,也在自比叔孙通,表明自己"救世济民"的雄心。此诗从表现手法上看,叙述、描写、议论三者有机组合,诗篇充满了幽默的讽刺,讥诮中含有冷静的评判,使全诗气脉贯通,结构严谨,达到嬉笑怒骂、浑然天成的艺术境界。

## 春夜洛城闻笛

此诗为开元二十三年(735)李白游洛阳时所作,叙写春夜笛声所引发的诗人思乡之情。洛城,即洛阳,今河南洛阳,唐时东都。

谁家玉笛暗飞声?散入春风满洛城。
此夜曲中闻折柳,何人不起故园情?

谁家玉笛暗飞声?散入春风满洛城——玉笛,玉制的笛子,或镶嵌玉石的笛子。暗飞声,形容笛声悠扬隐约,在暗夜中传送。这两句意为:暗夜里,不知从何处传来的悠扬笛声,弥散在春风中,回荡在洛阳城。

此夜曲中闻折柳,何人不起故园情——折柳,即《折杨柳》,古曲名。杨柳是中国古诗中固定的意象,专指离别。杜少陵《吹笛》:"故园杨柳今摇落,何得愁中曲尽生。"王之涣《凉州词》："羌笛何须怨杨柳，春风不度玉门关。"故园情，眷恋、怀念故乡之情。这两句意为：今夜在笛声中听到了《折杨柳》的曲子，怎能不令人生起思乡之情？唐汝询在《唐诗解》中评这两句诗："折柳所以赠别，今于笛中闻之，则想及故园而伤别矣。"

### 新evaluator

春风轻柔骀荡，夜色静谧，本诗在这样一幅灯火阑珊、喧嚣骤逝的迷人夜景中展开。当白天的喧闹停歇，身处寂静的深夜，人的心灵也会因夜色而沉寂，这时人往往会摆脱内心的浮躁而沉静地面对自己，与心灵对话。诗人李白正处在这样一种令人驰骋思绪的夜色中，而此时悠悠的思绪却被婉转悠扬的笛声打断，不知这凄清缠绵的笛声来自何处，但这笛声却借着春风之力传遍洛阳城的每个角落，同时春风也因这笛声的融入而更显轻柔怡人。这里诗人的听觉与视觉相互印证，相互触动，诗人已完全被这笛声吸引，被这春夜陶醉。

笛声飞来，隐约中辨出所吹奏的是汉乐府古曲《折杨柳》，诗人这里进行了巧妙的构思：不说闻《折柳》曲，却说曲中闻《折柳》，"折柳"作为一个固定的文化意象已成为离别留恋的代指。因而诗中"折柳"既是指曲名，亦是一种情绪、一个场景的体现，诗人的"闻折柳"自然也就寓含了"忆故乡"的意义。但是诗人这种思乡之情并未局限于个人的一己之情，而是以己推人——"何人不起故园情"，表现出人所共有的普遍情感体验；同时这种情感体验也并不停留在纯感性阶段，其中渗透了对人性和人生的参悟，表现为浓重的"寻根"、"归根"情结。这种"寻根"、"归根"情结，在人生不尽得意时，显得更加突出。像李白这样的羁旅游子，思乡、怀旧往往成为他们抚慰伤痕的精神良药。诗人正是通过择取有象征意味的传统文化意象，来传达这种人类共同的情感。不论是"望月思乡"（《静夜思》），抑或是本诗的"闻笛思乡"，都传达出诗人独特的审美情趣和奇异的艺术构思。

综观全诗，诗中运用了虚实结合的手法："玉笛暗飞声"、"闻折柳"是实写，"满洛城"、"何人"是虚写。表面写笛声，实则写乡情，虚实结合，使此诗在现实真实与艺术夸张中充满张力，同时也营造出悠远凄清的意境。另外，此诗音节流畅和谐，感情真切而有馀韵，语言生动而不做作，真正达到浑然天成的境界。历代对此诗的评价颇多，比如敖英："唐人作闻笛诗，每有韵致。如太白散逸潇洒者，不复见。"（《唐诗绝句类选》）俞陛云："春宵人静，闻笛韵悠扬，以引入幽绪。及聆其曲调，不禁黯然动乡国之思。……太白诗有磊落之气……大家名家之别，正在处处会之。"

## 宣城见杜鹃花

此诗是李白天宝十四载(755)暮春时所作。诗人游宣城,见杜鹃花盛开,不禁忆念故乡,生出许多惆怅。此诗情深意浓,思乡之情强烈,是李白以往作品中少见的。杜鹃花,又名映山红,因二、三月间杜鹃鸣时盛开,故得名。

蜀国曾闻子规鸟,宣城还见杜鹃花。
一叫一回肠一断,三春三月忆三巴。

蜀国曾闻子规鸟,宣城还见杜鹃花。一叫一回肠一断,三春三月忆三巴——子规鸟,又名杜鹃、杜宇。传说是古蜀王杜宇的魂魄所化。此鸟蜀中最为常见,昼夜啼鸣,啼声凄恻,声似"不如归去",因而常引起游子们的思乡之情。三春,指暮春。三巴,指巴郡、巴西、巴东,皆在今四川境内。李白故乡绵州唐时称为巴西郡。这首诗意为:客寓宣城看到盛开的杜鹃花,令我忆起家乡曾听到的杜鹃鸟的鸣声。在这暮春三月,家乡的杜鹃鸟也应啼鸣了吧!杜鹃鸟的啼叫是多么凄切感人啊,怎能不令人肝肠寸断?《唐宋诗醇》卷八评此诗:"如谚如谣,却是绝句本色。效之则痴矣。"

这首诗是李白天宝十四载春寓居宣城时,触景生情所作的七言绝句。

李白二十五岁便胸怀"大济苍生"之志,然而诗人的仕途之路却坎坷不平,处处受阻,长期的漂泊异乡,带给诗人的只有忧愁与苦闷。而当时诗人又目睹了唐王朝政治上的日益衰败。"安史之乱"风雨欲来之际,诗人热切地希望自己能被重用,辅佐君王渡过难关。但仕途的不顺使诗人感到自己空有满腹才华,徒抱雄心壮志,面对自己的不断衰老,诗人绝望地感到自己在仕途上已到了穷途末路。对于一位饱经沧桑,长期漂泊在外,心灵受到创伤的老人而言,产生"怀乡思归"、"落叶归根"的情绪是自然的,也是强烈的。

诗以"蜀国曾闻子规鸟"为开端,想起在故乡曾听到过的子规鸟的啼叫,起句即满孕思乡之情。次句"宣城还见杜鹃花",如今客寓宣城,又看见杜鹃花,诗人将杜鹃花与子规鸟相联,自然而贴切。这里诗人将看见杜鹃花而产生的思乡之情这一正常的因果顺序倒装,使诗意回环曲折,错落有致。同时,子规鸟是从前之物,是虚写;杜鹃花是眼前之景,是实写,时间上的远近结合与虚实结合的手法,亦使此诗开篇即营造了一种浓郁的思乡氛围。"一叫一回肠一断,三春三月忆三巴"这两句诗,充分显示了李白大胆的艺术构思。如果说前两句中诗人使用"杜鹃"与"子规"这两个表示同一事物的词,是为了避免重复,那么,后两句诗人却有意地在十四字中使用六个重复的字,造成一种特殊的艺术效果。在同一首诗中使用同一个字或词是古典诗歌创作的大忌,李白却打破了这一传统的诗歌模式,但也让我们体会到了一种强烈沉郁的情感:虽是"一叫""一回""一断",但三个"一"的叠加却产生了"千呼""百转""寸断"的效果;"三春""三月""三巴"同样以数字重复的方式,将诗人思归之情发挥到极致。这两句通过"一"和"三"的重复,将暮春怀乡与肝肠寸断的瞬间动作定格并延续,令人感到荡气回肠,馀音缭绕。最后一句的"忆"字又与首句"曾闻"相照应,使本诗浑然一体,一气贯之。

本诗运用了工整对仗、重迭复沓、前后呼应等多种修辞手法,显示了诗人非凡的驾驭语言的能力。此诗似信口咏出,极自然真挚之致,正如严沧浪评此诗:"偶然取小巧,非大雅调。然劲快不伦,自是太白风格。"精妙的构思,朴质的语言,加之以感情的熔铸,使一个断肠游子的形象跃于笔端,激起读者感情上的共鸣。

## 长门怨二首

**题解**

这两首诗是李白天宝二年所作的宫怨诗。《乐府古题要解》注:"长门怨"是司马相如为汉武帝陈皇后(阿娇)所作。陈皇后因汉武帝移宠卫子夫而退居长门宫,心情愁闷,听说司马相如善写文章,便以黄金百斤令司马相如为其作文,以解愁情,相如因而作《长门赋》。汉武帝为文所感,再次宠幸陈皇后。《长门怨》因此赋而得名。李白此诗有自况之意。

### 其 一

天回北斗挂西楼,金屋无人萤火流。
月光欲到长门殿,别作深宫一段愁。

### 其 二

桂殿长愁不记春,黄金四屋起秋尘。
夜悬明镜青天上,独照长门宫里人。

　　天回北斗挂西楼,金屋无人萤火流。月光欲到长门殿,别作深宫一段愁——北斗,即北斗七星,北斗七星的杓柄每夜都由东向西转。挂西楼,指北斗七星的斗柄已转向西面。这里指夜已深。金屋,指长门殿。《汉武故事》记载:汉武帝幼年,其馆陶长公主指着身边百馀位女子,问他是否愿意娶其中一位作妃子,汉武帝回答不用;而当问到是否愿意娶阿娇为妻时,汉武帝答曰:"好。若得阿娇作妇,当作金屋贮之。"萤火流,指成群的萤火虫流连。这里比喻宫中的荒凉。这首诗意为:北斗西移夜已入深,长门宫却因皇帝的不再临幸而倍显荒凉,只有萤火虫静静地游走。清冷的月光照在长门宫,更增添了深宫的愁情。

　　桂殿长愁不记春,黄金四屋起秋尘。夜悬明镜青天上,独照长门宫里人——桂殿,即桂宫,汉宫名。这里指长门宫。不记春,形容时间之长久。四屋,指屋内四周。"夜悬"两句,司马相如《长门赋》:"悬明月以自照兮,徂清夜于洞房。"这里诗人借古慨唐。这首诗意为:陈皇后身居长门宫,愁闷伤感而不觉春去秋至。昔日的金屋如今也冷清荒凉得布满尘土。暗夜里秋月悬挂在青天之上,月光独照着长门宫中的幽怨之人。

　　《长门怨》正如"题解"中所注,本身就包含了一个辛酸的故事。李白借此古乐府诗题,泛写宫中愁怨,使此诗的内容更具普遍性。两首诗表达着同一主题,但却从不同角度对"长门怨"进行观照,使主题意义深化。

　　第一首着重写景,通篇结构由景及情,情至深处,人物自现。"天回北斗挂西楼,金屋无人萤火流"点明了时间——午夜,地点——空旷荒凉的冷宫,季节——深秋。天回地转,北斗星移,夜已入深,在秋夜的笼罩下,诗中境界显得寥廓而清冷。以往君王每日临幸的"金屋",如今只有萤火虫的点点荧光,更增加了后宫的凄凉与宫人的落寞。一个"挂"字,一个"流"字,将清寂凄恻的意境渲染至极。"月光欲到长门殿,别作深宫一段愁",月照长门殿本是自然之事,但诗人却并未写月光照愁人或宫人见月生愁,而是赋予月光以灵性。"欲到"将月的自由行走之姿表现出来,"别作"将月有意作愁之态形象地描绘出来。这里将月的任性而为的结果,以轻松的笔调写出,从侧面烘托出愁的深重。"愁"本生于人心,诗人这里却将愁的产生归于月光,全诗正是在这样的奇异构思中,将"愁"的载体——"宫人"形象摒除于诗歌的表层意义之外,使诗中个体形象模糊,而具有了普遍意味:宫中是一个不平等的世界,在这个世界中,乐与悲的生成,只在君王的一念之间,宫人或喜或怨,皆不由自己操控。从这个意义上来说,此诗反映的思想境界尤为深远,所包含的情感体验更为深刻。

第二首诗着重述情,通篇结构由情及景,景中显人,借人之怨表现所观之景的幽寒凄冷。起句"桂殿长愁不记春"即拈出"愁"字,"愁"前以"长"修饰,"愁"后以"不记春"为补充,突出了"愁"的绵远深重。"长愁"非眼前之景引起,而是日久积淀而生,诗中宫人完全沉溺在"愁"的烦忧中,看不到春天,感受不到暖意。这里从时间和程度上将宫人的"愁"之状进行了深入的描摹。以下诗句皆是愁人眼中之景:"黄金四屋起秋尘"与第一首诗的次句遥相呼应,"秋尘"本因季节而起,而此诗中"秋尘"却因愁人之心而起,因屋的清凄寥落而起。后两句再应前首三、四句,以明月高悬,独照长门人作结,宛如电影中的特写镜头,将月光"独照"的宫人倏然推至前台,并将这一镜头定格,把读者引入诗情的最幽微处,让读者用想象去完成此诗的未尽之意,领略和体味宫人独有的神态与心理活动。

李白这两首宫怨诗,在描写居于深宫之中、过着凄凉生活的宫人的哀怨凄凉的同时,又深含诗人的自况之意。在封建君主专制的社会中,不论是希冀得到宠幸的宫人,或是渴望仕途上受到提拔的文人,他们的命运都是一样的:君王的喜怒好恶是决定他们命运的根本因素。自己的满腹经纶、凌云之志不为君主赏识,令诗人愤恨而又无奈,正如这深宫中的女子。因此,李白对宫人生活状态及心态的描写不能不说带有诗人自己的影子。唐人所写的宫怨诗,表达的意境多为相同,如元稹的《行宫》:"寥落古行宫,宫花寂寞红。白头宫女在,闲坐说玄宗。"薛逢的《宫词》:"十二楼中尽晓妆,望仙楼上望君王。锁衔金兽连环冷,水滴铜龙昼漏长。云髻罢梳还对镜,罗衣欲换更添香。遥窥正殿帘开处,袍袴宫人扫御床。"只是一味写宫中怨妇的哀怜自卑之情及对君主的期待之意,而李白的宫怨诗却表现了更深刻的内容。诗人以宫人的"愁"为媒介表现了诗人对人间地狱——深宫,乃至于对整个封建制度的冷酷无情的独特认知,李白宫怨诗所揭示的是更深层的社会内容,揭示的是冷酷的封建制度的一角,具有超出一般"宫怨诗"的深刻性。

这两首诗在写法上虽有区别,但格调的清新哀婉,境界的高远幽深却是一致的。两首诗的写景言情虽曲折巧妙,但不失自然朴质的本性;两首诗的构思、视角不尽相同,各具特色,但却因共同的主题及呼应的意义而珠联璧合,浑然一体。景中生情,情中观景,呈现出深邃婉转之美,正如黄生评此诗:"含义甚深,故曰'诗可以怨',何必定云'枉把黄金买词赋,相如原是薄情人'(崔道融《长门怨》),始为此题本色语。"(《唐诗摘抄》)

## 怨　情

**【题解】** 此诗作于天宝二年(743)，系李白在朝被疏远的感慨之作。诗中借深居闺阁女子的相思与失意，抒发诗人在朝失意之情。

美人卷珠帘，深坐颦蛾眉。
但见泪痕湿，不知心恨谁？

**【新解】**

美人卷珠帘，深坐颦蛾眉。但见泪痕湿，不知心恨谁——卷珠帘，指卷起珠帘观望。深坐，久坐。颦，指皱眉。蛾眉，女子细而好看的眉毛。出自《诗经·卫风·硕人》："螓首蛾眉。"此诗意为：美丽的女子卷帘守望，久坐深闺，紧锁眉头。脸上还有清晰的泪痕，却不知心中所恨为谁？

**【新评】**

这是一首愁怨诗，但在诗的前三句，却只对人物动作及面部变化进行描绘，未著一"怨"字，末句虽以"恨"收束，却不知应"恨谁"，使这唯一的情感表露也变得缥缈而不确定。因而可以说本诗是极尽含蓄深隐之能事，仔细品味，精妙方能渐出。

首句"美人卷珠帘"中的"卷"字，暗示了美人"望"的动作。卷帘只是为了便于"望"，这一"卷"字将女子"望"之心切烘托出来。如此心切地期盼究竟为何人？毋庸置疑，唯有心上人。但是望而不见，希望渐趋失望，下面两句的"深坐颦蛾眉"、"但见泪痕湿"就将这一心理过程通过女子的表情表现出来。"深坐"将女子"等"的姿态凝固：一方面写出女子心中的希望不死，仍固执地期待着，另一方面却因"深"——等待的时间久，而使女子的身影显得更加落寞孤寂，平添了一份清苦的意境。如果"深坐"只是一个整体轮廓的描摹，无法看出女子的心理活动，那么"颦蛾眉"、"泪痕湿"则将女子内心复杂微妙的情感表露无馀。女子的悲是从脸上残存的泪痕看出的，"恨"、"怨"之极才会流泪，而现在女子的泪已干，表明这位美女的心已在恨极、怨极、悲极的情感高潮中平静，没有了强烈的怨恨，有的只是挥散不开的愁苦，这较之于"哭"的宣泄，更加折磨人心。诗人对女子由盼望到失望，由失望到怨恨，再由怨恨到愁苦的情绪变化描写，皆隐藏于对人物的面部表情的刻画中。只有细致的观察，敏锐的眼光才能有这样传神的表达。正如章燮在《唐诗三百首注疏》中评前三句："不闻怨语，但见怨情。首句写望，次句继之以愁，然后写出泪痕，深浅有序，信手拈来,无非妙笔。"诗意至此,已趋明朗,却又以"不知恨谁"作结,给读者留下无限回味。明明心中有恨,却不知应恨谁——恨心上人的失约,抑或恨令心上人失约的人或事?"恨"的对象的模糊,使心的愁闷愈深,而这一切恨与愁皆源于诗人自己独处的寂寞。

李白以美人自喻,通过此诗表现自己在朝失意的感情。诗人在仕途上也是由满怀希望到仕途受阻而生失望之情,并且在不断的失望之后,对君王也产生了许多怨愤。当诗人反观自己的仕途之路时,心中强烈的怨恨竟也迷惘起来了:究竟应恨不辨忠奸的君王?还是应恨阻隔在自己与君王之间的小人?在认识到个人力量的渺小与无力后,诗人的"恨意"最终也只能化为欲罢不能的苦闷。不论是"怨"还是"愁",都因诗人不甘平凡、不甘寂寞之心而起,因此,末句的精妙之处恰在于将诗人的这种无奈与清醒的自省含蓄地表达出来。

此诗最大的艺术特点是:深隐含蓄,言尽意远。含蓄作为艺术美的形态在中国古典诗学中尤为受到重视,含蓄美是艺术的高格与极致。此诗"缘情蓄意",怨中不言怨,只是抓住了极富包孕性的动作与瞬间,用几个单纯静止的意象组合,营造出深远的思想境界。同时诗人通过对具体人物的具体情状描写,传达出一种强烈而抽象的情绪,以具体可感的真实画面产生出深层的只能意会的情感共鸣,这就是此诗的"馀味"与"神韵"。

## 巴女词

此诗系李白开元十三年(725)去蜀,沿长江行至巴地时,拟巴地民歌所作。

巴水急如箭,巴船去若飞。
十月三千里,郎行几岁归?

巴水急如箭,巴船去若飞。十月三千里,郎行几岁归——巴水,指长江从重庆至三峡巴东这一段。巴水急如箭,巴地之水盛涨时如箭飞之速。十月,形容羁旅之人离开时间之长。三千里,形容羁旅之人离开距离之远。这首诗意为:巴水盛涨急流而下,水上行船也似飞箭发出,急驶而去。离别十月,行程三千,旅人啊,你何时才能归来?

李白创作此诗时大约二十五岁。诗人五岁随父亲来到西蜀昌隆,定居在县南的清廉乡,之后的二十年,都在蜀中度过。蜀中是哺育他成长的地方,因而诗人对蜀中怀有一种特殊的情感,他甚至一直把蜀中看作是自己的家乡。在蜀中的这段时间,李白开始由初露头角,而逐渐对自己充满信心,同时其政治抱负与人生理想也随之确立。此时诗人产生了要到更广阔的天地中施展抱负、实现壮志的愿望,于是诗人离开蜀地开始寻找他的政治出路。《巴女词》就是诗人离开所眷恋的故乡时所写,诗中反映了诗人内心的矛盾:既欢快兴奋,又充满不舍与眷顾。

"巴水急如箭,巴船去若飞"将诗人即将实现自己人生抱负的心情生动地描绘出来。"急如箭"一方面表现了诗人离去之心的激动与急切,期待着自己走出蜀地后,在更广阔的空间施展才华;另一方面,却也因船的急驶,使蜀地渐渐远离自己,而产生一种怅然若失的感觉,因而又不希望太快离去。这种矛盾的心理,在水急与船飞的描写中真实而准确地透露出来。"十月三千里,郎行几岁归"这两句诗,表面看来是从思妇的角度表达对远行旅人的思念,而诗中隐含的思妇,可以理解为是诗人的第二故乡——蜀中。诗人去蜀,对蜀中充满不舍之情;同时蜀地似也对诗人有着情人般的思念,诗人运用拟人手法将诗人的眷念与留恋从侧面烘托。"郎行几岁归"既是思妇所问,亦是诗人自问。诗人对自己的前途虽然充满信心,但未来的不可预知,却使诗人怀着淡淡的惆怅与些许的不安离别蜀地。诗人的归期应是功成名就、衣锦还乡之时,而在我们纵观了李白的一生后,看到除了晚年因流放而一度到过蜀地东境的奉节外,诗人再也没有回到过蜀中。以李白的一生为背景观照此诗时,读者体会到的不仅是诗人的意气风发,更多的是一种诀别的沉痛悲切之情,诗中体现出的淡淡的伤感,也变得沉重。

此诗因拟蜀中民歌所作,语言自然质朴,简洁易懂,韵律和谐,读起来朗朗上口。前两句诗,语调轻松,节奏明快;后两句诗,节奏放慢,语调曲缓,似低述心语。全诗张弛、疾缓交错,造成了情感上的错落起伏,结构上的跌宕有致,充分体现了诗人的才情奇思。

## 哭晁卿衡

此诗作于天宝十三载(754)。晁衡,日本人,原名阿倍仲麻吕(唐时音译为仲满)。他少年时代来唐留学,研习汉文,后在中国留居,前后五十年,历仕左补阙、秘书监卫尉卿,后擢为左散骑常侍、镇南都护等职。他与我国古代著名诗人李白、王维等交谊甚厚。唐天宝十二载冬,晁衡乘船东渡回国,至琉球遇暴风,与其他船只失散。后来漂流到安南驩州,遭遇盗匪,几经辗转,脱险回到长安。此诗是李白听到晁衡溺死于海中的传闻后,哭奠故友之作,表现出诗人对日本友人的真挚友谊。卿是尊称。

日本晁卿辞帝都,征帆一片绕蓬壶。
明月不归沉碧海,白云愁色满苍梧。

日本晁卿辞帝都,征帆一片绕蓬壶——帝都,指长安。蓬壶,指古代传说中的蓬莱和方壶等海上仙山。这里指日本。这两句诗意为:日本国的友人晁衡,辞别长安帝都。在茫茫的东海上,征帆浩浩荡荡向远方漂去,将绕到那仙山蓬壶。

明月不归沉碧海,白云愁色满苍梧——明月,比喻晁衡品德高洁,才华出众。苍梧,本指九嶷山。这里指的是传说中的东海上的一座山。《一统志》记载:淮安府海州朐山东北海中有大洲,名叫郁洲,又名郁州山。据说此山从苍梧飞来,因而又叫苍梧山。这两句意为:他(晁衡)就像一轮皎洁的明月,还未归去,便沉没在碧蓝的大海,海中的苍梧山愁云密布,好像也在为他悲哀。

"日本晁卿辞帝都",诗篇首先以叙事手法勾画出晁衡辞别久居的长安这一历史画面,点明人与事,这时诗人还沉浸在欢送晁衡返回的回忆中。但紧接着"征帆一片绕蓬壶",诗人将思绪从回忆中拉回,由近及远地描绘出晁衡船队在大海中航行的情景,船帆满载着诗人及其他中国友人的祝福,飘摇在无边的大海上。诗人运用丰富的想象将晁衡船队远去的情景,如临其境般表现出来,充满了对异国友人的依依惜别之情。第一句是实写,第二句是虚写,虚实结合,配以"辞帝都"的伤感,"绕蓬壶"的气势,给晁衡远行笼罩了一层苍凉悲壮的气氛。"明月不归沉碧海"将晁衡遇难之事一笔拢住,似轻淡之笔,却满含悲痛。一个"沉"字,既指出了晁衡船沉的事实,也表现了诗人心沉的抑郁,具有很强的感染力,对晁衡的怀念,对其不幸遇难的惋惜皆凝于此字。这里诗人运用比兴手法,对晁衡作了高度评价,以明月象征晁衡的高洁,晁衡的溺海身亡如同皎洁的明月沉沦于大海之中。诗人将"死亡"这一悲剧性的恐怖一幕,以一种壮美表现,全诗境界得以升华。"白云愁色满苍梧"又用拟人手法寄托诗人无限哀思。晁衡遇难,不仅使诗人感到悲恸惋惜,同时浩荡的天地也为之动容。"白云"、"苍梧"这些自然之物被赋予了人的情感,以物衬人,借景传情。最后以一个"满"字将诗人心中的哀愁与惋惜之情充溢全诗。李白以苍梧变色,愁云满山作为收束,构思巧妙,使全诗意境开阔,诗人情感表达得沉郁而凝重,令人回味无穷。

全诗选用了几个短镜头,将它们组合黏结,却形成了一个完整连续的情感脉络,给人一气呵成,馀味无穷的感觉。本诗除题目用了一个"哭"字外,再无哭无泪,一点也没有凄切的情调。但诗人以歌当哭的悼念,却更加震撼人心,达到了"不言悲而悲在其中"、"不著一字而尽得风流"的艺术境界。此诗浅显质朴,诗人将友人逝去和自己的悲伤之情,用虚与实的结合,比兴与对偶的修辞,表达得含蓄而深沉。景因情变,情借景发,显得自然而不落俗套。正如日本近藤元粹在《李太白诗醇》中所说:"是闻安陪仲麻吕覆没讹传之时也,而诗词绝调。惨然之情,溢于楮表。"

## ◎文 赋

### 大鹏赋并序

**【题解】**

无论人类自身是否意识到,作为个体的人,生命的时空是短暂的。自我的生命结束后,宇宙还存在,但自己已消亡。宇宙不再是自己的宇宙,而是他人的宇宙。生命如此短暂,人的一生所占有的空间如此狭小。人从一开始就知道最终的结果,虽然有些凄凉,但却产生了超越有限的幻想。佛教是人类的来世梦,它满足了人们渴望超越有限的欲求,因为这张支票不需要今生今世兑现,死后的世界人又无从知晓,所以佛教的传播越来越广。道教是人类的白日梦,它指引人们在现世要超越有限的时空,但很多人都证明是枉然,所以衰落得更快。只要科学地思索,人类企图超越有限的渴望其实是根本无法实现的幻想而已。然而,这一举动却留下了无数精神财富。

作为一位充满幻想的诗仙,李白的《大鹏赋》便是超越有限的精神图腾。

余昔于江陵,见天台司马子微,谓余有仙风道骨,可与神游八极之表[1]。因著《大鹏遇希有鸟赋》以自广[2]。此赋已传于世,往往人间见之。悔其少作,未穷宏达之旨[3],中年弃之。及读《晋书》,睹阮宣子《大鹏赞》,鄙心陋之[4]。遂更记忆,多将旧本不同。今复存手集,岂敢传诸作者?庶可示之子弟而已。其辞曰:

南华老仙,发天机于漆园[5],吐峥嵘之高论,开浩荡之奇言。徵至怪于齐谐,谈北溟之有鱼[6]。吾不知其几千里,其名目鲲。化成大鹏,质凝胚浑。脱鬐鬣于海岛,张羽毛于天门[7]。刷渤澥之春流,晞扶桑之朝暾[8]。煇赫乎宇宙,凭陵乎昆仑。一鼓一舞,烟朦沙昏。五岳为之震荡,百川为之崩奔。

尔乃蹶厚地,揭太清[9]。亘层霄,突重溟。激三千以崛起,向九万而迅征。背嶪太山之崔嵬,翼举长云之纵横[10]。左回右旋,倏阴忽明。历汗漫以夭矫,䫻阊阖之峥嵘。簸鸿蒙,扇雷霆。斗转而天动,山摇而海倾。怒无所搏,雄无所争。固可想象其势,髣髴其形[11]。

若乃足萦虹蜺,目耀日月[12]。连轩沓拖,挥霍翕忽[13]。喷气则六合生云，洒毛则千里飞雪[14]。邈彼北荒，将穷南图。运逸翰以傍击，鼓奔飚而长驱[15]。烛龙衔光以照物，列缺施鞭而启途。块视三山，杯观五湖。其动也神应，其行也道俱。任公见之而罢钓，有穷不敢以弯弧[16]。莫不投竿失镞，仰之长吁。

尔其雄姿壮观，块轧河汉[17]。上摩苍苍，下覆漫漫。盘古开天而直视，羲和倚日以旁叹[18]。缤纷乎八荒之间[19]，掩映乎四海之半。当胸臆之掩昼，若混茫之未判[20]。忽腾覆以回转，则霞廓而雾散。

然后六月一息，至于海湄[21]。欻翳景以横翥，逆高天而下垂[22]。憩乎泱漭之野，入乎汪湟之池[23]。猛势所射，馀风所吹，溟涨沸渭[24]，岩峦纷披。天吴为之怵慄，海若为之躨跜[25]。巨鳌冠山而却走，长鲸腾海而下驰[26]。缩壳挫鬣，莫之敢窥[27]。吾亦不测其神怪之若此，盖乃造化之所为。

岂比夫蓬莱之黄鹄，夸金衣与菊裳[28]？耻苍梧之玄凤，耀彩质与锦章[29]。既服御于灵仙[30]，久驯扰于池隍。精卫殷勤于衔木，鹎鶋悲愁乎荐筋[31]。天鸡警晓于蟠桃，踆乌晰耀于太阳[32]。不旷荡而纵适，何拘挛而守常[33]？未若兹鹏之逍遥，无厌类乎比方[34]。不矜大而暴猛，每顺时而行藏[35]。参玄根以比寿，饮元气以充肠[36]。戏旸谷而徘徊，冯炎洲而抑扬[37]。

俄而希有鸟见谓之曰[38]："伟哉鹏乎，此之乐也。吾右翼掩乎西极，左翼蔽乎东荒[39]。跨蹑地络，周旋天网[40]。以恍惚为巢，以虚无为场[41]。我呼尔游，尔同我翔。"于是乎大鹏许之，欣然相随。此二禽已登于寥廓，而斥鷃之辈空见笑于藩篱[42]。

[1]江陵：即今湖北江陵。　司马子微：即司马承祯，字子微。据《新唐书·隐逸传》载，他为著名道士。初隐天台山（今浙江天台）。开元中，被召至京师，玄宗诏于王屋山置坛以居。开元二十二年卒，年八十九岁，谥一贞先生。　仙风道骨：神仙的风度和有道者的骨相。　八极之表：指人世之外。《淮南子·原道训》："廓四方，柝八极。"高诱注："八极，八方之极也。"

[2]希有鸟：神话中的神鸟。东方朔《神异经·中荒经》："昆仑之山……有大鸟，名曰希有。南向，张左翼覆东王公，右翼覆西王母，背上小处无羽一万九千里。西王母岁登翼上，会东王公也。"此以"希有鸟"喻司马承祯，而以大鹏鸟自况。　自广：自我宽慰。

[3]宏达：才识宏大广博。

[4]阮宣子《晋书·阮修传》："修字宣子……尝作《大鹏赞》曰：'苍苍大鹏，诞自北溟。假精灵鳞，神化以生。如云之翼，如山之形。海运水击，扶摇上征。翕然层举，背负太清。志存天地，不屑唐廷。莺鸠仰笑，尺鷃所轻。超世高逝，莫知其情。"　鄙：李白谦称。　陋之：以之（《大鹏遇希有鸟赋》）为粗陋。

[5]南华老仙：指庄子。《旧唐书·玄宗纪》："天宝元年，诏封庄子为南华真人。"　天机：天赋的悟性。

漆园：解释不一。一解为古地名。战国时庄周曾为漆园吏。一说在今河南商丘北；一说在今山东菏泽北；一说在今安徽蒙城东。一解为非地名，因庄周在蒙邑中为吏主督漆事。蒙在今商丘北。

〔6〕徵：征引。 至怪：一作"志怪"，记载奇异之事。 齐谐：《庄子·逍遥游》："齐谐者，志怪者也。"成玄英疏曰："姓齐名谐，人姓名也。亦言书名也，齐国有此俳谐之书也。" 北溟之有鱼：《庄子·逍遥游》："北溟有鱼，其名为鲲，鲲之大不知其几千里也。化而为鸟，其名为鹏，鹏之背，不知其几千里也。怒而飞，其翼若垂天之云。是鸟也，海运则将徙于南溟。南溟者，天池也。齐谐者，志怪者也。谐之言曰：'鹏之徙于南溟也，水击三千里，抟扶摇而上者九万里，去以六月息者也。'"

〔7〕鬐鬣（qíliè）：本指马颈上的长毛。此指鲲的脊鬐。 天门：天宫之门。

〔8〕渤澥：即渤海。《初学记》卷六："东海之别有渤澥，故东海共称渤海，又通谓之沧海。" 晞（xī）：干燥。此作动词，即晒。 扶桑：神话中树木名。《山海经·海外东经》："汤谷上有扶桑，十日所浴。"郭璞注："扶桑，木也。"《十洲记》："扶桑在大海中，树长数千丈，一千余围，两干同根，更相依倚，日所出处。" 朝暾：初升的太阳。

〔9〕蹶（jué）：踏。 揭：高举。 太清：天空。

〔10〕嶪（yè）：岌嶪，山高貌。二句谓大鹏背负高耸崔嵬的太山，翼拍纵横苍穹的浮云。

〔11〕髣髴：依稀想见。

〔12〕虹蜺：同虹霓。古人认为虹双出时色彩鲜盛者为雄，称蜺；色彩暗淡者为雌，称蜺。二句指大鹏双足萦绕虹蜺，其目使日月生辉。

〔13〕"连轩"二句：形容大鹏飞走迅速。

〔14〕"喷气"二句：指大鹏喷气使天地四方云生雾起，洒毛则有千里飞雪之势。

〔15〕翰：指鸟羽。 奔飙：急风。此二句指大鹏用闲逸的羽翼两旁拍打，鼓荡疾风，凌空远翔。

〔16〕任公：《庄子·外物》："任公子为大钩巨缁，五十犗以为饵，蹲乎会稽，投竿东海，旦旦而钓，期年不得鱼。已而大鱼食之，牵巨钩，陷没而下，骛扬而奋鬐，白波若山，海水震荡，声侔鬼神，惮赫千里。任公子得若鱼，离而腊之，自淛河以东，苍梧已北，莫不厌若鱼者。" 有穷：夏朝时国名。相传有穷国后羿善射。此即以有穷指后羿。这二句谓任公子不敢再垂钓，后羿也不敢再弯弓。

〔17〕坱（yǎng）轧：贾谊《鹏鸟赋》："大钧播物兮，坱轧无垠。"扬雄《甘泉赋》："忽坱轧而无垠。"意为漫无边际。这二句指大鹏雄姿矫健，非常壮观，在空中与河汉相映。

〔18〕盘古：神话中开天辟地的人。盘古生于天地混沌中。后天地开辟，天日高一丈，地日厚一丈，盘古日长一丈，如此一万八千岁，天就极高，地就极深。所有日、月、星辰、风、云、山、川、田、地、草、木，均为其死后身体各部所变。 羲和：古代神话传说中驾日车之神。这二句谓盘古开天来观看大鹏的飞翔，羲和倚在日旁为此壮观而感叹。

〔19〕缤纷：缭乱貌。 八荒：八方极远之地。

〔20〕混茫：混沌蒙昧，指上古人类未开化状态。这二句指当大鹏用胸脯掩遮白昼时，天地就仿佛处于上古未开化时的那种混茫状态。

〔21〕海湄：海边。

〔22〕欻（xū）：忽然。 翳景：蔽遮日月之光。 矗（zhú）：飞举。此二句指大鹏忽然横飞掩蔽日月，背高大而下垂。

〔23〕泱漭（yāngmǎng）：广大无涯貌。 汪湟：水势盛大貌。这二句谓大鹏休憩在广袤无边的荒野上，又沐浴在浩瀚的海水中。

〔24〕溟涨：大海。 沸渭：水势汹涌不定的样子。

〔25〕天吴：水神名。《山海经·海外东经》："朝阳之谷，神曰天吴，是为水伯。……其为兽也。八首八面，

八足八尾,皆青黄。 怵慄:恐惧、战栗。 海若:传说中的海神名。 蹼跜(kuíní):动荡貌。这二句谓大鹏凶势之猛,使水伯都感到恐惧,海神也为之战栗不安。

〔26〕巨鳌:大龟。这二句指负山的大龟见了连忙避走,长鲸见了立即腾跃潜逃。

〔27〕缩壳:指海龟缩头壳中。 挫鬣:指鲸折断长鬣,不敢窥视大鹏。这二句形容海中动物见大鹏后的畏惧情景。

〔28〕据《西京杂记》载:汉昭帝始元元年(前86)曾有黄鹄下太液池,昭帝为之歌曰:"黄鹄飞兮下建章,羽肃肃兮行跄跄,金为衣兮菊为裳。"当时在太液池中造三座神山,以象征蓬莱、方丈、瀛洲。

〔29〕苍梧:山名,即九疑山。在今湖南宁远县南。 玄凤:黑色凤鸟。这二句谓大鹏使只会炫耀自己锦彩羽毛的苍梧玄凤也感到羞愧。

〔30〕服御:驾御。 灵仙:灵物神仙。

〔31〕精卫:神话中的鸟名。《山海经·北山经》:"发鸠之山……有鸟焉。其状如乌,文首,白喙,赤足,名曰精卫。其鸣自詨。是炎帝之少女,名曰女娃。女娃游于东海,溺而不反,化为精卫。常衔西山之木石,以堙于东海。" 鷃鶋:即爰居,海鸟名。《国语·鲁语上》:"海鸟曰爰居,止于鲁东门之外三日,臧文仲使国人祭之。"

〔32〕天鸡:《太平御览》卷九一八引《玄中记》:东南有桃都山,上有大树,名曰桃都,枝相去三千里,上有天鸡,日初出,照此木,天鸡则鸣,群鸡皆随之鸣。" 踆乌:三足乌。传说为太阳中的鸟,后代指太阳。

〔33〕"不旷"二句:谓何不旷达坦荡而恣情自适,却要拘束蜷曲而墨守成规?

〔34〕"未若"二句:谓精卫、鷃鶋、天鸡、踆乌都不如大鹏自由自在,大鹏无与伦比。

〔35〕"不矜"二句:指大鹏不骄矜硕大,不表露凶猛,却经常顺应时运,决定出处行止。

〔36〕参:参验。 玄根:道之根本。 元气:古代哲学名词,指阴阳二气混沌未分时的实体。

〔37〕旸谷:古代传说中日出处。《书·尧典》:"分命羲仲,宅嵎夷,曰旸谷。"孔传:"旸,明也。日出于谷而天下明,故称旸谷。" 冯:同"凭"。 炎洲:传说南海中洲名。《十洲记》载:炎洲在南海中,地方二千里,去北岸九万里,亦多仙家。

〔38〕俄而:不久。

〔39〕西极:西方极远之地。 东荒:东方极远之地。形容希有鸟形体之大,其翼可掩蔽东西极远之地。

〔40〕跨蹑:跨踏。 地络:大地的脉络,指山川。 天网:天之网维。

〔41〕"以恍惚"二句:谓希有鸟以混茫为栖息之地,以虚无为游戏场所。

〔42〕二禽:指大鹏和希有鸟。 寥廓:广阔的天空。 斥鷃:即鹌鹑。《庄子·逍遥游》:"斥鷃笑之曰:'彼且奚适也?我腾跃而上,不过数仞而下,翱翔蓬蒿之间,此亦飞之至也,而彼且奚适也?'"这二句指大鹏、希有鸟已腾跃于太空,而斥鷃之类的小鸟却只能空蹲在藩篱边,被人嘲笑。

《大鹏赋》的大鹏形象来自《庄子·逍遥游》,然而李白对它投入了无比的热情,具有独特的个性光华。李白在大鹏的形象中寄寓了自己的自由理想。大鹏超越了人间的桎梏,比黄鹄、玄凤自由,更比精卫等逍遥,比天鸡等自在。凡鸟拘束守常,大鹏无拘无束,遨游四海。大鹏,显示了超越有限时空的可能,表现出高远、无限、自由的特征。这正是李白人格理想的折射。

# 为宋中丞自荐表

此文作于至德二载(757),为李白出寻阳狱后在宋若思幕府中以宋的名义而写的上奏朝廷的自荐表。

臣某闻,天地闭而贤人隐,云雷屯而君子用[1]。臣伏见前翰林供奉李白,年五十有七。天宝初,五府交辟,不求闻达[2],亦由子真谷口,名动京师[3]。上皇闻而悦之,召入禁掖[4]。既润色于鸿业,或间草于王言,雍容揄扬[5],特见褒赏。为贱臣诈诡,遂放归山[6]。闲居制作,言盈数万。属逆胡暴乱,避地庐山,遇永王东巡胁行,中道奔走,却至彭泽。具已陈首,前后经宣慰大使崔涣及臣推覆清雪,寻经奏闻[7]。

臣闻古之诸侯,进贤受上赏,蔽贤受明戮[8]。若三适称美,必九锡光荣[9],垂之典谟,永以为训。臣所管李白,实审无辜。怀经济之才,抗巢由之节,文可以变风俗,学可以究天人[10]。一命不霑,四海称屈[11]。伏惟陛下大明广运,至道无偏,收其希世之英,以为清明之宝。昔四皓遭高皇而不起,翼惠帝而方来[12]。君臣离合,亦各有数。岂使此人名扬宇宙而枯槁当年?传曰:举逸人而天下归心。伏惟陛下回太阳之高辉,流覆盆之下照[13]。特请拜一京官,献可替否,以光朝列[14]。则四海豪俊,引领知归[15]。不胜悾悾之至[16],敢陈荐以闻。

[1]"臣某闻"三句:《易·坤·文言》:"天地闭,贤人隐。"孔颖达疏:"谓二气不相交通,天地否闭,贤人潜隐。"《易·屯》:"云雷屯,君子以经纶。"王弼注:"君子经纶之时。"这三句是说,为臣我听说,世道昏暗,则贤士多隐居山林;政治清明,则贤人出仕而乐于为用。

[2]"五府"二句:虽为官府聘请,但自己不追求显达和名望。五府:《后汉书·张楷传》:"五府连辟,举贤良方正,不就。"李贤注:"五府,太傅、太尉、司徒、司空、大将军也。"

[3]"亦由"二句:《华阳国志·先贤士女总赞》:"郑子真,褒中人也……家谷口,号谷口子真。"《汉书·郑子真传》:"其后有郑子真,蜀有严君平,皆修身自保,非其服弗服,非其食弗食。成帝时,元舅大将军王凤,以礼聘子真,子真遂不诎而终。及(扬)雄著书言当世士,称此二人。其论曰:'……谷口郑子真,不诎其志,耕于岩石之下,名震于京师。'"李白像当年郑子真一样学道有术,故名动京师。

[4]上皇:指玄宗。天宝十五载,肃宗即位,尊玄宗为太上皇。  禁掖:宫中旁殿。此泛指帝王所居,犹言禁中、禁垣。

[5]润色:此指修饰文字,使有文采。  鸿业:大业,王业。  雍容:态度大方,从容不迫。  揄扬:宣扬,

赞扬。

〔6〕"为贱臣"二句：魏颢《李翰林集序》："许中书舍人，以张垍谗逐，游海、岱间，年五十馀尚无禄位。"此"贱臣"当指张垍而言。　诈诡：欺骗，谗毁。

〔7〕陈首：自己陈述。据《新唐书·宰相表》：至德元载八月庚子，"蜀郡太守崔涣为门下侍郎，同中书门下平章事。"十一月戊午，"涣为江南宣慰使"。　推覆清雪：审讯覆案，洗清冤情。

〔8〕"进贤"二句：引用《汉书·武帝纪》元朔元年诏："进贤受上赏，蔽贤蒙显戮，古之道也。"明戮：即"显戮"，避中宗讳改。

〔9〕三适：三次举贤得人。《汉书·武帝纪》："有司奏议曰：古者诸侯贡士，壹适谓之好德，再适谓之贤德，三适谓之有功。乃如九锡。"颜师古注引服虔曰："适，得其人。"　九锡：颜师古注引应劭曰："一曰车马，二曰衣服，三曰乐器，四曰朱户，五曰纳陛，六曰虎贲百人，七曰铁钺，八曰弓矢，九曰秬鬯。此皆天子制度，尊之，故事事锡予，但数少耳。"

〔10〕经济之才：经世济民之才。　巢由之节：巢父与许由的节操。巢父、许由，均为尧时高士。　究：穷究，极尽。　天人：天人之际的略词，犹现在说的客观规律。

〔11〕一命：受初次品官。　霑：霑润，分润。这二句说，朝廷一次拜命都未使之得到，天下人都为其叫屈。

〔12〕四皓：商山四皓，秦末隐士，汉高祖屡请不出。后吕后用张良计，使皇太子卑辞束帛致礼迎至。高祖初欲易太子，见四皓辅佐而罢。这二句引此事，以汉高祖喻玄宗，惠帝喻肃宗，以四皓自比。

〔13〕覆盆：覆置之盆不见光亮，以此喻沉冤莫白。这二句说，如今帝王能使太阳的光辉照到覆盆之下，使蒙冤者见到光明。

〔14〕"特请"三句：特意请求授予李白一个朝廷职务，使其能为朝廷做些劝善规过、议兴议革之事，从而使朝列官增添光彩。

〔15〕引领：伸长脖子，形容盼望殷切。

〔16〕偻偻：勤恳的样子。

表中叙述了作者天宝初被玄宗召见，入宫供奉翰林，备受上皇优宠的荣耀历史及"遇永王东巡协行"之经过，并对从璘一事加以开脱；宣扬自己"怀经济之才，抗巢由之节，文可以变风俗，学可以究天人"的政治文学才能；恳请肃宗收其为"希世之英"，"以光朝列"。其中急于报国之情，热衷仕进之心溢于言表。文中充满了对肃宗不合时宜的幻想。向朝廷推荐李白的荐表，却由李白自己书写，由此可见李白与宋若思的关系非同一般。

## 代寿山答孟少府移文书

本文为开元十五年(727)，李白隐居安陆北寿山时所作。孟少府，姓孟的县尉，名未详。移文，文体名。《文选》中有孔稚圭《北山移文》。李白此文寓庄于谐，戏仿孔稚圭文，但却体现了李白的人生理想。

淮南小寿山谨使东峰金衣双鹤衔飞云锦书于维扬孟公足下曰[1]：仆包大块之气，生洪荒之间[2]。连翼轸之分野，控荆衡之远势[3]。盘薄万古，邈然星河[4]。凭天霓以结峰，倚斗极而横嶂[5]。颇能攒吸霞雨[6]，隐居灵仙。产隋侯之明珠，蓄卞氏之光宝[7]。罄宇宙之美，殚造化之奇[8]。方与昆仑抗行，阆风接境[9]。何人间巫、庐、台、霍之足陈耶[10]？

昨于山人李白处见吾子移文，责仆以多奇，鄙仆以特秀[11]。而盛谈三山五岳之美，谓仆小山无名，无德而称焉。观乎此言，何太谬之甚也[12]。吾子岂不闻乎：无名为天地之始，有名为万物之母[13]。假令登封禋祀，曷足以大道讥耶[14]？然能损人费物，庖杀致祭，暴殄草木，镌刻金石。使载图典，亦未足为贵乎[15]？且达人庄生，常有馀论，以为尺鹦不美于鹏鸟，秋毫可并于太山[16]。由斯而谈，何小大之殊也[17]？

又怪于诸山藏国宝、隐国宝，使吾君傍道烧山[18]，披访不获，非通谈也。夫皇王登极，瑞物昭至[19]。蒲萄翡翠以纳贡[20]，河图洛书以应符[21]。设天网而掩贤，穷月窟以率职[22]。天不秘宝，地不藏珍[23]。风威百蛮[24]，春养万物。王道无外，何英贤珍玉而能伏匿于岩穴耶？所谓傍道烧山，此则王者之德未广矣。昔太公大贤，傅说明德，栖渭川之水，藏虞、虢之岩，卒能形诸兆朕，感乎梦想[25]。此则天道暗合，岂劳乎搜访哉？果投竿指麾，舍筑作相，佐周文，赞武丁。总而论之，山亦何罪？乃知岩穴为养贤之域，林泉非秘宝之区。则仆之诸山，亦何负于国家矣！

近者逸人李白自峨眉而来，尔其天为容，道为貌，不屈己，不干人，巢由以来，一人而已[26]。乃虬蟠龟息[27]，遁乎此山。仆尝弄之以绿绮，卧之以碧云，漱之以琼液，饵之以金砂[28]。既而童颜益春，真气愈茂。将欲倚剑天外，挂弓扶桑[29]。浮四海，横八荒，出宇宙之寥廓，登云天之渺茫。俄而李公仰天长吁，谓其友人曰：吾未可去也。吾与尔，达则兼济天下，穷则独善一身。安能餐君紫霞，荫君青松，乘君鸾鹤，驾君虬龙，一朝飞腾，为方丈蓬莱之人耳[30]。此则未可也。乃相与卷其丹书，匣其瑶瑟，申管、晏之谈，谋帝王之术[31]，奋其智能，愿为辅弼[32]，使寰区大定，海县清一[33]。事君之道成，荣亲之义毕。然后与陶朱、留侯，浮五湖，戏沧洲[34]，不足为难矣。即仆林下之所隐容[35]，岂不大哉！必能资其聪明，辅以正气，借之以物色，发之以文章，虽烟花中贫，没齿无恨[36]。其有山精木魅，雄虺猛兽，以驱之四荒，磔裂原野[37]，使影迹不绝，不干户庭。亦遣清风扫门，明月侍坐。此乃养贤之心,实亦勤矣。

孟子孟子[38],无见深责耶!明年青春,求我于此岩也。

〔1〕淮南小寿山:唐时安州安陆郡隶淮南道,故称。　金衣双鹤:黄羽毛的一对鹤。　维扬:《尚书·禹贡》:"淮海惟扬州。"后人因称扬州为维扬。　足下:对对方的尊称。

〔2〕大块:指大自然。《淮南子·真训》:"夫大块载我以形。"高诱注:"大块,天地之间也。"　洪荒:指混沌蒙昧状态的太古之世。

〔3〕翼轸:古代天文学家把黄道的恒星分成二十八个星座,称为二十八宿,翼与轸为二十八宿中的二宿。古代又把天上的二十八宿与地上的州、国联系起来,称为分野。翼轸两宿的分野为荆楚地区。荆州、衡州古属楚国,故曰"控荆衡"。

〔4〕盘薄:坚固貌。　邈然:遥远的样子。

〔5〕"凭天霓"二句:指峰高可达虹霓,其山连绵依傍着北斗。

〔6〕攒:聚集。

〔7〕隋侯之明珠,卞氏之光宝:《淮南子·览冥训》:"隋侯之珠,和氏之璧。"高诱注:"隋侯见大蛇伤断,以药敷之,后蛇于江中衔大珠以报之,因曰隋侯之珠,盖明珠也。"又据《韩非子》载,楚国人卞和在山中得一玉璞,先后两次献给厉王、武王,都以为是石,刖去卞和双足。文王即位,卞和于楚山下抱玉璞痛哭,文王派玉工治理璞而得宝,遂命之曰和氏之璧。此谓北寿山所产皆珍宝。

〔8〕罄、殚:皆为竭尽意。这二句谓北寿山尽蓄宇宙大自然的奇美之物。

〔9〕"方与"二句:《水经注·河水》:"昆仑之山三级,下曰樊桐,一名板桐。二曰玄圃,一名阆风。上曰增城,一名天庭,是谓太帝之居。"此谓寿山正可与昆仑抗衡,与阆风相邻。

〔10〕巫:指巫山,在今重庆、湖北交界处。　庐:在今江西九江市南,即庐山。　台:天台山。在今浙江天台东北。　霍:霍山,在今安徽西部。

〔11〕"责仆"二句:谓指责我寿山多奇,鄙薄我寿山特秀。

〔12〕"观乎"二句:谓认真观分析这话,是多么荒谬。

〔13〕"无名"二句:《老子》第一章:"无名天地之始,有名万物之母。"河上公注曰:"无名者,谓道无形,故不可名也。……有名,谓天地有形位,阴阳有刚柔,是其名也。万物母者,天地含气生万物,长大成熟,如母之养子。"由此可以看出李白对道家思想的接受。

〔14〕登封:指登泰山封禅。秦始皇、汉武帝、唐玄宗都曾登泰山封禅,向上天报告自己的功业。　禋祀:升烟之祭,古代祭天的典礼。这二句谓寿山虽小,如果有帝王登封祭祀,可与三山、五岳一样为用,何足以大道来讥笑我呢?

〔15〕"然能"六句:如能在寿山使人费损财物,杀牲致祭,残害草木,刻石纪功,载于图书,难道不是同样可以尊贵吗?

〔16〕达人:旷达之人。　庄生:指战国时道家思想家庄周。《庄子·齐物论》:"天下莫大于秋毫之末,而太山为小。"此借庄子语说明尺鷃之小不羡鹏之大,秋毫之小亦可与太山并列。

〔17〕"由斯"二句:谓从这点而论,哪有什么小与大的不同。

〔18〕牓道:张贴告示于路旁。　烧山:用阮瑀事。据《三国志》裴松之注引《文士传》曰:"太祖雅闻阮瑀名,辟之,不应。连见迫促,乃逃入山中。太祖使人焚山,得瑀,送至。"

〔19〕瑞物:预兆吉祥之物。

〔20〕"蒲萄"二句:王琦注云:"蒲萄西域所产,翡翠南越所产,略举二物,以见远方纳贡之意。"

〔21〕"河图"句:《易·系辞》:"河出图,洛出书,圣人则之。"此谓河图洛书乃应吉祥的符瑞。

〔22〕"设天网"句:指撒开天网,搜罗贤者。"穷月"句:穷尽四方之人都来奉行职事。月竁(cuì),月窟。

〔23〕"天不"二句:指天地并不秘藏珍宝。

〔24〕百蛮:夷狄总称。指与华夏对称的众少数民族。

〔25〕太公:指姜太公,垂钓于渭滨,周文王梦见太公,出猎而遇,载以归,拜为师。 傅说:原为虞虢之界傅岩筑墙的奴隶,商王武丁梦得圣人,以其形象求之,因得傅说,任为大臣,治理国政。 兆朕:事物发生之前的征候、迹象。

〔26〕巢由:指巢父、许由,尧时隐士。

〔27〕虬蟠龟息:道家语言。谓蟠曲如虬(无角龙),呼吸调息如龟(不饮食而长生)。《抱朴子·对俗》:"《史记·龟策传》云:江淮间居人为儿时,以龟支床,至死后,家人移床而龟故生,此亦不减五六十岁也。不饮不食,如此之久而不死,其与凡物不同亦远矣。仙家象龟之息,岂不有以乎!"

〔28〕绿绮:琴名。 琼液:玉液。 金砂:即丹砂、仙药。这四句谓我寿山用绿绮琴让其抚弄,用碧云让其卧息,用琼液让其漱口,用仙药让其服食。

〔29〕倚剑天外:宋玉《大言赋》:"方地为车,圆天为盖,长剑耿耿倚天外。" 扶桑:神话中日出处的树木。阮籍《咏怀诗》:"弯弓挂扶桑,长剑倚天外。"

〔30〕"安能"六句:谓原本托寿山之福的,怎能一朝飞腾即成仙而去。方丈、蓬莱:传说中的海中仙山。

〔31〕"乃相与"四句:谓卷起炼丹的书,把琴瑟装进匣中,离开隐居之地。陈述战国时名相管仲、晏婴的言论,谋求帝王的统治之术。

〔32〕辅弼:宰相。这二句谓发扬其智慧才能,希望成为帝王的宰相。

〔33〕寰区:犹寰宇、宇内,天下。 海县:犹海内。 清一:清平统一。

〔34〕陶朱:指范蠡,春秋末越国大夫,越为吴败时,曾赴吴为质两年。回越后助越王勾践卧薪尝胆,发愤图强,灭亡吴国。后浮五湖,游齐国,改名鸱夷子皮。到陶(今山东定陶西北),改名陶朱公,以经商致富。留侯:指张良,帮助刘邦建立汉朝,封留侯。 沧洲:滨水之地,古代常用以称隐士的居处。

〔35〕隐容:一作隐客。

〔36〕烟花中贫:指春景衰落。 没齿:终年、终身。

〔37〕山精木魅:山林中的精怪鬼魅。鲍照《芜城赋》:"木魅山鬼,野鼠城狐,风嗥雨啸,昏见晨趋。" 虺:毒蛇。 猛兽:猛虎。 磔裂:分裂肢体。

〔38〕孟子:对孟少府的尊称。

李白拟寿山口吻表达自己立身处世的原则。"岩穴为养贤之域,林泉非秘宝之区",说明隐居是手段而不是目的,自己并非甘当隐士,而是类似姜太公与傅说。同时,也申明了自己追求自由,不以丧失人格来换取功名的人生准则。文中以"申管、晏之谈,谋帝王之术,奋其智能,愿为辅弼,使寰区大定,海县清一"为自己的政治抱负,充满了锐意进取的精神。同时又表明其并非迷恋功名,以功成身退为最高的政治理想。全文热情充沛,气势不凡,为青年时期的代表作品。

# 上安州李长史书

安州,在今湖北安陆。李长史,即李京之。开元十七年(729),李白在安州因酒醉未回避李长史之乘驾,冒犯了官威,受到李长史的训责。此书是李白向李长史解释误撞乘驾之原因,深表歉意,以期解除误会。并上诗三首,希望其赏识鉴拔。

白,嵚奇历落可笑人也,虽然,颇尝览千载,观百家[1]。至于圣贤,相似厥众,则有若似于仲尼,纪信似于高祖[2]。牢之似于无忌,宋玉似于屈原[3]。而遥观君侯,窃疑魏洽[4]。便欲趋就,临然举鞭,迟疑之间,未及回避。且理有疑误而成过,事有形似而类真,惟大雅含弘[5],方能恕之也。

白少颇周慎,悉闻义方[6]。入暗室而无欺,属昏行而不变[7]。今小人履疑误形似之迹,君侯流恺悌矜舍之恩[8]。戢秋霜之威,有冬日之爱[9]。睟容有穆[10],怒颜不彰。虽将军息恨于长孺之前,此无惭德[11];司空受揖于元淑之际,彼未为贤[12]。一言见冤,九死非谢[13]。

白孤剑谁托,悲歌自怜,迫于栖惶,席不暇暖[14]。寄绝国而何仰,若浮云而无依,南徙莫从,北游失路,远客汝海,近还邓城[15]。昨遇故人,饮以狂药,一酌一笑,陶然乐酣,因河朔之清觞,饮中山之醇酎[16]。属早日初眩,晨霾未收[17]。乏离朱之明,昧王戎之视[18]。青白其眼[19],瞢而前行。亦何异抗庄公之轮,怒螳螂之臂[20]。御者趋召,明其是非。入门鞠躬,精魄飞散[21]。昔徐邈缘醉而赏,魏王却以为贤[22]。无盐因丑而获,齐君待之逾厚。白,妄人也,安能比之。上挂《国风》相鼠之讥,下怀《周易》履虎之惧[23]。憨以固陋,礼而遣之。幸容宁越之辜,深荷王公之德[24]。铭刻心骨,退思狂僭[25]。五情冰炭[26],罔知所措。昼愧于影,夜惭于魄。启处不遑[27],战蹐无地。

伏惟君侯,明夺秋月,和均韶风[28],扫尘辞场,振发文雅。陆机作太康之杰士,未可比肩[29];曹植为建安之雄才,惟堪捧驾[30]。天下豪俊,翕然趋风,白之不敏[31],窃慕馀论。

何图叔夜潦倒,不切于事情[32]。正平猖狂,自贻于耻辱[33]。一忤容色,终身厚颜[34]。敢沐芳负荆,请罪门下[35]。傥免以训责,恤其愚蒙,如能伏剑结缨,谢君侯之德[36]。敢一夜力撰《春游救苦寺》诗一首十韵、《石岩寺》诗一首八韵、《上杨都尉》诗一首三十韵,辞旨狂野,贵露下情,轻干视德,幸乞详览。

〔1〕嶔奇:高峻貌,比喻人的杰出不群。 历落:磊落。 百家:《汉书·武帝纪赞》:"孝武初立,卓然罢黜百家。"颜师古曰:"百家,谓诸子杂说,违背六经。"

〔2〕有若似于仲尼:《史记·仲尼弟子列传》:"孔子既没,弟子思慕,有若状似孔子,弟子相与共立为师,师之如夫子时也。" 纪信:王琦注云:"《史记》、《汉书》载纪信诳楚事,不言其貌似高祖。惟《白帖》云纪信貌似汉王,乘黄屋车,左纛,诈称汉王出降项羽。不详出于何书,要必有所本。"

〔3〕牢之似于无忌:《晋书·何无忌传》:"何无忌,刘牢之之甥,酷似其舅。" 宋玉似于屈原:王注引《襄阳耆旧传》:"宋玉识音而善文,襄王好乐而爱赋,既美其才,而憎其似屈原也。"

〔4〕君侯:原为诸侯、丞相之尊称,后对达官贵人皆可用此尊称。赵翼《陔馀丛考·君侯》:"盖自汉以来,君侯为贵重之称,故口语相沿,凡称达官贵人皆为君侯耳。"此指李长史。 魏洽:未详。

〔5〕大雅:对才德高尚者之赞词。 含弘:肚量宽大。卢谌《赠刘琨一首并书》:"大雅含弘,量苞山薮。"

〔6〕周慎:周详审慎。 忝:自谦之辞。 义方:所宜之道。

〔7〕"入暗室"二句:《南史·梁简文帝纪》:"有梁正士兰陵萧世赞:立身行道,终始若一,风雨如晦、鸡鸣不已。弗欺暗室,岂况三光。"此二句自陈志节之高。

〔8〕矜舍:怜惜。这二句谓如今小人专找别人似是而非的疑误形迹,而君侯您却不是这样,而是很大度地以悯人怜物为怀。

〔9〕戢:收也。荀悦《申鉴·杂言上》:"喜如春阳,怒如秋霜。"《文选》卷五八王俭《褚渊碑文》:"君垂冬日之温,臣尽秋霜之戒。"李善注:"言君垂恩有如冬日,而臣戒惧,常若秋霜。"

〔10〕晬:润泽的样子。 《文选》卷四六王融《三月三日曲水诗序》:"晬容有穆,宾仪式序。"

〔11〕"虽将军"二句:《汉书·汲黯传》:汲黯性倨少礼。大将军卫青姊为皇后,气焰熏天,然黯与之常不拘礼数。"或说黯曰:'自天子欲令群臣下大将军,大将军尊贵诚重,君不可以不拜。'黯曰:'夫以大将军有揖客,反不重耶?'大将军闻,愈贤黯。"

〔12〕"司空"二句:《后汉书》卷一一〇《赵壹传》:"赵壹,字元叔,汉阳西县人……光和元年,举郡上计到京师。是时司徒袁逢受计,计吏数百人皆拜伏庭中,莫敢仰视。壹独长揖而已。逢望而异之,命左右让曰:'下郡计吏而揖三公,何也?'对曰:'昔郦食其长揖汉王,今揖三公,何遽怪哉?'逢即敛衽下堂,执其手,延置上坐,因问西方事,大悦,顾谓座中曰:'此汉阳赵元叔也,朝臣莫有过之者,吾请为诸君分坐。'坐者皆属观。"举汉代汲黯对大将军卫青、赵壹对司徒袁逢皆长揖不拜,不但不被认为失礼,反而更加受礼遇的事例,希望李长史也不要以常理常情待己。王琦注云:"司空当是司徒,元淑当是元叔之误。"

〔13〕"一言"二句:君侯见谅我的失礼行为,我虽九死而不辞。

〔14〕孤剑:陈子昂《东征答朝臣相送》:"孤剑将何托,长谣塞上风。" 悷惶:不安定的样子。 不暇:没有时间。

〔15〕汝海:即汝水。汝水流经汝州、豫州入淮,在今河南省南部。 邔城:今湖北安陆。《通典》卷一八三:"安州,今理安陆县。春秋邔子之国。云梦之泽在焉。"

〔16〕狂药:指酒。《晋书·裴楷传》:"长水校尉孙季舒尝与石崇酣燕,慢傲过度,崇欲表免之。裴楷闻之,谓崇曰:'足下饮人狂药,责人正礼,不亦乖乎?'" 河朔之清觞:《初学记》卷三魏文帝《典论》曰:"大驾都许,

使光禄大夫刘松北镇袁绍军，与绍子弟日共宴饮，常以三伏之际，昼夜酣饮，极醉，至于无知，云以避一时之暑。故河朔有避暑饮。" 醇酎(zhòu)：美酒。酎，重酿酒。

〔17〕晨霾：早晨昏雾之气。

〔18〕离朱：古代视觉好者。传说其能视百步之外，见秋毫之末。 王戎：《晋书·王戎传》："戎幼而颖悟，神彩秀彻，视日不眩。裴楷见而目之曰：'戎眼烂烂如岩下电。'"

〔19〕青白其眼：《晋书·阮籍传》："籍又能为青白眼，见礼俗之士，以白眼对之。及嵇喜来吊，籍作白眼，喜不怿而退。喜弟康闻之，乃赍酒挟琴造焉，籍大悦，乃见青眼。"

〔20〕"亦何"二句：《韩诗外传》卷八："齐庄公出猎，有螳螂举足将搏其轮，问其御曰：'此何虫也？'御曰：'此是螳螂也。其为虫知进而不知退，不量力而轻就敌。'庄公曰：'以为人必为天下勇士矣。'于是回车避之，而勇士归。"

〔21〕"昨遇故人"至"精魄飞散"意为：由于昨日在朋友家多饮了几杯，在归途中又因晨日耀目，晨雾未散，影响视力，未能看清大人车驾，误而撞之，无异于螳臂当车，诚惶诚恐。

〔22〕"昔徐邈"二句：《三国志·魏书·徐邈传》载：徐邈为尚书郎，时朝廷禁酒，而徐邈私自饮酒沉醉。"校事赵达问以曹事，邈曰：'中圣人。'达白之太祖，太祖甚怒。度辽将军鲜于辅进曰：'平日醉客谓酒清者为圣人，浊者为贤人。邈性修慎，偶醉言耳。'"竟免于刑罚。

〔23〕"上挂"二句：《诗经·鄘风·相鼠》："相鼠有皮，人而无仪。人而无仪，不死何为？"《易·履卦》："履虎尾，咥人，凶。"

〔24〕宁越：据《吕氏春秋》载：宁越者，中牟鄙人也。苦耕稼之劳，谓其友曰："何为可以免此苦也？"其友曰："莫如学也。学三十载，则可以达矣。"宁越曰："请以十五岁。人将休，吾不敢休，人将卧，吾不敢卧。"学十五岁而为周威王之师也。

〔25〕狂僭：大过。

〔26〕五情：喜、怒、哀、乐、怨。

〔27〕启处不遑：坐卧不安。

〔28〕韶风：和风也。

〔29〕陆机：西晋太康年间著名文学家。 比肩：彼此地位相等。

〔30〕"曹植"二句：语出钟嵘《诗品序》："陈思为建安之杰，公幹、仲宣为辅；陆机为太康之英，安仁景阳为辅。"

〔31〕不敏：鲁钝，自谦之词。《论语·颜渊》："回虽不敏，请事斯语矣。"

〔32〕"何图"二句：嵇康字叔夜。嵇康《与山巨源绝交书》："足下旧知吾潦倒粗疏，不切事情。"

〔33〕正平：祢衡字。孔融曾向曹操推荐祢衡。《后汉书·祢衡传》载："操欲见之，而衡素相轻疾，自称狂病，不肯往，而数有恣言。操怀忿，而以其才名不欲杀之。闻衡善击鼓，乃召为鼓史，因大会宾客，阅试音节。诸史过者，皆令脱其故衣，更著岑牟单绞之服。次至衡，衡方为《渔阳参挝》，蹀躞而前，容态有异，声节悲壮，听者莫不慷慨。衡进至操前而止。吏呵之曰：'鼓史何不改装而轻敢进乎！'衡曰：'诺。'于是先解衵衣，次释馀服，裸身而立，徐取岑牟单绞而著之，毕，复参挝而去，颜色不怍。操笑曰：'本欲辱衡，衡反辱孤。'"

〔34〕厚颜：即颜厚之意，意思是惭愧。

〔35〕"敢沐"二句：《史记·廉颇蔺相如列传》："廉颇闻之，肉袒负荆，因宾客至蔺相如门谢罪。"

〔36〕伏剑：指仰于剑刃之下，意为处死。《南史·江淹传》载《上建平王书》："常欲结缨伏剑，少谢万一，剖心摩踵，以报所天。"王琦注云："犹云杀身以报德也。"

这篇文章虽内容平淡,但才华横溢,妙笔生花。随意运用典故,对仗工整,显示了李白丰富的知识和作文的技巧。

## 与贾少公书

少公,唐代县尉的别称。《容斋四笔·官称别名》:"唐人好以他名标榜官称,尉曰少府、少公、少仙。"至德元载(756)秋,李白隐居庐山屏风叠。冬,永王璘慕太白之才名,辟为幕府僚佐。书中所云"辟书三至"、"严期迫切"等语,可证此书作于应征之后,未赴幕府之前。

宿昔惟清胜[1]。白绵疾疲苶,去期恬退[2],才微识浅,无足济时。虽中原横溃[3],将何从救之?王命崇重,大总元戎[4]。辟书三至[5],人轻礼重。严期迫切[6],难以固辞。扶力一行[7],前观进退。

且殷深源庐岳十载,时人观其起与不起,以卜江左兴亡[8]。谢安高卧东山,苍山属望[9]。白不树矫抗之迹,耻振玄邈之风[10]。混游鱼商,隐不绝俗,岂徒贩卖云壑,要射虚名[11]?方之二子,实有惭德[12]。徒尘忝幕府,终无能为[13]。唯当报国荐贤,持以自免,斯言若谬,天实殛之[14]。以足下深知,具申中款[15]。惠子知我,夫何间然[16]?勾当小事,但增悚惕[17]。

[1]宿昔惟清胜:此句王琦云:"上似有缺文。"
[2]绵疾:久病。疲苶:倦怠貌。《文选》卷二十六谢灵运《过始宁墅》诗:"疲苶惭坚贞。"吕向注:"疲苶,困极之貌。" 恬退:指淡泊名利,不事奔竞,安于退让。
[3]横溃:水旁决貌。此指安史之乱使中原兵连祸结。《文选》卷三十谢灵运《拟魏太子邺中集诗》:"天地中横溃。"李善注:"横溃,以水喻乱也。"
[4]总:统领。 元戎:兵众。
[5]辟:即征召。
[6]严期:急期。
[7]扶力:勉力。
[8]"且殷深源"三句:《晋书·殷浩传》:"浩识度清远,弱冠有美名。尤善玄言。与叔父融俱好《老》、《易》。融与浩口谈则辞屈,著篇则融胜,浩由是为风流谈论者所宗……三府辟,皆不就……遂屏居墓所,几

将十年,于时拟之管、葛。王濛、谢尚犹伺其出处,以卜江左兴亡,因相与省之,知浩有确然之志。既反,相谓曰:'深源(殷浩字)不起,当如苍生何!'"

〔9〕"谢安"二句:《世说新语·排调》:"谢公在东山,朝命屡降而不动。后出为桓宣武司马,将发新亭,朝士咸出瞻送。高灵时为中丞,亦往相祖。先时多少饮酒,因倚如醉,戏曰:'卿屡违朝旨,高卧东山,诸人每相与言,安石不肯出,将如苍生何!今亦苍生将如卿何!'谢笑而不答。"

〔10〕矫抗:同"矫亢",指故意立异以抬高自己。　玄邈:清高远奥。

〔11〕"混游"四句:意为以隐居为手段,沽名钓誉,难道是自己的意愿吗?

〔12〕方:比,相比。　之二子:这二位先哲,殷浩与谢安。意为:与两位相比,德行不及,深感惭愧。

〔13〕尘忝:自谦之辞。这二句谓自己徒然像尘粒一般,愧占幕府之位,无所作为。

〔14〕斯言:此言。指"唯当报国荐贤,持以自免"二句。　谬:差错。　殛(jí):诛杀。

〔15〕中款:衷曲,内心的情感。

〔16〕"惠子"二句:《文选》卷四二曹植《与杨祖德书》:"其言之不惭,特惠子之知我也。"

〔17〕勾当:办理、处理。唐宋时俗语。　悚惕:恐惧。

书中李白向友人倾吐了他虽隐居山林,但胸存报国之志的心迹。尽管永王璘对他有"严期迫切,难以固辞"的胁迫成分,但是从李白自己的态度看,他还是愿意"扶力一行"的。这与后来他在《为宋中丞自荐表》中所写"遇永王东巡协行"及在《赠江夏韦太守良宰》诗中所云"半夜水军来,寻阳满旌旃。空名适自娱,迫胁上楼船"等语,是不尽相同的。从此文中可以看出李白当时参加永王幕府的真实思想面貌。

## 与韩荆州书

本文系开元二十二年(734)李白游襄阳时作。当时荆州长史韩朝宗好引荐后进,很多人才都愿依托在他门下。李白晋谒韩朝宗,想得到他的推荐,施展远大抱负,所以写了这封信,恳求对方给自己青云直上的机会。

白闻天下谈士相聚而言曰:"生不用封万户侯[1],但愿一识韩荆州。"何令人之景慕一至于此耶[2]!岂不以有周公之风,躬吐握之事,使海内豪俊,奔走而归之,一登龙门,则声价十倍[3]。所以龙盘凤逸之士,皆欲收名定价于君侯[4]。愿君侯不以富贵而骄之,寒贱而忽之,则三千宾中有毛遂,使白得颖脱而出,即其人焉[5]。

白,陇西布衣,流落楚汉[6]。十五好剑术,遍干诸侯[7]。三十成文章,历抵卿相[8]。虽长不满七尺,而心雄万夫。王公大臣,许与气义。此畴曩心迹,安敢不尽于君侯哉[9]!君侯制作侔神明,德行动天地,笔参造化,学究天人[10]。幸愿开张心颜,不以长揖见拒[11]。必若接天之高宴,纵之以清谈,请日试万言,倚马可待[12]。今天下以君侯为文章之司命,人物之权衡,一经品题,便作佳士[13]。而君侯何惜阶前盈尺之地,不使白扬眉吐气,激昂青云耶!

昔王子师为豫州,未下车,即辟荀慈明;既下车,又辟孔文举[14]。山涛作冀州,甄拔三十馀人,或为侍中、尚书,先代所美[15]。而君侯亦一荐严协律,入为秘书郎[16];中间崔宗之、房习祖、黎昕、许莹之徒,或以才名见知,或以清白见赏[17]。白每观其衔恩抚躬[18],忠义奋发。白以此感激,知君侯推赤心于诸贤腹中,所以不归他人,而愿委身国士[19]。倘急难有用,敢效微躯。

且人非尧舜,谁能尽善?白谟猷筹画,安能自矜[20]?至于制作,积成卷轴,则欲尘秽视听,恐雕虫小技[21],不合大人。若赐观刍荛,请给纸笔,兼之书人。然后退扫闲轩,缮写呈上[22]。庶青萍、结绿,长价于薛、卞之门[23]。幸惟下流,大开奖饰,惟君侯图之[24]。

[1]万户侯:食邑万户的侯爵。

[2]景:景仰。

[3]周公:周武王之弟姬旦,辅佐武王、成王,功勋卓著;礼贤下士,尊重人才。 吐握:礼贤下士。《韩诗外传》卷三:"周公曰:……然一沐三握发(用手抓住头发),一饮三吐哺,犹恐失天下之士。" 登龙门:典出《后汉书·李膺传》:"膺独持风裁,以声名自高,士有被其容接者,名为登龙门。"

[4]龙盘凤逸:喻怀才不遇、幽处待时的豪杰。 收名定价:取得声名,确定身价。 君侯:对地方官吏如州刺史等的尊称。

[5]骄之:重视他,给以盛誉。 忽之:轻视他,不予好评。 毛遂:战国时赵国平原君赵胜的食客。《史记·平原君列传》载毛遂依平原君已三年。自荐于平原君,平原君曰:"夫贤士之处世也,譬若锥之处囊中,其末立见……"毛遂曰:"臣乃今日请处囊中耳。使遂早得处囊中,乃颖脱而出,非特其末见而已。" 颖:锥尖。这里李白以毛遂自比。

[6]陇西:今甘肃天水附近。李白是蜀人,此指其郡望。 布衣:未有官职的平民。布衣本为庶人、平民之衣服。古代穿衣有等级,官宦人家才能穿丝绸。而平民只可穿麻布,故称平民为布衣。诸葛亮《出师表》:"臣本布衣,躬耕于南阳。" 楚汉:指古楚国汉水一带。当时李白正流浪于安陆、襄阳、江夏等汉水流域。

[7]十五:未必实指,泛言少年时代。 干:干谒,求见,此指交往。 诸侯:古代对中央政权所分封的各国国君的统称。而诸侯国辖地范围相当于后世州郡,故后人常比州郡长官为诸侯。

[8]三十:泛言三十岁左右。 历抵卿相:一个一个去拜访卿相。历,一个一个地。抵,投奔、拜访。

[9]畴曩:过去。这二句谓:这是自己往时的心情行为,岂敢不尽情向您陈述。

[10]制作:著作,文章。 侔:相等。 造化:天地自然的创造化育。何承天《达性论》:"妙思穷幽赜,

制作侔造化。"笔参造化,学究天人:是说文笔精妙,可参赞自然化育天地万物之变化;学问渊深,可以探明天道和人事之际的各种奥秘。

〔11〕"幸愿"二句:古代平民见官长或下级见上级必须行磕头叩拜之礼,作揖是平辈之间相互见面之礼。老百姓见官长揖不拜,是不合封建礼仪的越礼行为。

〔12〕接:迎、待。 高宴:盛宴。 纵:放任之,使之尽言。 倚马:《世说新语·文学》:"桓宣武北征,袁虎时从,被责免官,会须露布文,唤袁倚马前令作,手不辍笔,俄得七纸,殊可观。"后用"倚马"喻文思敏捷。

〔13〕文章之司命:文章优劣的评判者。司命,文昌星。 权衡:秤杆,指品量人物。 品题:评论人物,定其高下。

〔14〕"昔王子师"五句:《晋书·江统传》:"昔王子师为豫州,未下车辟荀慈明,下车辟孔文举。" 豫州:州名。汉武帝所置十三刺史部之一。 下车:上任。 辟:征召。荀慈明:名爽。 孔文举:名融,建安七子之一,曾为北海相,世称孔北海。

〔15〕山涛:字巨源,西晋名士。 冀州:晋时治所在房子(今河北高邑县西南)。《晋书·山涛传》:"山涛出为冀州刺史……涛甄拔隐屈,搜访贤才,旌命三十馀人,皆显名当时,人怀慕尚,风俗颇革。" 甄拔:甄别人才,推荐提拔。 侍中:官名,初仅伺应杂事,但因接近皇帝,地位日渐贵重。南朝时侍中掌管机要,实际上即为宰相。 尚书:官名。汉成帝时设尚书五人,始分曹办事。魏晋以后,尚书事务更繁。隋、唐时代中央机关分三省,尚书省为政务执行机关,分六部,六部首长都称尚书。

〔16〕严协律:姓严的协律郎,名不详。协律郎为掌管校正乐律的官员。 秘书郎:秘书省掌管图书收藏及抄写事务的官员。

〔17〕崔宗之:李白重要交游之一,曾为起居郎、礼部员外郎、礼部郎中、左司郎中等职。 房习祖、黎昕、许莹:均事迹不详。 见知:被人了解。 见赏:被人赏识。

〔18〕衔恩抚躬:感恩戴德之意。

〔19〕国士:国中杰出人物,此指韩朝宗。

〔20〕谟猷筹画:均指谋略。这二句谓虽善谋画,但不能自夸。

〔21〕雕虫小技:指诗赋。扬雄《法言·吾子》:"或问:'吾子少而好赋?'曰:'然。童子雕虫篆刻。'俄而曰:'壮夫不为也。'"

〔22〕"若赐"五句:刍荛(chúráo),割草、打柴。后常借指草野之人。此指不登大雅的草野文字,为诗人自谦之辞。此五句谓如蒙韩赏识,欲观己草野之文,那么请给纸墨,加上抄写者,然后即可回去扫净静室,缮写呈上。

〔23〕青萍:古代宝剑名。 结绿:美玉,喻有才能的人。 薛:指薛烛,古代善相剑者。 卞:指卞和,善于发现宝玉者。这二句谓希望青萍宝剑和结绿美玉,能在薛烛和卞和门下增添价值。喻被韩朝宗赏识而发挥才干。

〔24〕"幸惟"三句:谓希望韩朝宗能为卑下者着想,大开奖誉之门。

一生傲岸不羁、才能出众的李白,曾经高呼:"大道如青天,我独不得出。"曾愤慨:"安能摧眉折腰事权贵,使我不得开心颜!"也曾信心百倍地喊出:"仰天大笑出门去,我辈岂是蓬蒿人。"但是在严酷的现实面前,诗人为了实现心中的理想,又不得不低下高贵的头颅。《与韩荆州书》即是明证。全文才气纵横,自由挥洒,有战国纵横家散文之遗韵。

# 上安州裴长史书

　　裴长史,名不详。此文作于开元十八年(730),书中云:"常横经籍书,制作不倦,迄于今三十春矣。"李白因遭人谗谤,故向安州裴长史上书自辩。安州,唐州名,治所在今湖北安陆。长史,都督府中协助都督管理行政事务的长官。

　　白闻天不言而四时行,地不语而万物生[1]。白人焉,非天地,安得不言而知乎[2]?敢剖心析肝,论举身之事,便当谈笑以明其心[3]。而粗陈其大纲,一快愤懑,惟君侯察焉[4]!

　　白本家金陵,世为右姓[5]。遭沮渠蒙逊难,奔流咸秦,因官寓家[6]。少长江汉,五岁诵六甲,十岁观百家,轩辕以来,颇得闻矣[7]。常横经籍书,制作不倦,迄于今三十春矣[8]。以为士生则桑弧蓬矢,射乎四方,故知大丈夫必有四方之志[9]。乃仗剑去国,辞亲远游,南穷苍梧,东涉溟海[10]。见乡人相如大夸云梦之事,云梦有七泽,遂来观焉[11]。而许相公家见招,妻以孙女,便憩迹于此,至移三霜焉[12]。

　　曩昔东游维扬,不逾一年,散金三十馀万[13]。有落魄公子,悉皆济之[14]。此则白之轻财好施也[15]。又昔与蜀中友人吴指南同游于楚,指南死于洞庭之上,白禫服恸哭,若丧天伦,炎月伏尸,泣尽而继之以血[16]。行路闻者[17],悉皆伤心。猛虎前临,坚守不动[18]。遂权殡于湖侧[19],便之金陵。数年来观,筋肉尚在[20]。白雪泣持刃,躬身洗削,裹骨徒步,负之而趋,寝兴携持,无辍身手,遂丐贷营葬于鄂城之东[21]。故乡路遥,魂魄无主。礼以迁窆,式昭朋情[22]。此则是白存交重义也。

　　又昔与逸人东岩子隐于岷山之阳,白巢居数年,不迹城市,养奇禽千计,呼皆就掌取食,了无惊猜[23]。广汉太守闻而异之,诣庐亲睹[24]。因举二人以有道,并不起[25]。此则白养高忘机不屈之迹也[26]。

　　又前礼部尚书苏公出为益州长史,白于路中投刺,待以布衣之礼[27]。因谓群僚曰:"此子天才英丽,下笔不休,虽风力未成,且见专车之骨[28]。若广之以学,可以相如比肩也[29]。"四海明识,具知此谈[30]。前此郡督马公,朝野豪彦,一见尽礼,许为奇才[31]。因谓长史李京之曰:"诸人之文,犹山无烟霞,春无草树[32]。李白之文,清雄奔放,名章俊语,络绎间起,光明洞澈,句句动人。"此则故交元丹亲接斯议[33]。若苏马二公愚人也,复何足陈[34]? 倘贤贤也,白有可尚。

夫唐虞之际,于斯为盛[35],有妇人焉,九人而已[36]。是知才难不可多得。白,野人也,颇工于文,惟君侯顾之,无按剑也[37]。伏惟君侯贵而且贤,鹰扬虎视,齿若编贝,肤如凝脂,昭昭乎若玉山上行,朗然映人也[38]。而高义重诺,名飞天京,四方诸侯闻风暗许[39]。倚剑慷慨,气干虹蜺[40]。月费千金,日宴群客[41]。出跃骏马,入罗红颜[42]。所在之处,宾朋成市[43]。故时人歌曰:"宾朋何喧喧,日夜裴公门。愿得裴公之一言,不须驱马埒华轩[44]。"白不知君侯何以得此声于天壤之间,岂不由重诺好贤,廉以得也[45]? 而晚节改操,栖情翰林,天材超然,度越作者[46]。屈佐郧国,时惟清哉[47]! 稜威雄雄,下慴群物[48]。

白窃慕高义,已经十年,云山间之,造谒无路[49]。今也运会,得趋末尘,承颜接辞,八九度矣[50]。常欲一雪心迹,崎岖未便[51]。何图谤言忽生,众口攒毁,将恐投杼下客,震于严威,然自明无辜,何忧悔吝[52]。孔子曰:"畏天命,畏大人,畏圣人之言[53]。"过此三者,鬼神不害[54]。若使事得其实,罪当其身,则将浴兰沐芳,自屏于烹鲜之地[55],惟君侯死生[56]。不然,投身窜海,转死沟壑,岂能明目张胆,托书自陈耶[57]! 昔王东海问犯夜者,曰:"何所从来?"答曰:"从师受学,不觉日晚。"王曰:"吾岂可鞭挞宁越以立威名!"想君侯通人,必不尔也[58]。

愿君侯惠以大遇,洞开心颜,终乎前恩,再辱英盼[59]。白必能使精诚动天,长虹贯日[60],直度易水,不以为寒[61]。若赫然作威,加以大怒,不许门下,逐之长途[62],白即膝行于前,再拜而去,西入秦海,一观国风,永辞君侯,黄鹄举矣[63]。何王公大人之门,不可以弹长剑乎[64]?

〔1〕"白闻"二句:本《论语》:"天何言哉,四时行也,百物生也。"
〔2〕"白人焉"三句:谓人非天地,怎能不言语而让人了解呢?
〔3〕"敢剖心"三句:谓自己冒昧地向裴长史表白心迹,申述立身处世的看法,权当言笑谈心。
〔4〕大纲:大略。 愤懑:指心中的不平。这三句谓粗陈大概,以一泄心中的烦闷为快,希望长史明察。
〔5〕金陵:郭沫若《李白与杜甫》云:"盖《书》中所说'金陵'是指李暠在西凉所设的建康郡。地在酒泉与张掖之间,其所以命名'建康',有意表示对于东晋首都的眷念。东晋都建康,别号金陵。故李白对于西凉之建康亦称之为'金陵'而已。" 右姓:名门大族。《新唐书·柳冲传》:"江左定氏族,凡郡上姓第一则为

右姓。太和以郡四姓为右姓；齐浮屠昙刚《类例》：凡甲门为右姓；周建德氏族以四海通望为右姓；隋开皇氏族以上品、茂姓为右姓；唐《贞观氏族志》凡第一等则为右姓；路氏著《姓略》，以盛门为右姓；柳冲《姓族系录》，凡四海望族则为右姓。"

〔6〕沮渠蒙逊（368—433）：十六国时北凉的建立者。《晋书·李玄盛传》记载：凉武昭王讳暠，字玄盛，陇西成纪人，姓李氏，汉前将军广之十六世孙。世为西凉右姓。当吕氏之末，为群雄所奉，遂启霸图，兵无血刃，坐定千里。进号大都督、大将军、凉公，领秦、凉二州牧。据河右，迁都酒泉，薨。子歆嗣位，为沮渠蒙逊所灭。诸弟酒泉太守翻、新城太守预、领羽林右监密、左将军眺、右将军亮等西奔敦煌，蒙逊遂入于酒泉。翻及弟敦煌太守恂与诸子等弃敦煌，奔于北山。郡人宋承、张弘以恂在郡有惠政，推为冠军将军、凉州刺史。蒙逊屠其城。歆子重耳，脱身奔于江左，仕于宋。后归魏，为恒农太守。蒙逊徙翻子宝等于姑臧，岁馀，北奔伊吾，后归于魏。"遭沮渠蒙逊难"当即指此事。　咸秦：指秦故地。

〔7〕江汉：长江、汉水、荆州一带。　六甲：用天干地支相配计算时日，其中有甲子、甲戌、甲申、甲午、甲辰、甲寅，称六甲。　百家：指先秦诸子百家之书。　轩辕：即黄帝。中国的第一部通史《史记》记载中国历史，是以轩辕黄帝开篇的，故云"轩辕以来"，即谓有史以来。

〔8〕"常横"三句：枕边常放书籍，不知疲倦地创作诗文，至今已有三十年。

〔9〕桑弧蓬矢：桑木做的弓，蓬梗做的箭。《礼记·射义》："故男子生，桑弧蓬矢六，以射天地四方。天地四方者，男子之所有事也。故必先有志于其所有事，然后敢用谷也，饭食之谓也。"孔颖达疏："明男子重射之义，以男子生三日射人以桑弧蓬矢者，则有为射之志，故长大重之桑弧蓬矢者，取其质也。所以用六者，射天地四方也。"　四方之志：指辅佐帝王治理天下之志。

〔10〕仗剑：持剑。　去国：离别故乡。　穷：历尽。　苍梧：山名，又名九疑山，相传舜葬于苍梧之野。在今湖南宁远县南。　涉：到达。　溟海：大海。

〔11〕司马相如：蜀人，李白亦少长蜀地，故称司马相如为乡人。司马相如有《子虚赋》，言及楚有七泽和云梦之事。　云梦七泽：在今湖北境内。

〔12〕许相公：指高宗时宰相许圉师。据《旧唐书·许圉师传》载：圉师有器干，博涉艺文，举进士。显庆二年，累迁黄门侍郎，同中书门下三品……龙朔中为左相……上元中，再迁户部尚书，仪凤四年卒。　见招：被招为婿。　憩迹：犹栖息。　三霜：犹三秋，指三年。李白三十岁写此文，上推三年，可知其二十七岁来安陆定居。

〔13〕曩昔：以往。　维扬：扬州的别称。　逾：超越。三十馀万：泛言之，未必实指。这二句指不到一年时间，就散去了很多金银。

〔14〕落魄：穷困失意。　悉：尽其所有，全部。　济：救助。

〔15〕好施：乐于救助他人。

〔16〕禫（dàn）服：丧服。　天伦：指父子、兄弟等天然的亲属关系。　"炎月"二句：正值炎热的夏天，伏在吴指南的尸体上恸哭，泪尽后又继之以血。

〔17〕行路：路人。

〔18〕"猛虎"二句：谓猛虎来到面前，仍坚守吴指南尸体不走。说明忠于道义不顾安危。

〔19〕权殡：暂且埋葬。

〔20〕筋肉：一作"筋骨"。

〔21〕雪泣：拭泪。　趋：小步快走，表示尊敬。　寝兴：起卧。《诗·小雅·斯干》："乃寝乃兴。"这六句谓自己拭泪持刀，怀着诚敬之心，亲自洗削尸骨，然后包裹了背着徒步快走，白天赶路，晚上睡觉，尸骨都不离身。　丐贷：借债。　营葬：料理丧葬，显示朋友间的深情。

〔22〕迁窆（biǎn）：落葬。　式：语首助词。　昭：显扬。

〔23〕逸人：隐居不仕之人。　东岩子：杨慎《李太白诗题解》谓即梓州盐亭人赵蕤。杨天惠《彰明逸事》谓李白隐大匡山，依赵徵君蕤，从学岁馀。　岷山：在今四川北部，绵延四川、甘肃两省边境，为长江、黄河分

水岭。　巢居：原始社会的人们栖宿于树，称巢居。《庄子·盗跖》："且吾闻之，古者禽兽多而人民少，于是民皆巢居以避之。"　不迹：踪迹不到。　奇禽：奇异的珍禽。　了无惊猜：全不惊惧嫌猜。

[24] 广汉：汉郡名。唐之绵州、梓州、剑州，即汉之广汉郡。广汉太守，指绵州刺史。　诣庐：到茅舍。

[25] 有道：唐代科举之一种。一般先由地方官推荐，后由天子亲自考试。这二句谓绵州刺史推举他们应试有道科，但他们都不去。

[26] 养高：保养高尚志节。　忘机：忘却机巧，自甘恬淡，与世无争。

[27] 苏公：指苏颋。据《旧唐书·苏颋传》：苏颋开元八年除礼部尚书，罢政事，俄知益州大都督府长史事。益州：唐州名，治所在今四川成都市。唐代益州大都督常由亲王遥领，并不赴任，大都督府长史为州的实际行政长官。　投刺：投送名帖以干谒。刺，名帖。　布衣：平民，指未仕的读书人。布衣之礼：意谓苏颋不以名位之尊，而以平等身份接待李白。

[28] 群僚：指苏颋的属官。　风力：犹风骨，指文章的笔力。　专车：占满一车。《国语·鲁语下》："吴代越，堕会稽，获骨焉，节专车。"　专车之骨：指文章气象宏大。

[29] "若广之"二句：谓假如能增广学识，可以与司马相如相比。　比肩：并肩，指地位相等。

[30] 四海：犹天下。　明识：具有远见卓识的人。这二句谓天下有远见卓识的人都知道这一评价。

[31] 郡督：指安州都督府都督。　马公：指马正会，乃代宗时名将马璘之祖父。这四句谓此郡前任都督马正会，是朝廷和地方上的英豪，初次相见就以礼相待，赞许李白是奇异的人才。

[32] 李京之：李白有《上安州李长史书》，李长史当即李京之，为裴长史之前任。这三句形容他人之文枯燥无味。　山无烟霞：指文不蕴藉含蓄。　春无草树：犹文无藻饰。

[33] 元丹：即元丹丘。李白好友。

[34] "若苏马"二句：谓假如苏颋、马正会两人是愚人，又有什么必要向您陈述呢？

[35] "夫唐虞"二句：《论语·泰伯》云："唐虞之际，于斯为盛。"唐虞：指唐尧与虞舜，皆以禅让而有天下。此谓贤才在尧舜时代与周朝初期最盛。

[36] "有妇人焉"二句：《论语·泰伯》："武王曰：予有乱臣十人。孔子曰：才难，不其然乎！唐虞之际，于斯为盛，有妇人焉，九人而已。"何晏注："十人谓周公旦、召公奭、太公望、毕公、荣公、太颠、闳夭、散宜生、南宫适，其一人谓文母。"诗即用此典，谓号称贤才最盛的武王时期，其中尚有一位妇人，此外只有九个贤人而已，由此可知大才难得。

[37] 野人：在野未仕者。　按剑：以手抚剑。《史记·平原君列传》："毛遂按剑，历阶而上。"此有呵斥之意。

[38] 鹰扬：威武的样子。　虎视：如虎之雄视。　编贝：形容牙齿洁白整齐如编排的贝壳。《汉书·东方朔传》："臣长九尺三寸，目若悬珠，齿若编贝。"　凝脂：凝冻的脂肪，多喻皮肤柔滑洁白。《诗经·卫风·硕人》："手如柔荑，肤如凝脂。"　昭昭：光明貌。《楚辞·九歌·云中君》："灵连蜷兮既留，烂昭昭兮未央。"玉山上行：《世说新语·容止》："见裴叔则如玉山上行，光映照人。"　朗然：明亮貌。

[39] "而高义"三句：赞裴长史的美名。　高：用作动词，以义气为高。　天京：指京都长安。　四方诸侯：指各地方长官。　暗许：私下赞许。

[40] 干：干犯。此句形容裴长史气宇轩昂。

[41] "月费"二句：形容裴长史好客。

[42] "出跃"二句：谓出外骑骏马，归家美女环列。　红颜：此指侍女。

[43] 成市：形容宾客众多，喧闹如市。

[44] 埒(liè)：等同。　华轩：雕饰华美的车乘。

[45] "白不知"三句：谓裴长史驰名天下，难道不是由于一诺千金，喜爱贤士，以谦逊而获得的吗？

〔46〕晚节：暮年。　改操：改变操行。　翰林：文翰之林。　天材：天才。　度越：超越，超过。此四句谓裴长史暮年改变节操，倾心文翰，天才高远，超越一般作者。

〔47〕鄢国：即安州，春秋时为鄢国，后为楚所灭。此二句谓裴长史屈居安州都督的辅佐，但政事清明。

〔48〕稜(léng)威：威势。　雄雄：盛大的样子。　慑(shè)：同"慴"，畏惧。此二句谓裴长史为人所畏服。

〔49〕窃慕：私下羡慕。　高义：崇高的节义。　造谒：登门拜谒。此四句谓自己私下仰慕长史崇高的节义已有十年之久，只因山水阻隔，无法登门拜谒。

〔50〕运会：时运际会。　末尘：拜会的谦词。此四句谓如今幸得良机，得以跟随趋走，会面接谈，已有八九次。

〔51〕雪：洗清，表白。　心迹：心志，心中所想之事。　崎岖：道路高低不平。此处指阻隔不便。

〔52〕何图：岂料。　谤言：诽谤之言。　攒：聚集。投杼：喻谣言可以伤人。《战国策·秦策二》："昔者曾子处费，费人有与曾子同名族者而杀人，人告曾子母曰：'曾参杀人。'曾之母曰：'吾子不杀人。'织自若。有顷焉，人又曰：'曾参杀人。'其母尚织自若也。顷之，一人又告曰：'曾参杀人。'其母惧，投杼逾墙而走。"杼，织具。　悔吝：悔恨耻辱。此六句谓岂料诽谤之言忽生，众人交口毁谤。但恐诬陷不实之词也使您相信，感到震怒，因而逐客。然自知无罪，为何忧虑耻辱和悔恨。

〔53〕"孔子"四句：《论语·季氏》："孔子曰：'君子有三畏，畏天命，畏大人，畏圣人之言。'"

〔54〕"过此"二句：谓除此三者，鬼神何所惧。

〔55〕"若使"四句：谓假使所言属实，罪有应得，则将芳草沐浴，甘愿退居受刑之地。　屏：退居。　烹鲜：《老子》六十章："治大国若烹小鲜。"河上公注："鲜，鱼也。"　烹鲜之地：犹如说鼎镬。

〔56〕惟君侯死生：谓死生由您处置。

〔57〕"不然"五句：谓若非如此，则逃窜山林海边，辗转沟壑，怎敢明目张胆地上书，自陈自见？　托书：依靠书信。

〔58〕"昔王东海"几句：《世说新语·政事》："王安期作东海郡，吏录一犯夜人来，王问：'何处来？'云：'从师家受书还，不觉日晚。'王曰：'鞭挞宁越以立威名，恐非至理之本。'使吏送令归家。"　王东海：指东海郡太守王承，字安期，古人常以官职称人。　宁越：据《世说新语》刘孝标注引《吕氏春秋》云："宁越，中年之鄙人也……其友曰：'学三十岁则可以达矣。'宁越：'请以十岁，人将休吾将不敢休，人将卧吾将不敢卧。'十五岁而周威公师之。"此以王承喻裴长史，以宁越自比。　通人：指学识渊博、贯通古今之人。王充《论衡·超奇》："故夫能说一经者为儒生，博览古今者为通人。"

〔59〕大遇：极大的礼遇。　洞开：大开。　前恩：指前文所言"承颜接辞，八九度矣"。　再辱：再次赐予。

〔60〕精诚：真诚。《庄子·渔父》："真者，精诚之至也，不精不诚，不能动人。"　长虹贯日：谓长虹穿日而过，古人认为人间有不平凡的行动，就会引起这种天象变化。《战国策·魏策四》："聂政之刺韩傀也，白虹贯日。"

〔61〕"直度"二句：反用荆轲离燕时所歌"风萧萧兮易水寒"之意。

〔62〕赫然：盛怒的样子。　作威：施展威风。　不许门下：不准入门。　长途：遥远的地方。

〔63〕秦海：指今陕西一带。因其古为秦地，地域广袤，故称秦海。唐都长安，此以秦海为长安之代称。　国风：此指朝廷的景象。　黄鹄：大鸟，喻逸士。此六句谓假若如此，自己就膝行门前，再拜而离去。西入长安，观察朝廷的景象。永远辞别您，如黄鹄高飞而去。

〔64〕弹长剑：用冯谖之典。

在写给裴长史的书中,李白自叙家世、经历,自陈其轻财好施,存交重义、养高忘机、天才英丽等高洁的品质和过人的才华,申诉自己才高遭嫉、德洁被谤的不平遭遇,最后表示若仍不能雪谤并得到裴长史的开解,将永辞而去,西入长安,一观国风。此文较为详细地叙述了诗人自己的家世、身世和个人经历,是了解诗人家世、生平的第一手资料。

## 暮春江夏送张祖监丞之东都序

张祖,张承祖,事迹未详。开元二十二年(734)春,李白游江夏,正逢张承祖押守漕运船只将启程赴东都洛阳。在饯送张承祖的宴会上,李白写了此序。序是古代赠序体文章的名称。

吁咄哉,仆书室坐愁,亦已久矣。每思欲遐登蓬莱,极目四海,手弄白日,顶摩青穹,挥斥幽愤[1],不可得也。而金骨未变,玉颜已缁[2],何常不扪松伤心,抚鹤叹息。误学书剑,薄游人间[3]。紫微九重,碧山万里[4]。有才无命,甘于后时。刘表不用于弥衡,暂来江夏[5]。贺循喜逢于张翰,且乐船中[6]。

达人张侯,大雅君子[7]。统泛舟之役,在清川之湄[8],谈玄赋诗,连兴数月,醉尽花柳,赏穷江山。国祖有程,告以行迈[9],烟景晚色,惨为愁容。系飞帆于半天,泛渌水于遥海。欲去不忍,更开芳樽,乐虽寰中[10],趣逸天半。平生酣畅,未若此筵。至于淡淡浩歌,雄笔丽藻,笑饮醨酒,醉挥素琴[11],余实不愧于古人也。

扬袂远别,何时归来,想洛阳之秋风,将脍鱼以相待[12]。诗可赠远,无乃阙乎[13]?

[1]挥斥:纵放排解。 幽愤:郁结于心的悲愤。
[2]金骨未变:言炼仙未成。金骨,成仙之意。 玉颜已缁:言青春已逝。缁,黑的意思。
[3]书剑:二者皆古时士人随身携带之物。又指习文学武,读书做官,仗剑从军,建功立业。 薄游:小游。《文选》卷四七夏侯湛《东方朔画赞》:"以为浊世不可以富贵也,故薄游以取位。"
[4]紫微:天子所居之宫。此二句谓君门遥远,相隔千山万水。

〔5〕"刘表"二句：《后汉书》卷一一〇《祢衡传》："刘表及荆州士大夫，先服其才名，甚宾礼之……后侮慢于表，表耻不能容，以江夏太守黄祖性急，故送衡与之。"

〔6〕"贺循"二句：《晋书·张翰传》："张翰，字季鹰，吴郡吴人也……翰有清才，善属文，而纵任不拘，时人号为'江东步兵'。会稽贺循赴命入洛，经吴阊门，于船中弹琴。翰初不相识，乃就循言谈，便大相钦悦。问循，知其入洛。翰曰：'吾亦有事北京。'便同载即去，而不告家人。"

〔7〕达人：通达事理，明德辨义之人。《左传》昭公七年："圣人有明德者，若不当世，其后必有达人。"大雅：正直而有美德者，对才德高尚者的赞词。

〔8〕泛舟之役：此泛指漕运。《左传》僖公十三年："秦输粟于晋，自雍及绛相继，命之曰'泛舟之役'。"湄：岸边，水草相接之处。

〔9〕国祖：疑为国租。唐武德二年初定租、庸、调法。　有程：限定日程，即定期送到之意。　行迈：即行也。《诗经·王风·黍离》："行迈靡靡，中心摇摇。"

〔10〕寰中：宇内，尘寰。

〔11〕雄笔丽藻：言善于文章。　醁酒：酒名。　素琴：不用金玉珍宝装饰之琴。

〔12〕"想洛阳"二句：《晋书·张翰传》："翰因见秋风起，乃思吴中菰菜、莼羹、鲈鱼脍，曰：'人生贵得适志，何能羁宦数千里以要名爵乎！'遂命驾而归。"此将张承祖比作张翰。

〔13〕无乃：莫非，岂不是。

在这篇序文中，李白借题抒发了自己有才无命、壮志难酬的情怀，表达了满怀幽愤、君门九重、报国无门的内心苦闷。文中虽也有归隐之意，但主要还是对仕进无路的困惑和人生艰难的感慨。全文洒脱自然，可以看出李白高超的骈体文技巧。

## 春于姑熟送赵四流炎方序

此文于至德元载（756）作于当涂。赵四是当涂县尉，因疾恶抵法被贬至炎方瘴疠之地。李白作此序送行。姑熟，当涂的别名，今属安徽省马鞍山市当涂县。炎方，南方炎热之地，唐时多指岭南。

白以邹鲁多鸿儒，燕赵饶壮士，盖风土之然乎[1]？赵少翁才貌瓌雅，志气豪烈，以黄绶作尉，泥蟠当涂[2]。亦鸡栖鹤笼，不足以窘束鸾凤耳[3]。以疾恶抵法，迁于炎方[4]。辞高堂而坠心，指绝国以摇恨[5]。天与水远，云连山长。借光景于顷刻，开壶觞于洲渚[6]。黄鹤晓别，愁闻命子之声；青枫暝色，尽是伤心之树[7]。

然自吴瞻秦，日见喜气[8]。上当攫玉弩，摧狼狐，洗清天地，雷雨必作[9]。冀白日回照，丹心可明，巴陵半道，坐见还吴之棹[10]。令雪解而松柏振色,气和而兰蕙开芳[11]。仆西登天门,望子于西江之上[12]。

吾贤可流水其道,浮云其身,通方大适,何往不可?何必戚戚于路歧哉[13]!

[1]邹鲁:邹,春秋国名,在今山东省邹城,孟子故乡。鲁,春秋国名,在今山东曲阜一带,孔子故乡。邹鲁喻指文化昌盛之地。　鸿儒:大儒。　燕赵:在今河北省北部及山西省西部,为战国时代燕赵二国之地,古来悲歌慷慨之士多出于此。

[2]瑰雅:瑰奇博雅。　黄绶:系官印的黄色丝带。黄绶为府县佐贰等低级官吏之印绶。　泥蟠:蟠曲于泥涂之中,后喻不得志。

[3]鸡栖:鸡栖息的地方,即鸡窝。这二句谓赵四如凤暂时栖于鸡窝鹤笼一样,终究是窘束不住的。

[4]以疾恶抵法:因痛恨恶势力,打抱不平而触犯刑法。　迁:贬谪。

[5]高堂:指父母。　坠心:心中难过。　绝国:指绝远之地。

[6]"借光景"二句:谓借此风光景物,在水中小洲上举杯相送。

[7]"黄鹤"四句:谓黄鹤在早晨离别,于哀愁中听着赵四的声音;青枫在暮色之中,也变成了伤心的树木。

[8]自吴瞻秦:吴地指当涂,秦地指长安。　喜气:指唐朝振作的气象。

[9]上:皇帝。　攫:取。　玉弩:用玉为饰的弩弓。　狼狐:指安禄山。　雷雨必作:《易·解卦》:"雷雨作,解,君子以赦过宥罪。"此四句谓皇帝当亲秉讨贼之柄,消灭安禄山之乱,使天地再清,定将大赦天下。

[10]白日回照:指皇帝回心转意。白日,指皇帝。　丹心可明:指赤心可被查明。　巴陵:即岳州,今湖南岳阳。古为放逐罪臣之地。　坐见:将见。　还吴之棹:返回吴地(即当涂)的船。这四句说:希望皇帝能够重新审查此案,则赵四的冤情不难察明,这样在流迁到巴陵的半道上,将会看到被赦的赵四乘坐还吴的船归来。

[11]"令雪"二句:使雪融化而松柏更青,天气暖和而兰蕙开花。指冤案平反,心情舒畅。

[12]天门:在当涂县西南,即天门山。　西江:古时称南京至今江西省一段的长江为西江。

[13]吾贤:指赵四。流水其道,浮云其身:意即顺其自然,随遇而安。　戚戚:悲伤貌。这五句说:赵四道行如流水,身世如浮云,到处能通达适应,无往而不可,故于临别之际,不必在岔路口作女儿悲戚之状。

序中对赵四才高位下,疾恶得罪的不幸遭遇充满了同情之心,对其豪烈刚直的性情与疾恶如仇的品德充满了敬佩之情。天真地幻想最高统治者对赵四半道赦还。在文末对这位老友进行宽解和安慰,表达了作者与赵四深厚的友情。

## 秋于敬亭送从侄耑游庐山序

这是一篇送从侄李耑游庐山的序文。约作于天宝十二载(753)。敬亭山,在今安徽宣城北。

余小时,大人令诵《子虚赋》[1],私心慕之。及长,南游云梦,览七泽之壮观[2]。酒隐安陆,蹉跎十年[3]。初,嘉兴季父谪长沙西还时[4],途拜见,预饮林下。嵩乃稚子,嬉游在傍。今来有成,郁负秀气[5]。吾衰久矣[6],见尔慰心;申悲道旧,破涕为笑。

方告我远涉,西登香炉,长山横蹙,九江却转[7]。瀑布天落,半与银河争流,腾虹奔电,深射万壑[8],此宇宙之奇诡也[8]。其上有方湖石井,不可得而窥焉[9]。

羡君此行,抚鹤长啸[10]。恨丹液未就,白龙来迟[11]。使秦人著鞭,先往桃花之水[12]。孤负凤愿[13],惭归名山。终期后来,携手五岳[14]。情以送远,诗宁阙乎[15]?

[1]《子虚赋》:西汉司马相如所作。
[2] 云梦、七泽:在今湖北江汉平原及东、西、北三面一部分丘陵山峦。原是春秋、战国时楚王的游猎区。
[3] 安陆:今湖北安陆。 蹉跎:虚度岁月。蹉跎十年,李白从开元十五年到开元二十五年间,在安陆住了十年。
[4] 嘉兴:在今浙江嘉兴市南。 季父:最小的叔父。
[5] 有成:学有所成。 郁:茂盛貌。 秀气:灵秀之气。
[6] 吾衰久矣:语出《论语·述而》:"甚矣吾衰也!久矣吾不复梦见周公!"
[7] 香炉:香炉峰。庐山有两个香炉峰,一在山南,一在山北。此当指北香炉峰,因其峰形似香炉而名。 横蹙:纵横曲折。 九江:注入彭蠡(今鄱阳湖)的九条江水。
[8] 㴱(cóng):小水流入大水。 射:乱流激射的样子。
[9] 方湖石井:晋代慧远《游庐山记》:"自托此山,二十三载,再践石门,四游南岭,东望香炉峰,北眺九江,传闻有石井方湖,中有赤鳞涌出,野人不能叙,直叹其奇而已。" 不可得而窥焉:因为石井、方湖仅是传闻。
[10] 抚鹤长啸:喻道家风致。
[11] 丹液:丹药,古时炼丹药,用硫化汞烧炼成液体汞,再由汞还原成固体的硫化汞,其色赤。故丹药亦称丹液。 未就:指仙药未炼成。 来迟:指至今未得成仙。
[12] 秦人:陶潜《桃花源记》:"自云先世避秦时乱,率妻子邑人来此绝境,不复出焉。"故称桃花源中人是秦人。此二句说,使秦人先走了一步,先到了桃源仙境。
[13] 孤负:同辜负。
[14] "终期"二句:始终期望以后能实现凤愿,然后携手同游名山。五岳:泰山(东岳)、嵩山(中岳)、华山(西岳)、衡山(南岳)、恒山(北岳)。
[15] 诗宁阙乎:意谓不可少了送别之诗。

序文可分为三层意思:第一层叙述了与从侄初识及如今重聚的情况;第二层

叙述庐山的奇观壮景;末申送别之意及自己向往终归名山的愿望。

## 早春于江夏送蔡十还家云梦序

此文作于开元二十二年(734)春。蔡十,安州云梦人。他运蹇命奇,仕途坎坷,虽才高气远,却流落四海,与李白在安陆时期的遭遇相同。因此,深得李白同情。李白与他交情甚厚,又同为安陆乡人。在江夏时他们暂得遇会,紧接着蔡又要还乡,李白与廖公作为他的安陆乡人和江夏诸友为他饯别,并约他秋天同游会稽。云梦,今湖北云梦县,唐时属淮南道安州。

吾观蔡侯,奇人也[1]。尔其才高气远,有四方之志,不然,何周流宇宙太多耶[2]?白遐穷冥搜,亦以早矣[3]。海草三绿,不归国门,又更逢春,再结乡思[4]。一见夫子,冥心道存[5]。窥朝晚以作宴,驱烟霞以辅赏[6]。朗笑明月,时眠落花。斯游无何,寻告睽索[7]。来暂观我,去还愁人。

乃浮汉阳,入云梦,乡枻云叩,归魂亦飞[8]。且青山绿枫,累道相接,遇胜因赏,利君前行[9]。既非远离,曷足多叹[10]!

秋七月,结游镜湖[11]。无怨我期,先子而往[12]。敬慎好去,终当早来,无使耶川白云,不得复弄尔[13]。乡中廖公及诸才子为诗略谢之[14]。

〔1〕蔡侯:即蔡十。侯,唐代士大夫之间的尊称。
〔2〕周流宇宙:周游天下之意。此句是说他为何那么热衷于周游天下呢?
〔3〕遐穷:长久穷尽。 冥搜:搜访及于幽远之处。
〔4〕海草:水草。古时长江水阔处亦称海。 三绿:指过了三个春天。 国门:家乡。此指李白寓家所在地安陆。
〔5〕夫子:此指蔡十。 冥心:潜心苦思。 道存:《老子》第六章:"谷神(指道)不死,是谓玄牝。玄牝之门,是谓天地根。绵绵若存,用之不勤。"
〔6〕朝晚:早晚。此二句说,朝朝晚晚宴会排遣,于烟霞之中进行观赏。
〔7〕睽索:离别。二句说此次同游没有多长时间,不久即告分手。
〔8〕汉阳:在今湖北武汉市汉阳,与武昌隔江相望。蔡十归乡当走水路,浮汉江而上,入郧水,达云梦。乡枻(yì):归乡之舟。这二句说,听到了归舟的叩枻声,我的归魂也跟着飞回去了。
〔9〕遇胜因赏:途遇胜景,于是就加以欣赏。这四句说,一路上风光很好,可以边欣赏风景边行路。
〔10〕"既非"二句:江夏离安州云梦县只有百十里路程,何以有如此多的感叹呢?
〔11〕镜湖:一名鉴湖。后汉永和五年,太守马臻于会稽、山阴两县界,筑塘蓄水,以水平如镜,命名镜湖。此句意为相约同游鉴湖。

〔12〕无愆(qiān)我期:不要错过我们的约期。 先子而往:我先到那里等你。
〔13〕耶川:即若耶溪。在今浙江绍兴南二十里若耶山下,北流入镜湖,相传为西施浣纱处。
〔14〕乡中:指安州。 廖公:生平事迹不详。

在这篇短小的序文中,李白高度赞美了"奇人"蔡十,用"窥朝晚以作宴,驱烟霞以辅赏"概括作者与蔡十的游赏活动。用"既非远离,曷足多叹"把送别的哀愁一扫而光,并相约"秋七月,结游镜湖",为后会埋下伏笔。全文热情洋溢,迥别于一般送别文。

## 江夏送倩公归汉东序

此序作于乾元二年(759)李白长流夜郎赦还至江夏(今属湖北)时。序中倩公,是随州人。李白《汉东紫阳先生碑铭》:"有乡僧贞倩,雅仗才气,请予为铭。"当即其人。

昔谢安四十,卧白云于东山;桓公累征,为苍生而一起[1]。常与支公游赏,贵而不移[2]。大人君子,神冥契合,正可乃尔[3]。仆与倩公一面,不悉古人,言归汉东,使我心痗[4]。

夫汉东之国,圣人所出。神农之后,季良为大贤[5]。尔来寂寂,无一物可纪。有唐中兴,始生紫阳先生[6]。先生六十而隐化,若继迹而起者,惟倩公焉[7]。蓄壮志而未就,期老成于他日[8]。且能倾产重诺,好贤士文。即惠休上人与江、鲍往复,各一时也[9]。仆平生述作,罄其草而授之。思亲遂行,流涕惜别。

今圣朝已舍季布,当征贾生[10]。开颜洗目,一见白日。冀相视而笑于新松之山耶?作小诗绝句,以写别意。

彼美汉东国,川藏明月辉[11]。宁知伤乱后,更有一珠归[12]。

〔1〕谢安:《晋书·谢安传》:"寓居会稽,与王羲之及高阳许询、桑门支遁游处,出则渔弋山水,入则言咏属文,无处世意……征西大将军桓温请为司马,将发新亭,朝士咸送,中丞高崧戏之曰:'卿累违朝旨,高卧东山。诸人每相与言,安石不肯出,将如苍生何?苍生亦将如卿何!'"

〔2〕支公:指支遁。东晋高僧,精通《庄子》、《维摩经》等,世称支公。 《高僧传》有传。 贵而不移:是说谢安显贵之后,他与支遁的交情仍持续不移。

〔3〕契合：若合符契。这三句说：大人和君子之交，如神明暗合，正像谢安与支遁一样。

〔4〕不忝：不愧于，不亚于。 言归：归。言为语助词。 心痗：心中难受。

〔5〕神农：指神农氏，即炎帝。 季良：《左传》作季梁。

〔6〕紫阳先生：即胡紫阳。

〔7〕隐化：即尸解成仙之意。

〔8〕壮志：壮年之志。 老成：晚成，即大器晚成之意。

〔9〕惠休上人：《宋书·徐湛之传》："时有沙门释惠休，善属文，辞采绮艳，湛之与之甚厚。世祖命使还俗，本姓汤，位至扬州从事史。" 上人，对和尚的尊称。 江、鲍：指江淹、鲍照。他们与惠休有交往唱和。江淹有杂体诗《拟休上人》，鲍照有《秋日示休上人》、《答休上人》诸诗。这二句说：倩公与当今诗人名士交往就像是惠休上人与江淹、鲍照等大诗人交往一样，都是一时之佳话。

〔10〕季布：《史记·季布列传》："季布者，楚人也。为气任侠，有名于楚。项籍使将兵，数窘汉王，及项羽灭，高祖购求布千金。敢有舍匿，罪及三族。季布匿濮阳周氏，周氏……之鲁朱家所卖之。朱家心知是季布，乃买而置之田……朱家乃乘轺车，之洛阳，见汝阴侯滕公……汝阴侯滕公心知朱家大侠，意季布匿其所，乃许曰：'诺。'待间，果言如朱家指；上乃赦季布。"此处季布是李白自指，意即长流夜郎已被赦还。 贾生：贾谊。《史记·贾生列传》：贾谊曾被贬为长沙王太傅，后汉宣帝召回贾生，问鬼神之事。这句李白以贾生自比，说皇帝可能会像汉文帝征召贾生一样重新起用自己。

〔11〕明月：宝珠名。

〔12〕丧乱：指安史之乱。小诗是说：汉东是藏明珠的好地方。岂意在丧乱之后，倩公这颗江汉明珠，竟回到了故乡。

李白与倩公交情很好，对他期望甚高，将他比作与晋谢安相交游的名僧支遁和与江淹、鲍照相从游的名僧惠休，并将自己"平生述作，罄其草而授之"，俨然是把他当作了另一个李阳冰或魏颢。但不知何故，所授倩公之诗文稿，竟无一字记载其下落。不知是所传非人，抑或战乱中遗失，仅有李白此序载有其事。

## 泽畔吟序

此文是李白为潇湘逐臣崔成甫的诗集《泽畔吟》所作的序。当作于肃宗乾元元年(758)或乾元二年(759)游潇湘时。崔成甫是崔沔之长子，崔祐甫之兄。《有唐通议大夫守太子宾客赠尚书左仆射崔孝公(沔)墓志》云："孝公长子成甫，服阕授陕县尉。以事贬黜。乾元初，卒于江介。"《全唐诗》卷二六一《崔成甫小传》云："官校书郎，再尉关辅，贬湘阴，有《泽畔吟》，李白为之序。其为陕县尉，韦坚为陕郡太守，兼水陆转运使，凿潭望春楼下。成甫因变《得体歌》为《得宝歌》，坚命舟人歌之，成甫又广为十阕，今不传。"《泽畔吟》，崔成甫贬湘阴所作诗集，有诗二十章，取义于《史记·屈原列传》："屈原至于江滨，被发行吟泽畔，颜色憔悴，形容枯槁。"

故以《泽畔吟》名其诗集。

《泽畔吟》者,逐臣崔公之所作也。公代为文宗,早茂才秀[1]。起家校书蓬山,再尉开辅,中佐于宪车,因贬湘阴[2]。从宦二十有八载,而官未登于郎署[3]。何遇时而不偶耶[4]?所谓大名难居,硕果不食[5]。流离乎沅湘,摧颓于草莽[6]。

同时得罪者数十人,或才长命夭,覆巢荡室[7]。崔公忠愤义烈,形于清辞,恸哭泽畔,哀形翰墨。犹风雅之什,闻之者无罪,睹之者作镜[8]。书所感遇,总二十章,名之曰《泽畔吟》[9]。惧奸臣之猜,常韬之于竹简[10];酷吏将至,则藏之于名山[11]。前后数四,蠹伤卷轴[12]。

观其逸气顿挫,英风激扬,横波遗流,腾薄万古[13]。至于微而彰,婉而丽,悲不自我,兴成他人,岂不云怨者之流乎[14]?余览之怆然,掩卷挥涕,为之序云[15]。

[1]文宗:受人宗仰的文章大家。崔成甫父、祖父及先祖皆为一时文宗,故云"代为文宗"。 早茂才秀:很小就人才出众。茂,优秀。

[2]蓬山:指秘书省。《后汉书·窦章传》:"是时学者称东观为老氏藏室,道家蓬莱山,康遂荐章入东观为校书郎。"李贤注:"蓬莱,海中神山,幽经秘录书皆在焉。"后即以"蓬山"为秘阁代称。崔成甫最早官职为秘书省校书郎,故有此语。 开辅:应为关辅。今陕西西安一带地区,汉唐时属长安京畿地区。《文选》卷二八鲍照《升天行》:"家世宅关辅,胜带官王城。"李善注:"关,关中也。《汉书》曰:右扶风、左冯翊、京兆尹,是为三辅。" 宪车:指御史的车驾,借指御史。汉御史府,后汉改称宪台。后以宪台为御史官职的通称。 湘阴:县名,在今湖南湘阴县。

[3]郎署:官署名。汉置,上林宿卫者之官署。这句是说官位尚未达到郎署一级。

[4]不偶:不遇,不协。这句说崔成甫生不遇时,命运坎坷。

[5]大名难居:意为享盛名易招祸,难以久居。《史记·越世家》:"勾践以霸而范蠡称上将军,还反国,范蠡以为大名之下,难以久居,且勾践为人可与同患,难与处安。为书辞勾践。" 硕果不食:《易·剥卦》:"剥之上九,硕果不食。"孔颖达《正义》:"处卦之终,独得完不被剥落,犹如硕大之果,不为人食也。"这二句说崔成甫名大才高,为人所嫉。

[6]沅湘:指沅水、湘水,二水俱经长沙入洞庭。 摧颓:当为摧颓,意为蹉跎、失意。 草莽:指远僻荒野之地。二句说崔成甫流离于沅湘,失意于草野。

[7]得罪者数十人:《旧唐书·韦坚传》:"坚与河西节度、鸿胪卿皇甫惟明夜游,同过景龙观道士房,为林甫所发。以坚戚里,不合与节将狎昵,是构谋规立太子。玄宗惑其言,遂贬坚为缙云太守……至十月,使监察御史罗希奭逐而杀之,诸弟及男谅并死……连累者数十人。" 覆巢荡室:语出《世说新语·言语》,意为覆巢之下难有完卵。

[8]风雅之什:风雅,指《诗经》。因《诗经》中有《风》、《雅》、《颂》三部分,后代以"风雅"代指《诗经》。什,

篇什。《诗经》中有大雅、小雅、周颂,以十篇编为一卷,叫作什,如"鹿鸣之什"、"谷风之什"等。后泛指诗篇或文卷。　闻者无罪:《诗·周南·关雎序》:"上以风化下,下以风刺上,主文而谲谏,言之者无罪,闻之者足以戒,故曰风。"　作镜:作为借鉴。

〔9〕泽畔吟:因屈原被放逐,游于江潭,行吟泽畔。后人常称谪官失意时所写作品为"泽畔吟"。

〔10〕韬之竹简:谓文辞深奥隐晦。韬,隐藏。

〔11〕藏之名山:《汉书·司马迁传》:"仆诚已著此书,藏之名山,传之其人。"

〔12〕前后数四:是说前后藏了四次。　蠹伤卷轴:诗集都已被蠹虫所蚀。卷轴,唐时书籍多为卷轴形式。

〔13〕逸气顿挫:形容诗风豪迈俊逸,声调抑扬顿挫。　英风激扬:形容诗有英迈气势,读之使人情绪激昂。此处"英风"意与"逸气"近似,都指诗的风格。　横波遗流:指诗歌境界宽大,如波如流,字里行间气势奔涌。腾薄万古:指崔成甫诗可以奔驰万古,雄视百代。

〔14〕"至于微而彰"五句:崔成甫之诗发语虽微而意思显明,词气娴婉而语言华丽,虽满腔悲愤而又含而不露,由读者披览体味而得其旨趣,岂非所谓"哀而不伤,怨而不怒"那样的作品。

〔15〕怆然:悲伤的样子。

自从屈原被放逐,行吟泽畔,历代迁谪之臣都以屈原自比,崔成甫把自己贬官湘阴所写诗集命名为《泽畔吟》,也是顺理成章之事。李白在序文中,非常同情崔成甫的不幸遭际,高度评价了崔氏的诗歌艺术成就,"微而彰,婉而丽,悲不自我,兴成他人",符合传统士大夫的操守。

## 春夜宴从弟桃花园序

此序开元二十一年(733)前后作于安陆。在李白集中,诗文题中出现从弟多人,如李之遥、李昭、李延年、李幼成、李令问等,惟幼成、令问与李白在安陆时期交往密切。此处从弟可能是指幼成和令问。桃花园,疑在安陆兆山桃花岩。

夫天地者,万物之逆旅也[1];光阴者,百代之过客也[2]。而浮生若梦,为欢几何[3]?古人秉烛夜游,良有以也[4]。

况阳春召我以烟景,大块假我以文章[5]。会桃花之芳园,序天伦之乐事[6]。群季俊秀,皆为惠连[7];吾人咏歌,独惭康乐[8]。

幽赏未已,高谈转清[9]。开琼筵以坐花,飞羽觞而醉月[10]。不有佳咏,何伸雅怀?如诗不成,罚依金谷酒斗数[11]。

〔1〕逆旅:客舍也。

〔2〕过客：来往行旅之人。
〔3〕浮生若梦：道家认为人生世上一切虚浮无定，若一场大梦。《庄子·齐物论》："昔者庄周梦为蝴蝶，栩栩然，蝴蝶也，自喻适志与！不知周也。俄然觉，则蘧蘧然周也。不知周之梦为蝴蝶与？蝴蝶之梦为周与？"
〔4〕秉烛夜游：曹丕《与吴质书》："少壮真当努力，年一过往，何可攀援。古人思秉烛夜游，良有以也。"
〔5〕烟景：春天的烟花之景。 大块：指大地。《庄子·大宗师》："夫大块载我以形，劳我以生，佚我以老，息我以死。"这二句说，阳春给我们带来了烟花美景，大地给我们提供了优美景色。
〔6〕天伦：兄弟。
〔7〕群季：群弟。 惠连：谢惠连，即谢灵运之族弟。
〔8〕吾人：指自己。 独惭康乐：惭愧不如谢康乐。康乐，谢灵运是谢玄之孙，袭封康乐公。
〔9〕幽赏：深赏，细细地品赏。 高谈转清：转入清谈。清谈，清雅之谈。
〔10〕琼筵：精美的筵席。 坐花：坐在花丛中。 羽觞：插着羽毛的酒杯，或雀形的酒杯。这二句说，酒筵就摆设在桃花丛中，酒杯在月下频频飞举。
〔11〕金谷：晋代富豪石崇在洛阳有金谷园，他常在园中与朋友饮酒赋诗。

在此文中，李白感慨人生短暂，光阴易逝，要与诸从弟秉烛夜游，飞觞咏诗，共叙天伦之乐。全文充满强烈的生命意识，感情丰富，文辞优美，是李白散文的名篇。

# 冬夜于随州紫阳先生餐霞楼送烟子元演隐仙城山序

此文是李白与元丹丘、元演一同访道胡紫阳，元演因欲隐仙城山，李白等人在胡紫阳餐霞楼送别元演时所作之诗序。此序约作于开元二十三年(735)。随州，唐州名，治所在今湖北随州市。

吾与霞子元丹，烟子元演，气激道合，结神仙交[1]。殊身同心，誓老云海，不可夺也[2]。历行天下，周求名山[3]。入神农之故乡，得胡公之精术[4]。

胡公身揭日月，心飞蓬莱[5]。起餐霞之孤楼，炼吸景之精气[6]。延我数子，高谈混元[7]。金书玉诀，尽在此矣[8]。

白乃语及形胜，紫阳因大夸仙城[9]。元侯闻之，乘兴将往[10]。别酒寒酌，醉青田而少留[11]；梦魂晓飞，度渌水以先去[12]。

吾不凝滞于物，与时推移[13]。出则以平交王侯，遁则以俯视巢许[14]。朱绂狎我，绿萝未归[15]。恨不得同栖烟林，对坐松月[16]。有所款然，铭契潭石[17]。乘春当来，且抱琴卧花，高枕相待[18]。诗以宠别，赋而赠之。

〔1〕元丹：即元丹丘。 霞子：大约是元丹丘的别号。 气激道合：指意气和志向都激切相合。 结神仙交：以神仙的气质相接处。

〔2〕"殊身同心"三句：说人虽异体，心志却同，发誓老死遁隐山林，不可改变。

〔3〕"历行"二句：说几人踪迹满天下，四处寻访名山。

〔4〕神农：传说为农业和医药的发明者。一说即炎帝，相传其生在随州，故此称随州为神农之故乡。 胡公：指胡紫阳。 精术：精湛的道术。

〔5〕"胡公"二句：说胡紫阳脱略凡俗，身向日月，心向蓬莱。蓬莱，传说中的三神山之一。

〔6〕起：建起。 吸景之精气：吸日光的元气，为道家的炼气术之一。

〔7〕延：邀请。 混元：天地形成之初的原始状态，也泛指天地。

〔8〕金书玉诀：指道家的典籍和要旨。

〔9〕形胜：指风景优美、形势优越之地。

〔10〕元侯：即元演。侯是古代对别人的尊称。

〔11〕"别酒寒酌"二句：说寒天酌饮分别酒，醉于青田而稍事停留。 青田：青田酒。据晋崔豹《古今注·草木》记载：乌孙国产青田核，贡至中国，得清水则有酒味出，如醇美好酒。核大如六升瓠，空之以盛水，俄而成酒，名青田酒。

〔12〕"梦魂晓飞"二句：说元演在晨梦中灵魂已飞渡清水而先行离去。

〔13〕"吾不凝滞于物"二句：《楚辞·渔父》："圣人不凝滞于物，而能与世推移。"二句即用其意，说自己不为凡俗所拘，而要应时变化。

〔14〕平交：平等之交。李白《少年行》诗："府县说为门下客，王侯皆是平交人。" 俯视：从高处向下看。二句说，出仕以平等的地位结交王侯显贵，隐居则比巢父、许由犹为高超。

〔15〕朱绂：古代官员的朝服。此借指仕宦。 狎：游戏，亵昵。 绿萝：郭璞《游仙诗》："绿萝结高林，蒙笼盖一山。"此借指隐居。二句说与仕宦中人周旋，未能即去隐居。

〔16〕烟林、松月：均喻隐逸生活，于松下对坐望月。

〔17〕款然：恳切貌。 铭契：雕刻。

〔18〕卧花：卧于花下。

出仕与归隐，是李白一生中的一对矛盾。他的理想是：成就一番大事业之后，再从容归隐。但残酷的现实一直捉弄他，终其一生，未给他济世安邦之机会。从这个角度讲，李白一生都在等待不可能到来的机会，等待的同时，归隐也始终占据他的心灵。所以一说起归隐，李白便来了兴致。只是自己"恨不得同栖火烟林，对坐松月"。说明此时的他还对出仕抱有希望。

## 赵公西候新亭颂

此颂是天宝十四载(755)在宣城作。赵公,指宣城太守赵悦。李白还有《赠赵太守悦》诗及《为赵宣城与杨右相书》。西候新亭,亭名。在今安徽宣城,为赵悦所筑。

惟十有四载,皇帝以岁之骄阳,秋五不稔,乃慎择明牧,恤南方凋枯[1]。伊四月孟夏,自淮阴迁我天水赵公,作藩于宛陵,祗明命也[2]。惟公代秉天宪,作保南台[3]。洪柯大本,聿生懿德[4]。宜乎哉!横风霜之秀气,郁王霸之奇略[5]。初以铁冠白笔,佐我燕京[6]。威雄震肃,虏不敢视。而后鸣琴二邦,天下取则;起草三省,朝端有声[7]。天子识面,宰衡动听[8]。殷南山之雷,剖赤县之剧[9]。强项不屈,三州所居大化,咸列碑颂[10]。至于是邦也,酌古以训俗,宜风以布和[11]。平心理人,兵镇唯静[12]。画一千里,时无莠言[13]。

退公之暇,清眺原隰[14]。以此郡东暨巨海,西襟长江,咽三吴,扼五岭,辒轩错出,无旬时而息焉[15]。出自西郭,苍然古道。道寡列树,行无清阴。至有疾雷破山,狂飙震壑,炎景烁野,秋霖灌途[16]。马逼侧于谷口,人周章于山顶[17]。亭候靡设,逢迎阙如[18]。

自唐有天下,作牧百数,因循龌龊,罔恢永图[19]。及公来思,大革前弊[20]。实相此土,陟降观之[21]。壮其回岗龙盘,沓岭波起,胜势交至,可以有作[22]。方农之隙,廓如是营[23]。遂铲崖坦堙卑,驱石剪棘,削污壤,阶高隅,以门以墉,乃栋乃宇[24]。俭则不陋,丽而不奢。森沉闲闵,燥湿有庇[25]。若兔之勇,如鹏斯骞[26]。萦流镜转,涵映池底[27]。纳远海之馀清,泻莲峰之积翠[28]。信一方雄胜之郊,五马踟蹰之地也[29]。

长史齐公光乂,人伦之师表[30];司马武公幼成,衣冠之髦彦[31]。录事参军吴镇、宣城令崔钦,令德之后,良材间生[32]。纵风教之乐地,出人伦之高格,卓绝映古,清明在躬[33]。金谋倕功,不日而就[34]。总是役也,伊二公之力欤[35]?过客沉吟以称叹,邦人聚舞以相贺。佥曰:"我赵公之新亭也!"群僚献议,请因谣颂以名之,则必与谢公北亭同不朽矣[36]。白以为谢公德不及后世,亭不留要冲,无勿拜之言,鲜登高之赋[37]。方之今日,我则过矣[38]。

敢询耆老而作颂曰：眈眈高亭，赵公所营[39]。如鳌背突兀于太清，如鹏翼开张而欲行[40]。赵公之宇，千载有睹。必恭必敬，爰游爰处[41]。瞻而思之，罔敢大语。赵公来翔，有礼有章[42]。煌煌锵锵，如文翁之堂[43]。清风洋洋，永世不忘[44]。

[1] 惟十有四载：指玄宗天宝十四载（755）。惟，句首助词。　骄阳：夏日炎热的太阳。秋五不稔（rěn）：连续五年歉收。不稔，不熟，即歉收。　明牧：良牧，贤明之州官。《礼·曲礼下》："九州之长，入天子之国，曰牧。"后称州官曰牧。　凋枯：庄稼因旱灾凋落枯萎。

[2] 淮阴：唐时属淮南道楚州淮阴郡。郡治在山阳县，在今江苏淮安东南。　天水赵公：赵氏郡望出自天水。　作藩宛陵：赵悦为宣城郡太守，位同诸侯，为天子藩屏，故曰作藩。宛陵，古县名，汉初置，为丹阳郡治，晋改为宣城郡，唐属江南西道宣州宣城郡，在今安徽宣城。　祗：恭敬，尊奉。　明命：诏命。

[3] 代秉天宪：代为执掌天子法令。天宪，帝王法令。　作保南台：在御史府任职。保，任也。南台，御史台别称。

[4] 洪柯：大树。　本：根。　聿：语助词。　懿德：美德。以上四句说，赵悦曾在御史台任过职，为帝王执法，树大根深，乃生美德。

[5] "横风"二句：说作为御史，胸中横生雷厉风霜的灵秀之气，蕴藏着王霸之奇略。

[6] 铁冠白笔：指御史。铁冠，即法冠。以铁为柱，置于冠上，御史台官员戴的执法官服。　白笔：御史台官员随身携带之笔。　佐我燕京：说赵悦起初曾以监察御史身份充任幽州节度使幕府的助理官员。燕京，指唐河北道幽州，在今北京市。

[7] 鸣琴二邦：任两个县的县令。《吕氏春秋·秋贤》："宓子贱治单父，弹鸣琴，身不下堂，而单父治。"后即以鸣琴代指县令。赵悦曾为江陵、安邑二县令。　三省：唐代中央机关尚书省、中书省、门下省。"起草"二句，指在中央机关中起草文书，朝廷上很有声望。

[8] 宰衡：即宰相。

[9] "殷南山之雷"二句：《诗经·召南·殷其雷》："殷其雷，在南山之阳。"毛传："殷，雷声也。"郑玄笺："雷以喻号令，于南山之阳，又喻其在外也。召南大夫以王命施号令于四方，犹雷隐然发声于山之阳。"　剖：分。　赤县：指中国。二句说以雷厉风行的作风来治理地方的繁杂事务。

[10] 强项：秉性刚直不阿，倔强不肯低头。《后汉书·董宣传》："帝令小黄门持之，使宣叩头谢主，宣不从，强使顿之，宣两手据地，终不肯俯。帝敕曰：'强项以出。'"以上三句说赵悦秉性倔强不屈，治理三州大有成效，三州都立碑加以颂扬。

[11] "至于是邦也"二句：说根据风俗传统实行教化，民风和融。

[12] 理人：治人。唐高宗名李治，唐人讳治，改作理。此二句说，公平地治理人民，不得已而用兵，是为了稳定社会秩序。

[13] 画一千里：《汉书·曹参传》："萧何为法，讲若画一。"颜师古曰："画一，言整齐也。"　莠言：恶言，坏话。此二句说，州境千里，整齐划一，人人都夸赞，没有人讲坏话。

[14] 退公之暇：退出公事的空闲时间。　原隰：高原和洼地。此二句说，公务之馀，登高眺望附近的原野。

[15] 三吴：三吴之地所指无确论。一般以吴兴、宜兴、吴郡为三吴。　五岭：山名，其说不一。一般指在湘、赣和粤、桂等省交界处的越城、都庞、萌渚、骑田、大庾诸岭。　辀轩：使臣之车。这六句说，此郡东部的

174

巨堑是大海，西部连着长江，是三吴的咽喉地带，控制着五岭的交通。使者的车驾频繁来往，交错而过，没有片刻歇息的时候。

〔16〕炎景：炎日。　秋霖：连绵的秋雨。四句形容环境恶劣，说甚至有迅雷打破山顶，狂风震动山谷，烈日焚烧原野、连绵秋雨淹没道路的现象。

〔17〕逼侧：道路狭窄，相逼近。　周章：周流。此二句说，马儿只好在狭窄的谷口艰难行走，人在山顶冒雨顶风地到处奔跑了。

〔18〕亭候：一作"亭堠"，古代用作侦察、瞭望的岗亭。　靡设：不设。　逢迎：指接待工作。　阙如：欠缺。

〔19〕龌龊：局促、拘谨，器量局狭。　永图：长图。这四句说，自唐有天下，来此作州郡长官者数以百计，但都因循局狭的旧规，没有扩大恢宏的长远计划。

〔20〕及公来思：及公之来。思，语助词，无意。二句说，等到赵悦来当太守，大革过去的弊政。

〔21〕实相：实，句首助词。相，视察。　陟降：升降，登高临下。二句说，审视州内土地，上下观察。

〔22〕"壮其回岗龙盘"四句：此处如龙盘旋的山岗，似波浪起伏的重岭，名胜形势交会，实为壮观，可以有所建设。

〔23〕廓如：开阔的样子。二句说，正当农闲空隙，就开始营建。

〔24〕崖坦：坦为衍文。崖，陡立的高地。　堙：填塞。　卑：低地。　隅：角落。　墉：垣墙。　宇：屋檐。此六句叙建亭过程，于是铲除高坡，填塞低地，驱走乱石，剪除丛棘，挖走污土，砌台阶，作门砌墙，造屋上梁。

〔25〕闬闳(hàn hóng)：都是巷门。四句说，亭之外观节俭而不简陋，华美而不奢侈。高门森严，可以掩蔽干燥和潮湿。

〔26〕"若凫之勇"二句：形容亭子的屋角向上挑起飞腾的样子，像鸭子翘翅游水，如大鹏将要飞翔。

〔27〕"萦流镜转"二句：说亭旁流水如镜旋转，映照池底。

〔28〕"纳远海之馀清"二句：说池水之清，如自远海流来，远峰之翠色倒映其中。

〔29〕"信一方雄胜之郊"二句：说真可谓是城郊一方奇景，使路人踟蹰徘徊留恋之地。

〔30〕长史：唐朝官制，每州刺史之下，有长史一人，司马一人，录事参军一人。　人伦之师表：道德伦理之表率。

〔31〕武公幼成：李白有《夏日陪司马武公与群贤宴姑熟亭序》，文中的司马武公即其人。　衣冠之髦彦：士大夫中的俊杰。衣冠，士大夫的穿戴，代指缙绅士大夫。髦彦，喻俊杰之士。

〔32〕吴镇：事迹未详。　崔钦：宣城县令。李白有《江上答崔宣城》、《经乱后将避地剡中留赠崔宣城》等诗。　令德：美德。

〔33〕清明在躬：指身怀清明之德。四句说，这四人在风教乐地中施展本领，在道德伦理方面堪为榜样。身怀清明之德，可与古人媲美。

〔34〕佥谋僝(zhàn)功：共同想办法立显其功。佥，共。僝功，显现其功。

〔35〕总是役：总管这项工程。　二公：当指齐光义、武幼成。

〔36〕佥：全部。　郡僚：指下属官吏。　谢公北亭：《太平寰宇记》卷九九："北亭在(温)州北五里，枕永嘉江。谢灵运罢郡，于北亭与吏别诗云：'前期眇已往，后会邈无因。'"

〔37〕"白以为"二句：谢公恩未延及后代，亭没有建在交通要道的形胜之处。　勿拜之言：谢公没有留下像召公那样的政绩，而赵悦却有三州之碑颂，政绩赫然。　登高之赋：《韩诗外传》卷七："孔子游于景山之上，子路、子贡、颜渊从。孔子曰：'君子登高必赋，小子愿者何？言其愿，丘将启汝。'"　"无勿拜"二句说，后人对其踪迹也没有多少表示爱戴的言语，也没有留下多少后人吟咏的诗篇。

〔38〕"方今之日"二句：说今日这次的情况则不同，我们这座亭的名声要超过谢公亭。

〔39〕耆老：年高而有声望的人。　眈眈：亦作耽耽。深邃的样子。

〔40〕太清：属道教三十六天中的第三十三天。此指天空，极言其高。二句说，好像是巨鳌之背突现于天空，又像是大鹏展翅欲飞。

〔41〕爱游爱处：游赏与休息。爱，发语词。语出《诗经·小雅·斯干》："爱居爱处，爱笑爱语。"

〔42〕"赵公来翔"二句：说赵公驾临此处，有礼节有文章。

〔43〕煌煌：光明的样子。　锵锵：高貌。　文翁之堂：《汉书·文翁传》载：景帝末，为蜀郡守，起学官于成都市中。《华阳国志》记载：始文翁立学讲堂精舍，作石室。一作玉堂，在城南。安帝永初后，学堂遇火，太守陈留高眹更修立，又增造一石室。

〔44〕洋洋：喻远扬。

全文历叙宣城太守赵悦的履历和政绩。介绍了在郡城郊外设亭之必要，记录了赵太守建亭之经过和亭建成后的胜景，述新亭的协建者及"赵公亭"命名之由来。最后对赵悦的佳举赞颂。全文洒脱古朴，才气纵横。

## 武昌宰韩君去思颂碑并序

武昌宰韩仲卿是唐代文学家韩愈之父。曾历任铜鞮县尉、武昌令、永兴令、鄱阳令及秘书郎等职。《新唐书·韩愈传》："韩愈字退之，邓州南阳人。七世祖茂，有功于后魏，封安定王；父仲卿，为武昌令，有美政，县人刻石颂德，终秘书郎。"李白在至德二载(757)春，因永王璘事败，受牵连，被系寻阳狱中。不久为江南宣慰史崔涣和御史中丞宋若思推覆昭雪，秋间获释。宋若思辟之为幕府参谋。此文当是此年秋冬李白随宋若思赴武昌，与武昌宰韩仲卿交游时所作。武昌，唐时属江南西道鄂州，地在今湖北鄂州。去思颂碑，旧时地方为已离任的长官所立的纪念碑，也叫德政碑。

仲尼，大圣也，宰中都而四方取则[1]；子贱，大贤也，宰单父，人到于今而思之[2]。乃知德之休明，不在位之高下[3]。其或继之者，得非韩君乎！君名仲卿，南阳人也[4]。昔延陵知晋国之政，必分于韩[5]。献子虽不能遏屠岸之诛，存孤嗣赵，太史公称天下之阴德也[6]。其贤才罗生，列侯十世，不亦宜哉[7]？七代祖茂，后魏尚书令，安定王。五代祖钧，金部尚书[8]。曾祖晙，银青光禄大夫、雅州刺史[9]。祖泰，曹州司马。考睿素，朝散大夫、桂州都督府长史[10]。分茅纳言，剖符佐郡，奕叶明德，休有烈光[11]。君乃长史之元子也[12]。

妣有吴钱氏，及长史即世，夫人早孀，弘圣善之规，成名四子，文伯、孟轲二母之俦欤[13]！少卿，当涂县丞，感慨重诺，死节于义[14]。云卿，文章冠世，拜监察御史，朝廷呼为子房[15]。绅卿，尉高邮，才名振耀，幼负美誉[16]。

君自潞州铜鞮尉[17]，调补武昌令，未下车，人惧之；既下车，人悦之。惠如春风，三月大化。奸吏束手，豪宗侧目，有爨玉者，三江之巨横[18]。白额且去，清琴高张[19]。兼操刀永兴，二邑同化[20]。时凿齿磨牙而两京，宋城易子而炊骨[21]。吴楚转输，苍生熬然。而此邦晏如，襁负云集[22]。居未二载，户口三倍其初。铜铁曾青，未择地而出[23]。大冶鼓铸，如天降神[24]。既烹且烁，数盈万亿，公私其赖之[25]。官绝请托之求，吏无丝毫之犯。本道采访大使皇甫公侁，闻而观之，擢佐辎轩，多所弘益[26]。尚书右丞崔公禹，称之于朝[27]。相国崔公涣，特奏授鄱阳令，兼摄数县[28]。所谓投刃而皆虚，为其政而则理成[29]。去若始至，人多怀恩。

新宰五公名庭璘，岩然太华，浣然洪河[30]。含章可贞，干蛊有立[31]。接武比德，弦歌连声[32]。服美前政，闻诸耆老[33]。与邑中贤者胡思泰一十五人，及诸察吏，式歌且舞，愿扬韩公之遗美[34]。白采谣刻石，而作颂曰：

峨峨楚山，浩浩汉水[35]。黄金之车，大吴天子[36]。武昌鼎据，实为帝里[37]。时罹世讹，薄俗如毁[38]。韩君作宰，抚兹遗人[39]。滂注王泽，犹鸿得春[40]。和风潜畅，惠化如神[41]。刻石万古，永思清尘[42]。

[1]中都：春秋鲁邑，故城在今山东汶上县西。《史记·孔子世家》："其后，定公以孔子为中都宰一年，四方皆则之。"

[2]子贱：宓子贱，孔子弟子。《孔子家语》卷八："孔子弟子有宓子贱者，仕于鲁，为单父宰。"

[3]休明：美善。

[4]南阳：在今河南南阳市。

[5]延陵：延陵季子。春秋时吴国人，他曾为吴国使节出使晋国。《史记·晋世家》："吴延陵季子来使，与赵文子、韩宣子、魏献子语曰：'晋国之政，卒归此三家矣。'"

[6]献子：即韩厥。  屠岸：即晋司寇屠岸贾。他想灭掉赵盾的后嗣赵武，韩献子厥等人冒险把赵武保护下来。

[7]"其贤才罗生"三句：《史记·韩世家》："太史公曰：韩厥之感晋景公，绍赵孤之子武，以成程婴、公孙杵臼之义，此天下之阴德也。韩氏之功，于晋未睹其大者也。然与赵、魏终为诸侯十余世，宜乎哉。"

[8]"七代祖茂"五句：《北史·韩茂传》："韩茂，字元兴，安定安人，为武贲郎将，录前后功，拜散骑常侍殿中尚书，进爵安定公。文成践阼，拜前尚书令，加侍中，征南大将军，卒赠安定王。长子备，袭爵安定公。备弟均，字天德，初为中散，赐爵范阳子，迁金部尚书。兄备卒，均袭爵安定公。"

[9]"曾祖畯"二句：唐制，银青光禄大夫为文官散阶从三品。雅州属剑南道，治所在今四川雅安。

[10]"祖泰"二句：李翱《韩文公行状》："曾祖泰，皇任曹州司马。祖澥素，皇任桂州长史。父仲卿，皇任秘书郎。"  曹州：唐时属河南道，在今山东。治所济阴在今山东曹县西北。朝散大夫，文散官从五品下。

桂州属岭南道,治所始安在今广西桂林市。

〔11〕分茅:指分封诸侯。 剖符:剖竹分符,犹今之受印。 奕叶:累世。 明德:显明至德。

〔12〕元子:嫡长子。诗中元子指周公之长子伯禽。此处韩仲卿是韩滔素的嫡长子。

〔13〕妣(bǐ):已故的母亲。 即世:去世。 四子:指钱氏的四个儿子仲卿、少卿、云卿、绅卿。 文伯、孟轲二母:都是古代善于教育子女的母亲。

〔14〕当涂:唐时属江南东道宣州宣城郡,在今安徽当涂县。 县丞:县令的佐官,从八品下。

〔15〕云卿:皇甫湜《韩愈神道碑》:"先叔父云卿,当肃宗、代宗朝,独为文章冠。"《全唐文》收其《平蛮颂》、《平淮碑铭并序》、《河南尹张公碑》、《虞帝庙碑铭》四篇。 监察御史:唐制,御史台有监察御史十五人,官正八品下。 子房:汉代谋臣张良字。此句说韩云卿既有文才,又有智谋。

〔16〕绅卿:韩愈《虢州司户韩府君墓志铭》:"安定恒王五世孙滔素,为桂州长史,化行南方,有子四人,最季曰绅卿。文而能言,尝为扬州录事参军。 尉:县尉,县佐官,管治安,官从九品上。 高邮:唐时属淮南道扬州广陵郡,在今江苏高邮。

〔17〕铜鞮:县名,唐时属河东道潞州上党郡,在今山西沁县。

〔18〕豪宗:犹豪族。 爨玉:当时盗贼。 巨横:横行霸道的大恶霸。

〔19〕白额:白额虎,指恶人。 清琴高张:用宓子贱鸣琴而治单父事,赞扬韩仲卿的政绩。《吕氏春秋·察贤》:"宓子贱治单父,弹鸣琴,身不下堂而单父治。"

〔20〕操刀:用子产事。指治理县政。《左传》襄公三十一年:"子皮欲使尹何为邑。子产曰:'人之爱人,求利之也。今吾爱人则以政。犹未能操刀而使割也,其伤实多。'" 永兴,唐时属江南西道鄂州江夏郡,在今湖北阳新县。

〔21〕凿齿:传说中食人的怪兽,比喻安禄山。 宋城:唐时属河南道宋州睢阳郡,春秋时为宋国,故址在今河南商丘南。 易子炊骨:《旧唐书·张巡传》:"时许远为睢阳守……贼将尹子奇攻围经年,巡以雍丘小邑,储备不足,大寇临之,必难保守。乃列卒结阵诈降。至德二载正月也。玄宗闻而壮之,授巡主客郎中,兼御史中丞,尹子奇攻围既久,城中粮尽,易子而食,析骨而爨,人心危恐,虑将有变。巡乃出其妾,对三军杀之,以饷军士,曰:'诸公为国家戮力守城,一心无二,经年乞食,忠义不衰,巡不能自割肌肤,以啖将士,岂可惜此妇人,坐视危迫。'将士皆泣下,不忍食。巡强令食之。乃括城中妇人,既尽,以男女老小继之,所食人口二三万,人心终不离变。"

〔22〕晏如:安然。 襁负云集:背着襁褓前来投奔。襁褓是用来包裹幼儿的衣服背带。

〔23〕铜铁曾青:武昌、永兴古出铜铁。曾青,铜矿沙。此句说,武昌、永兴的矿产丰富,遍地皆是。

〔24〕大冶:指技术精湛的冶炼工人,或指冶炼之所。

〔25〕既烹且烁:指冶炼。 数盈万亿:指冶炼所得。

〔26〕本道:指江南西道。 采访大使:唐巡察各道政务的长官。 皇甫侁:《通鉴》卷二一九《唐纪》三十五:至德二载二月,"璘与仙琦收馀众,南奔鄱阳,收库物甲兵,欲南奔岭表。江西采访使皇甫侁遣兵追讨擒之,潜杀之于传舍。侁亦死于乱兵。侁使人送璘家属还蜀,上(肃宗)曰:'侁既生得吾弟,何不送之于蜀,而擅杀之邪?'遂废侁不用。" 辎轩:使车。

〔27〕尚书右丞:唐制,尚书省有右丞一人,分管尚书省及兵部、刑部、工部十二司事,正四品下。崔禹:坊州刺史,是潞州长史崔日知之子,崔宗之的堂兄弟。

〔28〕鄱阳:唐属江南西道饶州鄱阳郡。在今江西鄱阳,以在鄱水之北,故曰鄱阳。 兼摄:兼管。

〔29〕"所谓"二句:意为韩仲卿治理县政游刃有馀,政绩卓然。

〔30〕太华:华山。 洪河:黄河。

〔31〕含章可贞,干蛊有立:意谓内怀美德,胜任其职。

〔32〕接武:接迹、接步。《论语·阳货》:"子之武城,闻弦歌之声。夫子莞尔而笑曰:割鸡焉用牛刀。"此

句赞其为县宰如子游。
〔33〕前政：指前任县宰的德政。　耆老：老人，特指受尊敬的老者。
〔34〕式歌且舞：既歌且舞。
〔35〕汉水：一称汉江，是长江最大的支流。源出于陕西宁强县北蟠冢山，至武汉市汉阳入长江。此二句说，武昌的地理形势，有巍峨的楚山，浩荡的汉水。
〔36〕黄金之车：《三国志·吴书·吴主传》："黄龙元年春，公卿百司皆劝（孙）权正尊号。夏四月，夏口、武昌并言黄龙、凤凰见。丙申，南郊即皇帝位……初，兴平中，吴中童谣曰：'黄金车，班兰耳，闾昌门，出天子。'"
〔37〕帝里：帝都。
〔38〕"时艰世讹"二句：说由于时艰世讹，这里的风俗已经浇薄不淳。艰（jiān），与"艰"同。
〔39〕遗人：犹遗民，唐人讳李世民，民多作人。此指县民。
〔40〕滂注：大水灌注。滂，大水貌。这二句说，他给县民普宣王泽，使百姓犹如鸿雁逢春。
〔41〕惠化：仁化，恩惠教化。
〔42〕清尘：车后之尘。后用为对人的敬称。

作为韩仲卿的德政碑文，全文可分为三个部分。第一部分从开头到"幼负美誉"，主要阐述韩仲卿的家世和出身，"列侯十世"，"成名四子"，为韩仲卿的成功奠定了基础。"君自滁州铜鞮尉"至"人多怀恩"为第二部分，举例说明韩仲卿治理地方的惠政。"新宰五公"至末尾为第三部分，主要叙述立碑作颂的经过。全文条理清晰，叙事井然。尤其为我们了解韩愈的家世，提供了第一手资料。

# 为宋中丞祭九江文

至德二载(757)秋，御史中丞宋若思率吴兵三千，将从浔阳渡江赴河南平定安史叛军，军次浔阳。时李白正在浔阳狱中。宋若思为李白平反昭雪，并邀其参加他的幕府。此文是李白为宋若思大军渡江时所作的祭江文。古时迷信，以为大江大河皆有神灵主管，因此在渡江时祭江神以祈保平安。九江，长江流经浔阳地段，古称九江。

谨以三牲之奠，敬祭于长源公之灵[1]。惟神包括乾坤，平准天地[2]。划三峡以中断，疏九道以争奔[3]。纲纪南维，朝宗东海[4]。牲玉有礼，祀典无亏[5]。

今万乘蒙尘，五陵惨黩[6]。苍生悉为白骨，赤血流于紫宫[7]。宇宙倒悬，欃枪未灭[8]。含识结愤，思剪元凶。若思参列雄藩，各当重寄[9]。遵奉王命,大举天兵[10]。照海色于旌旗,肃军威于原野[11]。而洪涛渤潏,狂飙振惊[12]。惟神使阳侯卷波,羲和奉命,楼船先济,士马无虞[13]。扫妖孽于幽燕,斩鲸鲵于河洛[14]。惟神佑我,降休于民[15]。敬请精诚,庶垂歆飨[16]。

[1] 三牲:古代用于祭祀的三种动物——牛、羊、猪。 长源公:为"广源公"之误。广源公,长江封号。《旧唐书·玄宗纪下》:天宝元年,"封河渎为灵源公,济渎为清源公,江渎为广源公,淮渎为长源公。"此文祭长江,应为广源公。

[2] "惟神"二句:只有神灵能够囊括天地宇宙,平衡调整天下万物。乾坤,阴阳、天地。平准,平衡调整。

[3] 划三峡以中断:划开三峡以使两岸山势中断。 三峡,指长江经过四川和湖北交界的三个大峡谷,即瞿塘峡、巫峡和西陵峡。 九道:指九江。江自浔阳分为九道。

[4] 纲纪:法度,秩序。 维:连结。 朝宗:本指诸侯朝见天子,后借指百川入海。天子为诸侯之宗,犹大海为百川之宗。

[5] 牲玉:祭祀用的牲口和宝玉。 祀典:祭祀典礼。

[6] 万乘:指皇帝。 蒙尘:指帝王逃亡在外,蒙受灰尘。 五陵:长安附近汉代五个皇帝陵墓,此借指唐代五个皇帝的陵墓。 掺黩:当作掺默。即垢浊的意思。

[7] 紫宫:帝王的宫禁。

[8] 欃(chán)枪:彗星别称,古代以彗星为妖星,认为它的出现即有兵乱。此借指安禄山叛军。

[9] 雄藩:强大的藩镇。此指地势险要,足以控制四方的重要州郡。时宋若思以御史中丞为宣城郡太守。 重寄:重托,托以重任。

[10] 王命:一作"天命"。 天兵:指唐朝军队。

[11] 海色:将晓的天色。二句说旌旗在晓色照射下飘扬,原野上军威严肃。

[12] 渤潏(yù):水奔涌貌。 狂飙:狂暴之风。

[13] 阳侯:传说中的波涛之神。《淮南子·览冥训》:"武王伐纣,渡于孟津,阳侯之波,逆流而击。"高诱注:"阳侯,陵阳国侯也。其国近水,溺水而死,其神能为大波,有所伤害,因谓之阳侯之波。" 羲和:为太阳驾车之神。 楼船:有层楼的大船。 无虞:没有差错。

[14] 妖孽:指安禄山叛军。 幽燕:安禄山发动叛乱之地。 鲸鲵:指安禄山。 河洛:指洛阳,安禄山称帝之地。

[15] 降休:施降吉庆。 休:吉祥。

[16] 歆飨:祭礼时神灵享受的祭品。

"安史之乱"爆发后,李白满怀为唐王朝建功立业之志,加入永王璘之幕府。不料由于唐王朝内部的矛盾,李白被流放夜郎。赦还之后,是宋若思为李白平反昭雪,所以李白对宋心存感激。这篇代宋若思所作的祭江之文,充满了对叛军的愤恨,祈求江神保佑大军安渡士马,"扫妖孽于幽燕,斩鲸鲵于河洛",这是发自李白内心深处的呼喊。

## ◎ 附 录

### 李白简谱

**武后长安元年(701),一岁**

**中宗神龙元年(705),五岁**

父亲李客率全家迁居剑南道绵州。开始读书,《上安州裴长史书》:"五岁诵六甲。"

**睿宗景云元年(710),十岁**

读诸子百家,通诗书。《上安州裴长史书》:"十岁观百家。"《新唐书》本传:"十岁通诗书。"

**玄宗开元三年(715),十五岁**

观奇书,学剑术,好神仙。《赠张相镐二首》:"十五观奇书,作赋凌相如。"《与韩荆州书》:"十五学剑术。"《感兴八首》:"十五学神仙,仙游未曾歇。"

**开元八年(720),二十岁**

苏颋于是年初春赴蜀为益州长史。白于路中拜见,苏颋待之以布衣之礼。

**开元十二年(724),二十四岁**

辞亲远游,有《别匡山》诗。游峨眉山,有《登峨眉山》、《峨眉山月歌》、《渡荆门送别》等。

**开元十三年(725),二十五岁**

出三峡,游洞庭。遇司马承祯(字子微)于江陵,作《大鹏遇希有鸟赋》,后改为《大鹏赋》。

**开元十四年(726),二十六岁**

本年曾游金陵、苏州、杭州等地。

**开元十五年(727),二十七岁**

沿长江西上,观云梦。回安陆,与故相许圉师的孙女结婚。是年有《代寿山答孟少府移文书》、《上安州李长史书》。

**开元十六年(728),二十八岁**

在江夏,有诗送孟浩然。是年有《黄鹤楼送孟浩然之广陵》、《早春于江夏送蔡十还家云梦序》。

**开元十八年(730),三十岁**

隐居安陆。《上韩荆州书》云:"三十成文章,历抵卿相。"

**开元二十二年(734),三十四岁**

游龙门,至洛阳,与元丹丘隐居嵩山。

**开元二十三年(735),三十五岁**

五月与元演越太行游太原,并曾北游雁门关。有《太原早秋》、《赠郭季鹰》、《明堂赋》等。

**开元二十四年(736),三十六岁**

居太原。春夏之交,由太原回安陆。有《五月东鲁行答汶上翁》。

**开元二十五年(737),三十七岁**

居安陆。《嘲鲁儒》、《鲁东门泛舟二首》约作于是年。

**开元二十六年(738),三十八岁**

居安陆。

**开元二十七年(739),三十九岁**

由洛阳去淮南。秋至巴陵。又北游,访孟浩然于襄阳。有《赠孟浩然》、《春日归山寄孟浩然》。

**开元二十八年(740),四十岁**

春,游南阳,不久归东鲁。

**开元二十九年(741),四十一岁**

居东鲁。子明月奴生于鲁中,取名伯禽,约在本年。

**天宝元年(742),四十二岁**

春夏间居东鲁,曾携妻子入会稽,与道士吴筠隐于剡中。《越中览古》等诗约作于是年。

**天宝二年(743),四十三岁**

至京师,与太子宾客贺知章遇于紫极宫,贺一见赏之,曰:"此天上谪仙人也。"因解金龟换酒为乐。见《对酒忆贺监序》。玄宗召见于金銮殿,命待诏翰林。冬,侍从温泉宫。有《侍从游宿温泉宫作》、《驾去温泉宫后赠杨山人》、《温泉侍从归逢故人》。

**天宝三年(744),四十四岁**

贺知章还乡,李白有《送贺宾客归越》诗。春夏之交,上疏请还山。玄宗赐金还山。

**天宝四载(745),四十五岁**

是年夏初,与杜甫同游东鲁。因偕与高适、杜甫游梁宋。冬,从道士高如贵受道箓于齐州紫极宫。

**天宝五载(746),四十六岁**

夏游济南,与高适、杜甫及北海太守李邕诗酒唱和。《上李邕》、《梦游天姥吟留别》作于是年。

**天宝六载(747),四十七岁**

经淮南往游会稽。有《对酒忆贺监二首》《重忆一首》。秋,由会稽归至金陵。适崔宗之谪官金陵,因与之诗酒唱和。

**天宝七载(748),四十八岁**

在金陵。

**天宝八载(749),四十九岁**

在金陵。有《闻王昌龄左迁龙标遥有此寄》《劳劳亭》等诗。

**天宝九载(750),五十岁**

在金陵。五月之寻阳,后北上洛阳。有《寄东鲁二稚子》《答王十二寒夜独酌有怀》等诗。

**天宝十载(751),五十一岁**

是年春返鲁,秋至南阳访元丹丘。不久归梁。

**天宝十一载(752),五十二岁**

春游广平、邯郸诸地,不久游蓟门,秋抵幽州。有《行行且游猎篇》《北风行》等诗。

**天宝十二载(753),五十三岁**

春归至魏郡(今河北大名县东),复西北游太原。后经洛阳返梁宋。又由梁园南下,秋至宣城。有《独坐敬亭山》《秋登宣城谢朓北楼》《陪侍御叔华登楼歌》等诗。

**天宝十三载(754),五十四岁**

春夏之际,至扬州,与魏万相遇,同游金陵,相别,复往来宣城诸处。有《秋浦歌十七首》等诗。

**天宝十四载(755),五十五岁**

在宣城,冬之金陵。有《宣城见杜鹃花》《赠汪伦》等诗。

**肃宗至德元载(756),五十六岁**

春,李白往来宣城、当涂、溧阳间,后之剡中。秋,自杭州经金陵、秋浦至寻阳,隐居庐山屏风叠。冬,永王李璘重白之才,辟为府僚佐。有《古风》《西上莲花山》、《经乱后将避地剡中留赠崔宣城》等诗。

**至德二载(757),五十七岁**

在永王幕。二月,永王兵败,李白自丹阳郡南奔。后被系寻阳狱。宗夫人奔走营救,经宋若思与崔涣为之清雪,出狱,入宋若思幕。不久卧病宿松。有《狱中上崔相涣》《上崔相百忧章》《万愤词投魏郎中》《浔阳非所寄内》《为宋中丞自荐表》等诗文。

**乾元元年(758),五十八岁**

因入永王幕而长流夜郎。本年在流放途中。有《窜夜郎于乌江留别宗十六璟》《流夜郎至西塞驿寄裴隐》《流夜郎至江夏陪长史叔及薛明府宴兴德寺南阁》等诗。

### 乾元二年(759)，五十九岁

至白帝城遇赦，返舟东下江陵，在江夏停留半年。秋至岳州，遇贾至、李晔被贬，同游洞庭湖。秋冬间，至零陵。有《经乱离后天恩流夜郎忆旧游书怀赠江夏韦太守良宰》《江夏赠韦南陵冰》《巴陵赠贾舍人》《陪族叔刑部侍郎晔及中书贾舍人至游洞庭五首》等诗。

### 上元元年(760)，六十岁

自零陵至江夏，又至寻阳，寓居豫章。有《豫章行》等诗。

### 上元二年(761)，六十一岁

暮春开始，来往于金陵、宣城间。欲投李光弼军，因病，未果。有《闻李太尉大举秦兵百万出征东南，懦夫请缨，冀申一割之用，半道病还，留别金陵崔侍御》等诗。

### 宝应元年(762)，六十二岁

在当涂养病。十一月，以腐胁疾卒。有《九日龙山饮》《九月十日即事》《临路歌》等诗。

## 历代李白集版本举要

**李太白文集**
宋敏求编、曾巩编次。1987年巴蜀书社影印本。

**李翰林集**
南宋咸淳刊本。1980年江苏广陵古籍刻印社影印本。

**分类补注李太白诗**
宋杨齐贤集注，元萧士赟补注。

**李诗通**
明胡震亨编撰，清光绪十四年(1888)湖北书局刻本。

**李太白全集**
清王琦集注，1977年中华书局标点排印本。

**李白集校注**
瞿蜕园、朱金城撰，上海古籍出版社1980年出版。

**李白全集编年注释**
安旗主编，巴蜀书社1990年12月出版。

**李白全集校注汇释集评**

詹锳主编，百花文艺出版社1996年12月出版。

# 李白研究著述举要

## 一、著作部分

**李白**

王瑶著　华东人民出版社1954年9月印行
　　　　上海人民出版社1979年4月第2版

**诗人李白**

林庚著　上海文艺联合出版社1954年11月版
　　　　古典文学出版社1956年8月新1版

**李白诗论丛**

詹锳著　作家出版社1957年8月版
　　　　人民文学出版社1984年新1版

**李白诗文系年**

詹锳编著　作家出版社1958年6月版
　　　　　澳门大地出版社1974年翻印
　　　　　人民文学出版社1984年4月新1版

**李太白年谱**

黄锡珪编　作家出版社1958年版

**李白研究**

王运熙等著　作家出版社1962年版

**李白与杜甫**

郭沫若著　人民文学出版社1971年版

**李白**

王运熙、李宝均著　上海古籍出版社1979年版

**增订李太白年谱**

王伯祥编著　四川人民出版社1981年版

**李白纵横探**

安旗著　陕西人民出版社1981年2月版

**李白十论**

裴斐著　四川人民出版社1981年版

**李杜论略**
罗宗强著　内蒙古人民出版社1981年版
**李白年谱**
安旗、薛天纬编著　齐鲁书社1982年8月版
**李白丛考**
郁贤皓著　陕西人民出版社1982年版
**李白论**
乔象钟著　齐鲁书社1986年版
**李白考异录**
李从军著　齐鲁书社1986年10月版
**李白新论**
刘忆萱、管士光合著　山西人民出版社1987年10月版
**李白诗歌赏析集**
裴斐主编　巴蜀书社1988年2月版
**李白思想艺术探骊**
葛景春著　中州古籍出版社1991年2月版
**李白与中国传统文化**
葛景春著　台湾群玉堂出版社1991年9月版
**李白与唐代文化**
葛景春著　中州古籍出版社1994年版
**谢朓与李白研究**
茆家培、李子龙主编　人民文学出版社1995年版
**大气恢宏——李白与盛唐诗新探**
张瑞君著　山西古籍出版社1997年版
**李白思想研究**
杨海波著　学林出版社1997年3月版
**李白与魏晋风度**
陶新民著　中国广播电视出版社1996年版
**谪仙诗魂**
孟修祥著　湖北人民出版社1996年版

## 二、论文部分

论李太白诗,李之淦,中日文化3卷11—12期,1943.12
李白诗歌的浪漫主义精神,谢善继,华中师范学院学报,1957.2

李白诗歌的现实性及其创作特征,范宁,文学遗产选集2辑,1957.4

李白家世考异,詹锳,李白诗论丛,1957.8

驳李白诗歌的"盛唐气象",姜进爱,文学研究与批判,1958.9

唐代某些知识分子隐逸求仙的政治目的——兼论李白的政治理想和从政途径,陈贻焮,北京大学学报,1961.3

小谈李白的古体诗,齐鲁青,语言文学,1978.1

李白暮年若干交游考索,郁贤皓,南京师院学报,1980.2

论李白的游仙诗,裴斐,《江汉论坛》,1980年第2期

从《庐山谣》看李白游仙出世思想之实质,安旗,人文杂志,1982.4

李白《哭晁卿衡》《戏赠杜甫》散绎,傅庚生,唐代文学论丛,1982.12

《蜀道难》新笺,安旗,光明日报,1983.5.17

论李白诗歌中自然形象的壮伟美,阎志强,中国美学史学术讨论会论文选,1983.10

李白三入长安质疑,郁贤皓,中华文史论丛,1984.1

试论李白诗歌中的自我形象,黄邦君,贵州文史丛刊,1984.4

舒卷自如,金声玉振——谈李白杂言诗的音乐美,金志仁,名作欣赏,1984.6

李白卒年刍议,阎琦,西北大学学报(哲学社会科学版),1985.3

试论李白怨妇诗的人民性和艺术特点,陈书良,中国文学研究,1986.1

唐前期边境战争与李白边塞诗——兼评近年来关于唐代边塞诗讨论中的若干观点,毛谷风,浙江师范大学学报,1987.1

李白的文学批评,王运熙,李白学刊第1辑,1989.3

元明两代白文无注本《李太白集》提要,詹锳、葛景春,李白学刊第1辑,1989.3

李集书录,申风,李白学刊第1辑,1989.3

略论李白诗中的战争题材,王定璋,李白学刊第2辑,1989.3

李白山水诗文的个性特征及时代意义,王定璋,青海民族学院学报,1990.2

略论李白诗以意驱象的特点及其文化心理成因,卢燕平,李白研究论丛第2辑,1990.12

李白七律考评,宋心昌,上海教育学院学报,1992.2

李白五律艺术论略,宋心昌,河北师范大学学报,1992.3

论李白的幽愤,康怀远,李白论探,1993.8

论李白古风五十九首,康怀远,李白论探,1993.8

论李白自然诗风,康怀远,李白论探,1993.8

"辅弼"与"谪仙"——李白的自我意识及其文化传统,于翠玲,西北师大学报,1994.3

李白异族说质疑，蒋志，《祁连学刊》，1994.3
再论伟大诗人李白的爱国主义思想，高瑞雪，西南民族学院学报，1994.6
试论李白的孤独意识，詹福瑞，唐代文学研究第5辑，1994.10
李白传说故事的意义建构和价值取向，何念龙，广西社会科学，1995.1
重估李白在唐代诗歌革新运动中的历史地位，王海峰，杭州大学学报，1996.2
李白二入长安始末，许嘉甫、许玮，祁连学刊，1996.3
论女性与李白的情感世界，孟修祥，湖北大学学报，1996.4
二李一杜交游笺识——兼论李邕对杜甫的影响，王辉斌，首都师范大学学报，1996.5
论李白的悲剧及其特点，陶新民，李白与魏晋风度，1996.7
李白游仙诗与悲剧意识，傅明善、张维昭，宁波师院学报，1996.10
《李白集》稀见版本考略，詹锳，中国古籍研究第一卷，1996.11
读《李白资料汇编》（金元明清之部）札记，钟振振，中国李白研究（安徽文艺出版社），1997年
盛唐时代与李杜诗歌，曾子鲁，丹东师专学报，1997.7
试论日本汉诗对于李白诗歌之受容，马歌东，淮阴师范学院学报，1998.1
论老庄对李白的影响，蒋力余，求索，1998.6
论李白的怀乡情结，孟修祥，社会科学研究，1998.5
李白仙侠文化人格的美学精神，康震，陕西师范大学学报，1998.9
浅论李白诗歌中的游仙思想与其悲剧心态，张振龙，山东大学学报，1998年增刊
李白诗道教思想二题，朱冠华，宗教学研究，1999.1
李白诗作的历史观探略，杨海波，天津师大学报，1999.3
简论李白诗歌的心态意象化与意象心态化，张春义，杭州师范学院学报，1999.9
李白政治文化人格的美学意义，康震，陕西师范大学学报，1999.12

## 《李白集》名言警句

△素手把芙蓉，虚步蹑太清。(《古风五十九首》其十九)(第005页)
△丑女来效颦，还家惊四邻。(《古风五十九首》其三十五)(第008页)
△梧桐巢燕雀，枳棘栖鸳鸾。(《古风五十九首》其三十九)(第009页)
△蜀道之难，难于上青天！(《蜀道难》)(第013页)
△剑阁峥嵘而崔嵬，一夫当关，万夫莫开。(《蜀道难》)(第013页)

△君不见黄河之水天上来,奔流到海不复回!君不见高堂明镜悲白发,朝如青丝暮成雪!人生得意须尽欢,莫使金樽空对月。天生我材必有用,千金散尽还复来。(《将进酒》)(第018页)
△五花马,千金裘,呼儿将出换美酒,与尔同销万古愁。(《将进酒》)(第019页)
△金樽清酒斗十千,玉盘珍羞值万钱。停杯投箸不能食,拔剑四顾心茫然。欲渡黄河冰塞川,将登太行雪满山。(《行路难三首》其一)(第021页)
△长风破浪会有时,直挂云帆济沧海!(《行路难三首》其一)(第021页)
△大道如青天,我独不得出。(《行路难三首》其二)(第022页)
△昭王白骨萦蔓草,谁人更扫黄金台?(《行路难三首》其二)(第022页)
△天长路远魂飞苦,梦魂不到关山难。长相思,摧心肝。(《长相思》)(第024页)
△草不谢荣于春风,木不怨落于秋天。(《日出入行》)(第025页)
△燕山雪花大如席,片片吹落轩辕台。(《北风行》)(第027页)
△明月出天山,苍茫云海间。长风几万里,吹度玉门关。(《关山月》)(第028页)
△妾发初覆额,折花门前剧。郎骑竹马来,绕床弄青梅。同居长干里,两小无嫌猜。(《长干行二首》其一)(第035页)
△小时不识月,呼作白玉盘。又疑瑶台镜,飞在青云端。(《古朗月行》)(第037页)
△云想衣裳花想容,春风拂槛露华浓。若非群玉山头见,会向瑶台月下逢。(《清平调三首》其一)(第042页)
△床前明月光,疑是地上霜。举头望明月,低头思故乡。(《静夜思》)(第045页)
△燕草如碧丝,秦桑低绿枝。当君怀归日,是妾断肠时。春风不相识,何事入罗帏?(《春思》)(第045页)
△长安一片月,万户捣衣声。秋风吹不尽,总是玉关情。(《子夜吴歌(秋)》)(第047页)
△屈平词赋悬日月,楚王台榭空山丘。兴酣落笔摇五岳,诗成啸傲凌沧洲。功名富贵若长在,汉水亦应西北流。(《江上吟》)(第051页)
△白发三千丈,缘愁似个长。不知明镜里,何处得秋霜。(《秋浦歌十七首》其十五)(第066页)
△夜发清溪向三峡,思君不见下渝州。(《峨眉山月歌》)(第072页)
△李白乘舟将欲行,忽闻岸上踏歌声。桃花潭水深千尺,不及汪伦送我情。(《赠汪伦》)(第084页)
△我寄愁心与明月,随风直到夜郎西。(《闻王昌龄左迁龙标遥有此寄》)(第086页)
△我本楚狂人,凤歌笑孔丘。手持绿玉杖,朝别黄鹤楼。(《庐山谣寄卢侍御虚舟》)(第087页)
△安能摧眉折腰事权贵,使我不得开心颜。(《梦游天姥吟留别》)(第091页)
△故人西辞黄鹤楼,烟花三月下扬州。孤帆远影碧空尽,惟见长江天际流。(《黄

鹤楼送孟浩然之广陵》)(第 095 页)
△仍怜故乡水,万里送行舟。(《渡荆门送别》)(第 096 页)
△仰天大笑出门去,我辈岂是蓬蒿人!(《南陵别儿童入京》)(第 097 页)
△山从人面起,云傍马头生。(《送友人入蜀》)(第 101 页)
△弃我去者,昨日之日不可留;乱我心者,今日之日多烦忧。(《陪侍御叔华登楼歌》)(第 102 页)
△抽刀断水水更流,举杯销愁愁更愁。人生在世不称意,明朝散发弄扁舟。(《陪侍御叔华登楼歌》)(第 102 页)
△今人不见古时月,今月曾经照古人。古人今人若流水,共看明月皆如此。(《把酒问月》)(第 108 页)
△吴宫花草埋幽径,晋代衣冠成古丘。三山半落青天外,二水中分白鹭洲。(《登金陵凤凰台》)(第 112 页)
△日照香炉生紫烟,遥看瀑布挂前川。飞流直下三千尺,疑是银河落九天。(《望庐山瀑布二首》其二)(第 113 页)
△天门中断楚江开,碧水东流至此回。两岸青山相对出,孤帆一片日边来。(《望天门山》)(第 116 页)
△但使主人能醉客,不知何处是他乡。(《客中作》)(第 118 页)
△朝辞白帝彩云间,千里江陵一日还。两岸猿声啼不住,轻舟已过万重山。(《早发白帝城》)(第 119 页)
△花间一壶酒,独酌无相亲。举杯邀明月,对影成三人。(《月下独酌四首》其一)(第 124 页)
△众鸟高飞尽,孤云独去闲。相看两不厌,只有敬亭山。(《独坐敬亭山》)(第 127 页)
△夫天地者,万物之逆旅也;光阴者,百代之过客也。(《春夜宴从弟桃花园序》)(第 170 页)

图书在版编目（CIP）数据

李白集/（唐）李白著；张瑞君解评．—2版．
—太原：三晋出版社，2008.6（2024.5重印）
（中国家庭基本藏书·名家选集卷）
ISBN 978－7－80598－931－0－01

Ⅰ．李… Ⅱ．①李…②张… Ⅲ．唐诗—选集
Ⅳ．I222.742

中国版本图书馆CIP数据核字（2008）第090984号

---

### 李白集

| | |
|---|---|
| 著　　者：（唐）李　白 | 解评者：张瑞君 |
| 责任编辑：郝文霞 | 审订者：落馥香 |
| 封面设计：敬人工作室 | 版式设计：敬人工作室 |
| 责任校对：郝文霞 | 责任印制：李佳音 |

出版发行：山西出版集团·三晋出版社
地　　址：太原市建设南路21号
电　　话：（0351）4956036（咨询）　　4922268（邮购）
传　　真：（0351）4922102
网　　址：www.sxskcb.com
邮　　编：030012

印刷装订：山西新华印业有限公司
（本书如有破损、缺页、装订错误，请与本社联系调换）

开　　本：787mm×960mm　　1/16
字　　数：230千字
印　　张：13.5
版　　次：2008年6月第2版
印　　次：2024年5月第2次印刷
书　　号：ISBN 978－7－80598－931－0－01
定　　价：52.00元

版权所有，翻印必究。本书图文未经书面授权，不得以任何方式转载或公开发表。